イタリア的◯◯（マルマル）生活

ジローさんのエッセイ傑作集

パンツェッタ・ジローラモ
パンツェッタ貴久子◎訳

SEIKO SHOBO

▼イタリア的○○（マルマル）生活とは何ぞや【まえがきにかえて】

「イタリア的○○（マルマル）生活」って一体なんだ？　そう思う人がいるかもしれない。

僕の友人で、一回の食事にスパゲッティ五百グラム食べなくちゃ満足しないアメデオにとっては「○○生活」イコール、まんま「丸々生活」だろう。

野良犬を集めてきて飼っているブリジット・バルドーなら「フランス的ワンワン生活」。って、うちの家内も犬のことばっかり考えてかなりそれに近いけど。

大学時代の同級生で毎日周りの人間全員から千リラ（百円くらいかな）ねだっては小遣いにしていたコスタにとっては「おねだりほくほく生活」。

毎週、知り合いから何らかの数字を収集し（例えば僕の車のナンバーとか僕の奥さんが先日ミラノで泊まったホテルの部屋番号とか）、ロッテリーア（ナンバーズ）で勝負する我が姉シシーナなら「四十の手習い山師生活」。

信心深くて毎朝ミサで家族の平安を祈るマリアンナさんの「神頼み生活」。

毎朝買い物途中バールでチョコシュークリームを食べないと力が出ないと思いこんでいるニョッキ夫人は「自己暗示型甘味中毒気味生活」。

毎朝家を出る前にラジオの今日の星占いを聞かないと落ち着かないというマテオッティさんは「運は星まかせ生活」。

6.

毎日出勤途中で乞食に施しをするのが日課で気の毒な人に手を貸さないではいられないコッラーディ氏は「聖人予備軍人類皆兄弟生活」。四十半ばで高収入、大邸宅住まい、未婚でいつも超ゴージャスなガールフレンドを連れているカルロは神様って不公平、「羨望の的生活」。やっぱり相当お金持ちなくせに廃品収集がやめられないアリスティレの「屑いお払い生活」、またの名「究極のリサイクル生活」。

要するに、〇〇の部分にはどんな言葉を入れていただいても結構。みんなのいろいろな生活全部をひっくるめたのが「〇〇生活」ってわけだ。

なんていってもこんな命名は僕の一方的な見解で、実は本人的には深い裏の訳なんかもあったりするのだろう。実はまたそこを考慮しての〇〇でもある。

例えば僕を見て誰かが「イタリア的お気楽生活」だと思っちゃったとしよう。でも実は「イタリア的汗と涙と努力の頑張り屋さん生活」だから、もし「お気楽」なんて露骨に書かれたら僕は傷つくかもしれない。

しかしジローさんの〇〇生活とすれば、双方の解釈が一八〇度違っても天下泰平全員納得。僕らイタリア人の一番いいところって、決して落伍者を出さない、万が一出ちゃっても切り捨てないっていう人生哲学なのではないかなあ。

では皆さん、極めてイタリア的ではありますが、僕が知っている〇〇な人びとの〇〇生活、ちょっと覗いてみてください。

Indice ▶ さくいん

Indice

【初出一覧】

A▶（一九九五年）KKベストセラーズ『極楽イタリア人になる方法』

B▶（一九九五年）KKベストセラーズ『ワインとパスタと豚のシッポ』

C▶（一九九八年）光文社『食べちゃおイタリア！』

D▶（一九九七年）「普通のイタリア人」連載（日本放送出版協会）「イタリア語会話」月刊

E▶（一九九六年）「La dolce vita 極楽イタリア人の食日記」連載（光文社）「CLASSY」月刊

本書収録にあたっては加筆・修正いたしましたので初出時と異なる部分があります。

装幀▼フロッグキングスタジオ
本文イラスト▼パンツェッタ貴久子
カバー写真▼恩田義則

ヴァカンスへの誘い ▼ I

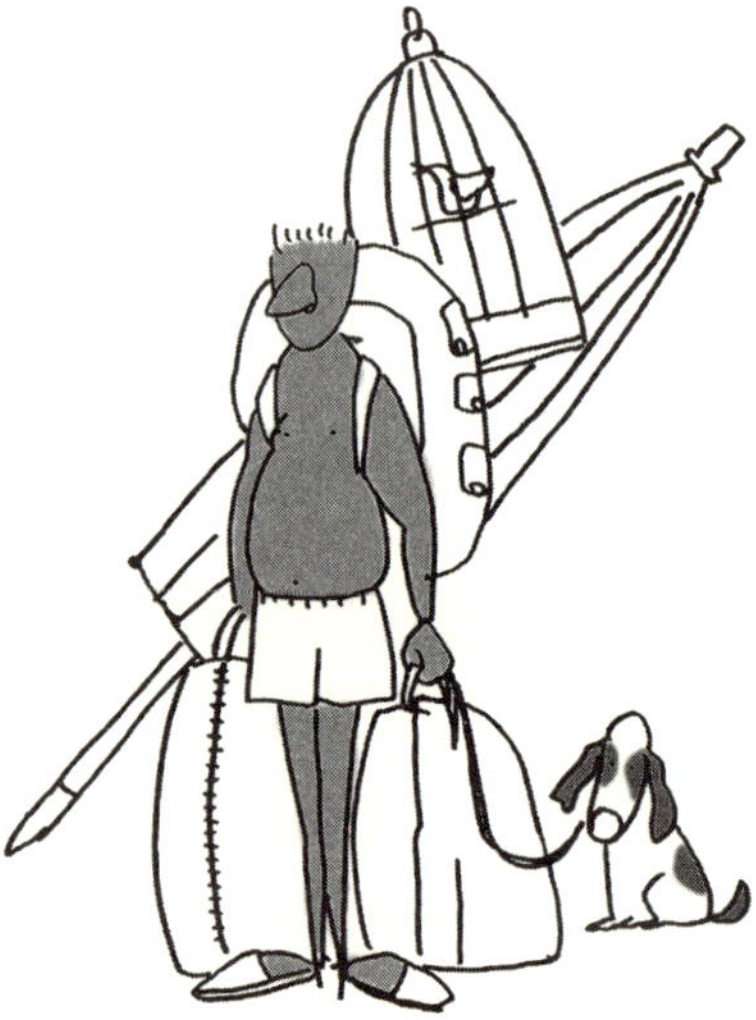

▼ヴァカンスへの出発

イタリアの学校は六月で終わる。九月の半ばに新学年が始まるまで、これで晴れて自由の身である。僕の時代は、リマンダート（追試組）の生徒には休み明けに敗者復活テストが実施されることになっていて、いまひとつ、おもいっきり楽しめない気分を味わっていた（とはいえ、あせって勉強を始めるのは九月になってからに違いないが）。だが、一九九三年から全国的にテストは廃止、休みの前にスーペラート（及第）とボッチャート（落第）が決まることになり、みんな揃ってさっぱりとした気分でヴァカンスを謳歌することができるようになった。

子供たちの休みが始まると、にわかに家族大移動の火ぶたが切られる。老若男女、金持ちから貧乏人までこぞってヴァカンスに出かける。当然、内容もピンからキリまでだが、一般的な家庭のほとんどが一、二カ月、海に家を借りる。一見そんな余裕がなさそうな家でも、それなりの楽しいヴァカンスを過ごすことができる仕組みになっている。

例えば、ポツオリやパトリア湖といった格安ヴァカンス地に五人用程度のささやかなリゾートハウスを借りる。そこに親戚一同全員集合。子供まで入れればなんと十四人。いったいそれだけの人間が入るスペースがどこにあるのやら。夜ともなれば、マンマたちと年少の子供たちは全員でひとつのダブルベッドに、男たちはオイルサーディンよろしく重なり合って……それでもけっこう安眠できるらしい。

要するに、慣れの問題なのである。人間、わがままさえ言わなければ、成せばなる世の中である。大事なのは、ヴァカンスシーズンにはヴァカンスに出かけること、これに尽きる。

僕の知り合いに、食料品店を営むエスポージィトさん（ナポリでもっともティピカルな名字である）という人がいる。彼の店は、ナポリでも一等地のヴィア・デ・ミッレの近くにあり、客には有名人やリッチな人も多い。

エスポージィトさんの旦那さんの実家はなかなか裕福であるが、奥さんのほうはその反対で、ヴァカンスに行くのもままならない。そこで奥さんは、自分の親兄弟のために策を講じた。働き者の旦那がヴァカンス中でも店を開けにナポリに帰る七月のウィークデイは、彼女の親兄弟、総勢二十人を旦那が借りたリゾートハウスに呼んで、楽しく過ごす。旦那のもどるウィークエンドには皆、忽然（こつぜん）と姿を消すのである。

「そんなにこそこそせずに一緒に過ごせないものかな？」とおっしゃるあなた、なにもわかってませんね。これはプライドの問題なのです。娘や姉妹の旦那が借りたリゾートハウスにお情けで泊めてもらって、楽しいヴァカンスなんていってられる人がいますか⁉　カッコ悪いったらありゃしない。体裁たもつためにヴァカンスに行くのに、これじゃまったく本末転倒だ。

エスポージィトさんには娘も息子もいる。彼らだってそんな事情はよ～くわかっていて、いまだに旦那だけがなにも知らず、奥さんの家族はウィークデイヴァカンスを楽しんでいるそうだ。ちなみにこれは、僕の姉のシシーナにエスポージィトの奥さんが鼻高々に語った話である。

エスポージィトの奥さんの家族のようにラッキーではない、要するに、家族のうちの誰もお金持ちと結婚してない場合はどうするのか。答えは簡単。ナポリに残るのである。そして彼らは言う。

「夏のヴァカンスによそに行くなんて、馬鹿のすることだね。なんてったってナポリは夏がいちばんだ。誰もいないから静かだし、車もいないから渋滞もない。気の毒だね、わざわざ混んでる海なんかに行く奴は。こんなに素晴らしい海があるだろ」

彼らの言うナポリの街に面したヴィア・カラッチョロやメルジェリーナの海には、実は「遊泳禁止」の札が立っている。でも、僕だったら、そんな札がなくたって絶対に行かない。なにしろ防波堤のブロックのあいだはゴミの山ならぬゴミの谷。どう自分を納得させれば、あの水に身体をつけられるようになるのか、まったく理解できませんね。

一方、なんとか居残り組からぬけ出し、無事ヴァカンスに出かけることになった家族も「倹約」の二字を忘れることができない。もって行ける物はなんでも家からもって行ったほうが安上がりである。日本でも同じだと思うが、リゾート地ではとにかくなんでも高い。二カ月分のパスタ、二カ月分のオイル、二カ月分のトイレットペーパー、二カ月分の洗剤……。僕は主婦ではないから、二カ月という期間にどんなものがどれくらい必要になるのか見当もつかないが、とにかく凄い量であるに違いない。なにしろ、ひとりのイタリア人が消費し、排出する量は、ふたり以上の日本人のそれに等しい。

ヴァカンスの前に限らず、彼らが好んで買い物をする場所のひとつに、「エウロメルカート」がある。「エウロメルカート」は数あるスーパーマーケットのひとつだが、同じスーパーマーケットの「スタンダ」や「GS」に比べると、かなりターゲットを下げている。すなわち、「庶民の強い味方」をめざしているわけだ。カポ・ディ・キーノ空港に近いカソーリアという、なんとも荒涼としていて野犬でも出そうなところにあるだけあって、かなり大規模で駐車場も広い。その広い駐車場には、車番をしたといってチップを要求する、うす汚いガキがたむろしている。チップをやらないとひどい悪態をつく。

僕に言わせれば、連中にはほんのちょっとだってお金なんかやることはないのだ。世の中には、貧しくたってちゃんと働いている人もいるし、第一、彼らはそれほど貧乏じゃない。もらったお金でモトリーノ（バイク）を買い、今度はモトリーノにまたがって引ったくりでも始めるのが関の山だ。

おかしな人間がいるのは店の外だけじゃない。だだっぴろい店内は、店員が少ないのをいいことに、まさに無法地帯と化している。あちらこちらに食べかけのスナック菓子や指をつっ込んだ形跡のあるヨーグルト、飲み終わったジュースのパックなどが置き去りにされている（当然、代金は払っていない）。一方、いつもはおもらいをしている裸足のヴィンガリ（ジプシー）

が、きちんとレジに並んで買い物をしているのもここならではの光景である。

ここでは、単価がほんの少しずつ安いので、一度に何ダースとか何箱というようにまとめて買うとたいへんお得だ。僕は毎年、日本に送るコーヒーその他、日本で手に入らない物をいろいろまとめ買いする、という名目で出かけて行くのだが、実はその異様さ見たさでもある。各自のカートに山と積まれた食品は、いったい何日分なのか。これが全部、人間の腹に収められるのかと思うとなんだか、「人間、やめます」という気にさえなってしまう。

さて、いざヴァカンス出発となると、ショートパンツにランニング姿のお父さんたちが大活躍する。そのお父さんたちのお腹が、一様にショートパンツから垂れ下がっているのも見逃せないポイントだ。エウロメルカートで買い込んできた食品や生活必需品、色とりどりの旅行カバンに子供たちのリュック、ビニールボート、自転車、三輪車……あらゆる物が次々と車に詰め込まれていく。これはすでに熟練の技である。あっちこっちを紐でしばったり、ゴムで結わいたりして、全部終わるころには破裂寸前の動くピラミッドのできあがりだ。そして最後に、悠然と奥方が登場する。子供たちまで乗り込むと、車は後部が地面すれすれ。ノロノロ、ズルズルと走りだす。

こんな車が何台も、陽炎（かげろう）に揺られながらアウトストラーダ（高速道路）に連なっているのも、夏に欠かせない風物詩である。

アウトストラーダをノロノロ走る車を、僕らは「ペパルオーロ」と呼ぶ。ペパルオーロ＝ペペローネ（ピーマン）、中身が空っぽ、本来はいわゆるノータリンのことを指す。

イタリアのアウトストラーダでの制限速度は近年、時速百四十キロから百二十キロに改正されてしまった。トラックの場合は、型によって六十キロまたは八十キロとなっている。まあどちらにせよ、今でも百五、六十キロで飛ばすのはざらだ。

そこに、ノロノロズルズルの「ペパルオーロ」が入り混じる。まあ、アウトストラーダのように広い道なら追い越しは楽だから、ほほえましく思う。ところが、これに、海へ向かう細い道で遭遇したり、アウトストラーダでパンクしてたりすると（これがまた実によくパンクするのだ）、とんだ渋滞を引き起こす。「マッナッジャ　ラ　モルタ！（なんてこった！）とんだピーマン（ノータリン）め!!」なんて、言いたくもなるわけなんだ。

▼お父さんたちのヴァカンス

さて、ヴァカンスに出発である。出発に際しては、荷物をつめたり、運転したり、パンクしたタイヤを替えたりして大活躍するお父さんたちだが、無事家族を目的地にとどけるとトンボ返りして、まだあと一カ月、誰もいない家と仕事場を行ったり来たりしなくてはならない。お父さんたちのヴァカンスは、まだ始まらないのである。

『クアンド　クチーナノ　リ　アンジェリ（天使が料理するとき）』という、カトリックのシスターが書いた家庭用料理書にも、「奥さんが海に行っているときのために」なんていう項目があるくらいだから、これはごくごく一般的なことだ。そして案外、このヴァカンスの前の一カ月こそが、お父さんたちにとってはいちばんのヴァカンスだったりするわけだ。

日本に来てわかったことだが、日本人、それもとくに女性は、外国人の男性は家事を手伝ってくれたり、分担してくれたりすると思っていらっしゃるふしがあるが、イタリア人の場合それはまったく当てはまらない。少なくとも僕には、掃除や洗濯をせっせとしたり、テーブルのしたくや後かたづけは僕の役割なんです、なんていう友人はひとりもいない。きっとイタリアの女性たちも、外国では男性も家事をするらしい、などと羨ましがっているんじゃないだろうか。料理が趣味だという男性だって、思っているほど多くはないだろう。なんでもかんでも、お母さん、奥さんまかせである。

そんなだから、彼女たちがいないと、家のなかは瞬く間に目も当てられない状態になってしまう。しかし、男たちにとって、そのカオスがなによりも求めている自由の象徴なのである。奥さんが家にいるときにはほとんど実現不可能な、「好きなときに、好きなことを、好きなようにする」という自由の基本的定義をまっとうすることができる唯一のチャンスというわけだ。

＊皿は洗わない──→食べる前に洗えばいい。

＊もちろん洗濯はするけど、たたまないでソファの上に積んでおく──→どうせまた着るのにいちいちしまうなんて無駄。

＊掃除はしない──→汚したらするけど、大人がひとりでいて汚すことなんてありますか？

＊料理はしてるつもり──→食べられればいい。自分が美味しいと思えばいいわけだ。強いていえば、パニーノなんかが得意（パンに具をはさんだ、いわゆるサンドイッチだが、バターやマスタードなんて当然塗らない。イギリス人じゃないんだから）。

僕の兄のジーノのお向かいのグーマさんは、このすべてを完璧にクリアしている「模範的ヴァカンスの夫」である。大体が、グーマさんの家は、奥さんのいる普段からあまりきれいではない、という印象がある。僕と同年代のグーマさんの子供たちとは幼なじみなのだけど、彼らの家はいつもなんだかちょっとだけよその家より汚かったし、末娘のロマーナはまあまあ可愛い女の子だったけど、いつも首のあたりが汚れていて、とてもガールフレンドにする気はおきなかった。

ところが、奥さんがヴァカンスに行ってしまうとそんなものではすまない。家じゅうが埃(ほこり)のベールに包まれてしまい、靴をひきずった跡からグーマさんの行動パターンが一目瞭然である。流しには洗っていない皿とグラスがひとつずつ。まったくこれが日本だったら、ゴキブリの恰好の棲み家になっていたに違いない。ちなみに、イタリアでは、あまりゴキブリにはお目にかからない。ゴキブリの絵のついた殺虫剤は売っているから、いるにはいるのだろうけれど……。

その代わりが、アリだ。言っておくけど、白アリではありません。れっきとした黒アリ(?)であります。「アリなんか可愛いじゃない、アリの飼育セットだって売ってるのに」なんて妻は言うけど、それはアリの恐ろしさを知らないからだ。

友達のマッシモの家では、壁の割れ目からアリがやたらに出てくるので穴を開けてみたところ、サッカーボールほどのアリの塊(かたまり)がゴソッととれたというから気味悪いではないか。家をアリがウロウロしてるなんていうのは、主婦にとってはまったく不名誉なことなのだ。だから、グーマさんとバルコニーがつながっているジリベルティさんは、凄く心配していたものだ。

グーマさんの奥さんは、毎年ヴァカンスに出かける前に、夫のためにサルサ・ディ・ポモド

ーロ（トマトソース）をたっぷりつくり、冷凍しておくらしい。ところがグーマさんは、鍋を出してカチカチに凍ったサルサ・ディ・ポモドーロを温めたりするのも面倒で、ミキサーにかけてガリガリやる。ゆでたパスタをシャーベット状になったソースで和えて、ハイできあがり。暑い夏はこれにかぎる、なんて言ってるんだろう。保守的なイタリア人（とくに食べ物については）のひとりとして、僕だって冷たいサルサ・ディ・ポモドーロなんて遠慮したい。そんなものが食べられるのは、温かいサルサ・ディ・ポモドーロで和えたパスタの本当の旨さを知らない人か、グーマさんくらいのものだ。

ところが、奥さんも奥さんで、黙っていればいいものを、茶飲みならぬカフェ仲間の近所の奥さんたちにまで、「まったくうちの亭主は、私がいないと本当におかしなものを食べてるのよ」などと愚痴ったものだからたまらない。たちまちパラッツォ（マンション）じゅうに知れわたって、やっぱりグーマ家は変わってる、と言われるはめになってしまった。

それから数年後、息子のミケーレが精神病になった。というと悲惨だけど、実のところは兵役を逃れるために気違いを装っただけだったのだ。でも、パラッツォの他の住人たちが、それが芝居だと知ったのはずっと後のことだった。なにしろ、芝居が真に迫っていたのと、家族が家族だからというので、すっかり信じ込んでしまったわけだ。

…あるのはご存じだろうと思う。週末の二等列車で大騒ぎしてい
…、この子と声なんかかけてる田

舎っぽい連中は、兵役で都会に降りてきたどっかの山出しである。

兵役は、十八歳の男子に義務づけられているのだが、大学に在学中の者は卒業してからでよいとか、外国で二年以上の職業契約を結んでいる者は免除されるとか、なにかと例外が多いので、どうにかその合間をかいくぐって、兵役から逃れようとする者が後を絶たない。

そういえば、アメリカ映画でもそんなのがあったなあ。病人、怪我人、気違い、ホモなんかに化けて適性検査に落ちようとするのだけど、相手も心得たもので、すぐばれてしまうのだ。

実際、僕らの国でも同様に、皆いろいろと工夫を凝らす。なによりも効果てきめんなのはやっぱりコネクションで、コネさえあれば兵役を逃れたも同然だ。

僕にはそんな特別なコネもなかったし、まあ兵役を終えないと公職にはつけなくなるという不特典もあるし（いつどんな仕事につくかなんて誰にもわからないからね）、別段行きたくない理由もなかった。ところが、一九八一年にカンパーニャ地方を襲った大地震のために、当時兵役につくはずだった青年たちは（僕もそのひとりだった）、被災地復旧作業にまわされたのだ。

復旧作業といっても、自宅から月に何度か通えばよかったのだから、早起きさせられて小突きまわされる兵隊なんかとは比べものにならない楽さだった。しかし、多くの人の命を奪った大災害だったし、曲がりなりにも復旧作業に参加して、土に埋まった家を掘り起こしたり、衣服を配ったりして、被災者たちの苦しみを目の当たりにした僕は、幸運だったなあ、とはとて

も言えない気分なのだ。だから僕に、「いつも要領がいいなジローは」なんて身に覚えのないことをのたまう友人たちには、そのへんよくわかって欲しいと思う。

▼
A

▼ヒモの話

高校に上がったころから、僕は七月になってもすぐにヴァカンスに行くのはやめにした。当時にはもう他界していた父が共同経営者だった建設会社に、二週間ほど見習いに行くことにしたのだ。兄のジーノは僕よりも九歳も年上で、とっくに大学を卒業して建築家になっていたし、自然と僕の進路も決まっていた。社長のデサンティス氏は、少々尊大だった父が唯一尊敬していた人物だった。僕の兄弟の名前は皆、デサンティス氏の息子や娘からもらったものだ。

話はかわるが、イタリアでは子供が生まれると、祖父母や叔父、叔母から名前をもらうのが一般的だ。イタリアの名前はほとんどがカトリックの聖人の名に由来するから、日本の名前みたいにヴァリエーションはないが、逆に地方性が出てくる。

イタリアは各町各地方に〝守護聖人〟というのがある。要はその町の守り神みたいなものだ。例えば、ナポリの守護聖人は聖ジェンナーロで、したがってナポリにはジェンナーロという名前の男性が掃いて捨てるほどいる。それに加えて、子供たちがどんどん名前を引き継ぐから同じ名前のラッシュとなる。

僕の父はロレンツォという名前だったので、兄と姉（ぼくは三人兄弟だ）の息子はふたりともロレンツォという。家は別だけど同じパラッツォ（マンション）に住んでいるから、ロレンツォーネ（大きいロレンツォ）とロレンツィーノ（小さいロレンツォ）と呼び分けでもしないことにはとてもややこしい。たぶん皆さんがよく耳にするサルヴァトーレも、南イタリアの代表的な名前のひとつだ。由来は救世主、ずばり、イエズス・キリストを指す。

ナポリに行くことがあったら、人込みで「サルヴァトーレのストロンツォ！（糞ったれ）」なんて叫んでみてはどうだろうか。寄ってたかってボコボコにされて、何人ぐらいのサルヴァトーレがいるのか身にしみてわかるような、面白い結果になると思う。

僕の名前も典型的な南イタリアの名前だという人がいる。だけど生まれてこのかた、僕の知っているジローラモは、名前の由来主「聖ジローラモ」と、火あぶりになった「ジローラモ・サヴォナローラ」と「ジローラモ・デサンティス」の三人きりだ。

このジローラモ・デサンティスがデサンティス氏の息子である。四十代も半ばの働きざかりの彼が、頭から爪先までバシッとスーツで決めて、ローマとナポリに豪邸を構え、ピカピカのメルチェデスを乗りまわす姿を見るにつけ、同名の僕としては、自分の将来が楽しみでしょうがない。

さて、失業者の多いイタリアでは、大学を出てもすぐに仕事が見つかるわけではない。経験やコネがあればあるほど明るい将来が約束される。だから、デサンティス氏から誘いがあったとき、僕は勇んで出かけていった。ローマとナポリを海沿いに結ぶ、ドミツィアーナと呼ばれるスーパーストラーダ（高速道路）の建設だった。

見習いといっても、ただ現場の責任者と一緒に作業を見てまわるというものだったが、まだ子供の僕には未知のことばかりだった。

実は、このドミツィアーナの建設予定地は、もとから娼婦たちの仕事場として知られていた。こういった郊外の、交通量は多いが人通りの少ないところが、彼女たちの職業に適しているらしい。僕が、工事の見習いをしているときに知り合った作業員のなかに、家族がヴァカンスに行っている夏のあいだだけ、ナポリの方言でリコッターロと呼ばれる副業をしている強者（つわもの）がいた。リッコターロとは、いわゆるマニャッチャ（ヒモ）のことだ。

通称マストロ・ジョヴァンニ（ジョヴァンニ先生）と呼ばれる彼は、娼婦と遊んだ後に金を払わないような不届き者がいたら登場する、という、かなり危ない小遣い稼ぎをしているわけだ。そのわりにはずっと年下の僕には優しくて、面白がっていろいろな話をしてくれた。

イタリアの娼館はかつて国営だった。その娼館はカシーノ、そこで働く女性たちはジェンティルドンネ（淑女）と呼ばれていた（そんな名残りで、今でも混乱を指すカオスと同じ意味でカシーノという言葉が使われている）。第二次世界大戦後、カシーノは廃止され、彼女たちの職場は車のなかや安ホテル、はては草むらへと移り、マフィアが国に取って代わった。そんなわけで、マストロ・ジョヴァンニの仕事も、地元のマフィアのボスの承諾の上で成り立っている。彼の取り分は、女の子たちの稼ぎから数パーセント、プラス彼女たちの使った所の場所代、と最初から決まっているのだそうだ。

マストロ・ジョヴァンニがこの仕事をしている期間の主な客は、彼と同じように家にひとり残った夫たちだという。同じ身の上でも、一方は払い、一方は稼いでいるわけで、「ここの違いだね」と頭を指していた。

そんな夫たちは、ずる賢いジェンティルドンネのいいカモで、男が服を脱いだら金だけとって、裸のまま木の茂みに置き去り、なんていうのは常套手段らしい。なにしろ、警察にでも行こうものなら、恐ろしい奥方にばれてしまうのだから皆、だんまりをきめこむ。

「大人になっても絶対、ジェンティルドンネなんかと遊ぼうなんて気を起こしちゃいかんぞ」というのが、マストロ・ジョバンニが僕に繰り返し言って聞かせてくれたありがたいお言葉だった。

▼A

▼マリーナ・ディ・カメロータの娘

ナポリからティレニア海沿いに南下すること百七十キロ、蛇行する狭い道をぬけると海辺の小さな町、マリーナ・ディ・カメロータに到着する。ここは澄んだ海とその地形を生かしてトゥッフォ・ディ・マーレ（海岸飛び込み）の世界大会開催地のひとつになっている。

三日月型の白い砂浜とゴツゴツした濃いグレーの岩肌、こんもりと連なるオリーブやイチジクの木々の緑、そしてどこまでも広がる真っ青な海と空。焼けるような太陽は、万物にはっきりとしたコントラストをつける。僕たちイタリア人がこよなく愛する真夏の海の姿だ。

なかでも僕がいちばん気に入っているのは、堅い岩壁のあいだの小さな入江にできた砂浜や、カプリの「グロッタ・アズーラ（青の洞窟）」を小さくしたような、神秘的で美しい大小の洞窟だ。そして、僕の青春時代の夏は、大方ここを中心に繰り広げられたといえる。ここマリーナ・ディ・カメロータには、亡き父が姉のシシーナに遺(のこ)してくれた別荘があるのだ。

かつて、このマリーナ・ディ・カメロータ（カメロータの海岸）はその名のとおり、十キロほど内陸に入ったカメロータという町の小さな港だった。たぶん、カメロータの人びとのささやかな避暑地でもあったのだろう。しかし、交通の便が良くなるにしたがって、きれいな海を求める人びとがとうとうここまでたどり着いてしまった。おかげで、町の人口もぐっと増えたという。ところがヴァカンス客でにぎわう夏が終わると、カメロータにしろ、マリーナにしろ、なんのことはないただの鄙びた町である。いったいどこに、そんなにたくさんの人が住むようになったというのだろう。

実はこれには仕掛けがある。別荘をもっている人たちが税金対策の一環として、家族の誰かの住民票をカメロータの役場に置いているのだ。日本でも同じようなことをするのかどうかは僕は知らないけど、イタリアではごく普通に行われている。姉のシシーナも実際はナポリに住んでいるけど、書類上はカメロータの住民ということになっていて、カメロータに税金を納め、カメロータで投票する。

どんなに観光客が増えても、僕がマリーナ・ディ・カメロータが好きなのにはちゃんとした理由がある。もちろん、家があって、楽しい思い出が山ほどあるからだが、ここが国内外から旅行者の来るようないわゆる観光地ではなくて、純粋に避暑地だからでもある。ホテルといっても、ペンシオーネに毛が生えたようなのがいくつかあるだけで、あとはサマーハウスやキャンプ場、別荘ばかりだ。

別荘をもっている家族はもちろんだけど、サマーハウスやキャンプ場にも、毎年やってくる見慣れた顔ぶれがある。「ステッサ　スピアッジャ、ステッソ　マーレ（同じ海辺で）」という懐メロをご存じだろうか。

今年もまた　同じ海の同じ浜においで
別のところには行っちゃだめだよ
そしたら、今年もまた
僕と一緒に過ごせるんだよ

と歌う、サンレモのヒット曲だ。べつにガールフレンドじゃなくても、毎年ヴァカンスで同じ仲間に会えるというのは、なんでかわからないけどすっごく楽しかった。フオリグロッタ（ナポリのサンパオロ・スタジアムのある）の駅の近くで、界隈一大きな薬局をやっているアルフェ一家の四人兄弟とは、ナポリでは、道で挨拶を交わす程度のつき合いなのに、マリーナ・ディ・カメロータでは朝から晩まで、そして晩から朝まで徒党を組んでいたものだ。仲間のなかには、ミラノやジェノヴァ、ヴェローナから来てる者もいた。普段だったら知り合うはずもない者どうしが、ある種の連帯感のようなもので結ばれていた。

それはさておき、マリーナ・ディ・カメロータのようなナポリより南の地域は、ギリシャ時代、「マーニャ・グレーチア」と呼ばれるギリシャの植民地だった。それが証拠に、ナポリからマリーナ・ディ・カメロータに向かう途中のパエストゥムにはギリシャ神殿群がある。近年、日が暮れるとライトアップされるようになり、それはそれは美しい。

パエストゥムがその規模の大きさにしてはあまり知られていないのは、ほとんどマニアックなその性格と地理的な問題のせいかもしれない。シチリアを除いたナポリより南の地方には、一般的な日本人が知っている町がいったいいくつあるだろう。セリエのサッカーチームがあるバーリやフォッジャだろうか。トゥルッリで有名なアルベロベッロだろうか。

南イタリアが観光の面においても立ち遅れてしまった理由は、充てるべき予算の不足という問題につきる。なぜって、本来の美しさにおいてひけをとるとは僕には全然思えないからだ。

マリーナ・ディ・カメロータが望む海は、ポリカストロ湾とも呼ばれる。その名は古代ギリシャの詩人ホメロスの叙事詩「オデッセイア」に由来する。主人公ウリッッセ（ユリシーズ）の兵のひとりで、イタカへの帰り道、この付近の海に落ちて命を落とした若者からとられたというのだ。

こんなふうに、マリーナ・ディ・カメロータにも「オデッセイア」にちなんだ名前が多い。名前といっても人の名前ではなくて、キャンピング・ウリッセとか、バール・アルゴ（ウリッセの愛犬）とか、ディスコテカ・チクローペ（ひとつ眼の巨人キュプロークスのディスコ）なんていう具合だ。

八月には「ウリッセ祭り」まで開かれる。ウリッセとその兵に扮した若者たちが海から上陸し、見物客も一緒にみんなでディスコテカ・チクローペに行って踊るのだ。なんともお粗末な観光客向けのイベントなのだけれど、そんな俗っぽさもまた楽しいではありませんか。ディスコテカ・チクローペは、数ある洞窟のひとつをディスコにしたもので、ナポリあたりのおかしなディスコより、よっぽど魅力的な所だ。

僕がまだ十七歳のころだったろうか。ある日、薬局アルフェ一家を通して知り合った人物から招待を受けた。

「ジローラモ君、コーヒーでも飲みに来てくれたまえ。いろいろ見せたいものもあるし」

という具合である。僕はなんだかわからなかったけど、断る理由もないから訪ねていった。まず、コーヒーを飲みながら、彼はひとしきり自分の仕事について喋りまくり、今度は車に乗って彼のもっている土地やら、洞窟やらを見せてまわった。

「あの洞窟はこの辺でもいちばん大きい洞窟でねえ。ビーチにもつながってるし、ディスコでもつくったら繁盛するだろうねえ。どうかね、私と一緒に仕事をしないかね」

僕は本当にわけがわからず、「はあ、考えてみます」とだけ返事をした。いったいどういうつもりなのだろう。ところが後日、ナポリでジョヴァンニ・アルフェ（アルフェ兄弟の末っ子）に会うと、

「どお？　あそこの娘との話は決まったわけ？」

と言うのだ。え！　え！　えっ！　そんな話、僕は知らなかったぞー。

なるほど、そういうわけだったのか。危ない危ない。ディスコの共同経営者なんて、大層なエサではありませんか。なにしろその娘といったら、美人でスマートのまるで正反対だ。僕は

即、お断りの電話をした。

「僕はまだ十七ですから……勉強もしなくちゃならないし……」

例の洞窟はディスコにはならず今でもそのままだから、まだ犠牲者が出ていないということだろうか。

▼A

▼夏の魚

どうしても日本では八月中心にしか休みがとれないので、僕は毎年八月に帰郷する。ところがその時期のイタリアはヴァカンス真っ盛り、店は閉まってるわ、友達も親戚も皆、出払ってるわで、ここ数年はイタリアに帰ってもすぐには家に戻らず、上旬は観光旅行をすることに決めている。

なにしろ八月といえば、夏のヴァカンスもピークに達する。統計によると、人口の約六十パーセント近くの人が八月にヴァカンスをとるらしい。それまで、ひとり家に残って仕事に通っていたお父さんたちも、やっと家族のもとに向かうことができるのだ。したがってこの時期、大きな街はほとんど空っぽ状態となる。レストランやブティックから八百屋、魚屋、肉屋にいたるまで、ほとんどの店が閉まって閑散とした通りを、ときおりタクシーや、どうしてこんな色の車をつくっちゃったのかと思うような、シュミ悪カーが走っていく。

だから僕としては、なんでもかんでも買いまくりたいという人にはもちろん、おいしいものが食べたいという人、本当のイタリアの姿を見たいという人にも、この時期の、いわゆるイタリア旅行（すなわちローマ、フィレンツェ、ミラノ、ヴェネツィア、エトセトラの国際的観光都市をまわる旅）はあまりお勧めしない。街をウロウロしているのは外国人ばかり。したがって開いているのは大抵、外国人めあての店だからだ。

では、当のイタリア人はどこに行くのか。海だ。夏のヴァカンスといえば、やっぱり海に尽きる。やれトスカーナだ、ウンブリアだと、アグリツーリズモにご執心（しゅうしん）なのは、外国人や一部のストイックな人びとである。僕だって、田舎も山も大好きだけど、夏に海に行かないなんて不健康もいいとこだ。

僕は十四歳のときから、毎年、夏のヴァカンスをマリーナ・ディ・カメロータで過ごしてきた。大人になって、友人たちと外国にヴァカンス旅行するようになっても、そして日本に住み始めてからも、ほんの数日しか余裕がないときだって、かならずマリーナ・ディ・カメロータには足を運ぶ。

「隣のリッリは自慢屋だし、最近人が多くなったから、この別荘は売って他のを探したいわ」と姉のシシーナが言い出したとき、一番に反対したのはこの僕だった。確かに少々手狭ではあるけれど、こんな立地条件のよい家はそうそう見つかるものじゃない。昨年になって、めでたくリッリは越していった。ご苦労にも、引っ越していく前に、「高台に、もっと大きな屋敷を買ったから」とシシーナに報告にやってきたらしい。人の幸せにケチをつけるつもりはないし、妬（ねた）むわけでもないけど、オリーブの林に囲まれ、海まで一分の所から高台に移るなんて、僕にはとても考えられない。

昨年の八月半ば、僕らがスコットランド観光とイギリスの親戚まわりをかねた小旅行を終えてナポリに着いた日、ちょうど姉夫婦も早々とヴァカンスを終えて、マリーナ・ディ・カメロータからナポリに帰ってきた。八月は人が多すぎるというので、義理の兄はヴァカンスを七月に繰り上げてとったのである。そして翌日、今度は僕らがマリーナ・ディ・カメロータに向かった。その夏はいつにもまして過密なスケジュールを組んでいて、その合間のたったの四日間だったけれど、やっぱりどうしても行きたくなってしまったのだ。

そしてさらに僕らには、果たさなければならない実に重要な目的があった。それは、①日に焼く。②頭をカラにする。③お腹をカラにする。

なにしろ、スコットランド味巡りとイギリスの叔母たちの「お食べお食べ地獄」と小さな甥っ子たちの子守りで、身も心も限りなくモッツァレッラに近づいていた（ああ、白くて丸くて柔らかい、切るとミルクが染み出すモッツァレッラよ！）。

そこで、朝はカプチーノと焼き立てのコルネット（僕が早朝ジョギングで買ってくる）のみですませ、すぐに海に行き日光浴と海水浴、二時ごろ帰ってパスタなしセコンドなしのサラダとチーズとパンとワインだけの昼食、夕方になったら本でも読んで過ごそうね、ということになった。

二日目の昼食までは順調に運んだ。ところが、その日の夕方はサッカー中継がある。だがしかし、別荘には姉の方針か怠慢かでテレビが置いてない。これはもうしかたない。マリーナの繁華街まで出て、ジェラテリーア（アイスクリーム屋）のテレビで観戦するしかないではないか。

ギラギラ光る目をしたジェラテリーアの親父は、昔ヴェネズエラにいたことがあるとかで、外国人びいき。僕の家内にもとても親切だ。僕もすかさずサッカー中継にチャンネルを合わせてもらう。試合も白熱してきてふと気づくと、広いテラスは、店のいちばん奥の高い所に鎮座したテレビに見入る男たちでいっぱいである。彼らは一様に同じプロセスをふんで、今ここにいるのである。

店の前を通る──→サッカー中継に気づく──→もっとよく見たい──→中に入る──→当然ジェラートを食べることになる。

テレビはちょうど、アンコウの頭の角とおなじ働きをしているわけだ。キラキラさせるとエサが寄ってくる。ジェラテリーアの親父は思惑どおりの成り行きに、ギラギラ光る目を細めていた。

翌日、今晩も町まで行ってみよう、ということになった。町までは歩けば片道三十分ほどかかるので、ちょうどよい運動になるのだ。昨日とは気分を変えて海岸を通って行くことにした。道々、家内が「カジキが食べたくなった」と言い出した。シンプルにグリルしてレモンとオリーブオイルをかけたカジキは確かに旨い。そういえば、ローマからロンドンに発って以来、旨い魚料理を口にしていない。こうして、潮風にあたっているとそれが罪なことのように思えてくる。「どこかで食べていこうか」。

まことに意志の弱い僕らは、すぐに意見が一致してしまった。家内が言うには、昨晩サッカーを見ながら僕がたいらげた特大コッパ（パフェ）のほうがずっとカロリーが高いから（ジェラテリーアにあったフルーツのジェラート全部を盛ってもらったのだ）、今さらどうってことないらしい。

そこで数年前の春に行って、味もサービスもなかなかよかった「ヴァレントーネ」というレストランに行くことに決めた。小さなこの町のいちばん大きなピアッツァ（広場）にあり、ブーゲンビリアの棚の下、木を組んだテラスにもテーブルがしつらえてあり、夏にはそこで食事ができる。

さすがにこの時期は混んでいて、しばらく待たされた。そのあいだに家内は、カジキだけでなくスパゲッティ・アッレ・ヴォンゴレ（アサリのスパゲッティ）まで食べることに決めてしまったようだ。

僕らのテーブルが用意された。アンティパストに僕はモッツァレッラを、家内は海の幸の前菜を、プリモは彼女だけヴォンゴレを、そしてセコンドはふたりしてカジキのグリルにサラダを注文した。そしてもちろん、冷えたヴィーノビアンコ（白ワイン）。

アンティパストが来た。と……僕らは顔を見合わせてしまった。可哀相なモッツァレッラは、どこかにぎゅうぎゅう詰めにされていたらしく、すっかりいじけて四角くなっていた。もっと可哀相なのは妻で、〝海の幸〟とは名ばかりの、彼女の嫌いなゆでてさいたツナの上にスライスした玉ネギだけをのせた代物を前にとまどっている。確かにツナだって海で捕れたには違いないが……。〝幸〟と呼ぶにふさわしい、くるりとカールしたタコの足やピンクに染まったエビ、愛らしく口を開けた貝たちは、いったいなんの呪いでこんなバサバサした姿に変えられてしまったのだろうか。

そういえば、サービスをしている若いカメリエレもぶっきらぼうだし、今だかつて見たことないようなおかしな髪型をしている。どうやったのだろうか、前髪をこんもりと膨らまし、前から見ると日本の女性のようなのに、後ろは結んでいる。中世の貴族かなにかのつもりだろうか。すましていて自分の手元も見ていないからやたらに物を落とす。「すのこに組んだ床の下に何本もフォークが光ってるのが見えるわ」と家内が言った。スパゲッティのアサリはシジミのように小さくて控えめであった。以前に訪れたときには、あんなに親切で感じのよかった店の主人は、今日はまるで車にひかれたガマのような顔をして、隅っこのテーブルに座っている。

とうとうお待ちかね（だったはず）のカジキの登場となった。

「……エ　モルト（これ死んでるね）」

切り身だから確かに死んでいるのだが、ここまで完璧に死ぬには相当時間がかかっただろう。美味しい料理のかわりに失望を食わされた僕らは、デザートもコーヒーも辞退してさっさと店を出ることにした。

おかしなことに思えるかもしれないが、夏、新鮮な魚に出合うのは、実際難しいことなのである。数年前の八月にラグーサ（シチリア）の友人を訪ねたとき、「魚の繁殖を妨げないために、この時期は漁獲が制限されているので魚料理は食べないほうがいい」と言われてがっかりしたものの、実は半信半疑だった。だが、昨年の夏、タオルミーナ（シチリア）の素敵なレストランで食事をしたとき、メニューの魚料理のページには「冷凍魚使用」と注意書きがしてあり事実を確認したのだが、どうもそれはシチリアだけのことではないらしいのだ（当然、このレストランでは魚は注文しなかったが、注文したものはワインも含めてどれも美味しかった。念のため）。

そういえば、日本に住み始める前に、僕らがとても気に入っていてよく通った、ナポリの魚料理専門の「ドーラ」は、ほとんど彼ら自身が捕ってきた魚を出していたし、名の通ったレストランは夏でも小さな漁船と契約してるから、新鮮な魚が手に入るらしい。ピッツァ・マルゲリータを発明した店として有名なピッツェリーア「ブランディ」も味が落ちたという人もいるようだが、僕は変わらず好きだし、魚の新鮮さにはいつも驚かされる。やっぱり、ここなんかもそういった店のひとつに違いない。

夏に限らず、素人の僕らが港に魚を買いに行くときは注意しなければならないという。純真無垢な素人はつねにカモとして狙われているからだ。

買い手の心理を心得たずる賢い漁師は、まだ夜の明ける前に冷凍魚を箱に詰めて海に出て、海水で魚を解凍し、潮の香りを魚に移して港に戻る。朝イチに港に入る船から直接捕れたての魚を買ってやろう、と早起きして意気揚々とやって来る無邪気な僕らに売りつけようというのだ。

この際、海や港の近くだから新鮮な魚があるに違いないと思うのは常識の落とし穴だと言ってしまおう。これは、ポツオリ（ナポリの近くの町、大きな魚の市が立つ）の市場に面したレストランで生ガキに当たって夫婦ともども一週間寝込んだという、僕らの実体験にもとづいた教訓である。メルジェリーナ（ナポリの港）を歩けば「露天商から買った貝類は食べてはいけません」という保健所の看板の脇で、黒々として大きなムール貝を売っていて、それは美しくレモンなどで飾りたててあって、ついフラフラッと買ってしまう人がいるのもわかる。

僕は、やっぱり日本人は魚については僕らより一枚上手だと思う。それは、魚の選び方にも、扱い方にも、調理法にもいえる。鮨、鰻、天ぷらといった一連の日本料理の代表選手もさすがだが、僕は東京でイタリアンレストランに行っても、セコンドにはたいてい魚料理を注文することにしている。もちろん美味しいからなのだけれど、正直言って、肉はやっぱりイタリアが旨い。田舎の友人の小さなタベルナ（庶民レストラン）で食べる、真っ赤に焼けた炭でローストしたアニェッロ（仔羊）や、母みずから絞めて料理してくれる地鶏が、僕にとっての旨い肉料理であるから、いたしかたないのである。

日本の牛肉は美味でしょうとおっしゃる肉牛生産者の方々、ごめんなさい。ビールを飲ませたり、マッサージをするという皆さんのなみなみならぬ努力は伺っておりますが、僕はやはり噛めば噛むほどジワジワと旨い肉のほうが、口に入れるととろける霜降り肉より好きなのであります。

僕の母は内陸の出身なので、我が家のお袋の味は、肉、野菜料理が中心である。父がまだ健在だったある日、いつもの気まぐれで、捕れ捕れの魚を箱いっぱい買ってきた。「旨いズッパ・ディ・ペッシェ（魚のスープ）をつくってくれ」というのである。

母は無言のまま、台所へ消えていった。数時間後、テーブルについた僕らの前に、母がまたしても無言のまま、スープ鉢を運んできた。待ちかねた父が、もみ手をしながらパッと蓋をとると、たち昇る湯気とともに魔法の世界が広がった。どろりとくすんだそのなかには、魔女がかまどの大鍋でつくるという魔法のスープそっくりだった。それは、魚以外のすべてがあった。が、実は、それこそが見るも無残な魚たちのなれの果てであったのだ。このころ母の知っている料理といったら、川魚の炭火焼きだけだったのではないだろうか。

果たして、スープはそのままゴミ箱に直行した。それ以来、父が魚を買ってくることもなかったし、魚はいつもフリット（揚げもの）にされた。姉からの最近の報告によると、「スパゲッティ・アッレ・ヴォンゴレ」（アサリのスパゲッティ）をつくってね」といってアサリを買っておいたところ、母はアサリを水で煮てしまったらしい。日本だったら味噌汁にでもできただろうが……。母の魚音痴は相変わらずである。

スパゲッティ・アッレ・ヴォンゴレに関する話をもうひとつ。

ある日、サッカー仲間のファビオが、ミラノから彼の両親が来ているからといって、僕らを夕食に招待してくれた。彼の奥さんのヴィヴィアーナはすらりと背が高く、黒い真っすぐな髪を長く伸ばしたたいへんな美人だ。料理も気どらない家庭料理で美味しく、会話も弾み、皆、大満足であった。彼女はプリモピアットに、日本ならではの食材ハマグリも加えたスパゲティ・アッレ・ヴォンゴレをつくった。パスタのゆで具合をみるのは旦那の役目だ。これは、賢い主婦がよく使う手で、美味しくできたら彼女のお手柄、いまいちだったら旦那のせい、というわけである。結果、彼女が皆から喝采を受け、山と盛られたパスタはみるみるなくなった。

ふと見ると、ファビオのお父さんは、皿の上に残った貝殻のうちから口の開いていないのを選って、懸命に口をこじ開けているではないか。

「いくら美味しくたって、貝をこじ開けて食べたらだめですよ」と僕の女房が言う。

「ホー、驚いた。日本人の君が知らないなんて。閉じてる貝がいちばん旨いんだよ」

「？　だって死んでたんですよ、閉じてる貝は」

「そう、みんな死んでるんだ。死ぬ前にいちばん元気がよくて、歯を食いしばってた貝なんだよ、これは」

皆が謎の微笑みを浮かべたまま、この会話は終わった。もちろん皆さんは、料理しても閉じてる貝は、料理する前から死んでいた活きの悪いものだから食べてはいけないってご存じですよね。僕らは今でも、彼のお父さんが、いつかお腹をこわすのじゃないかと心配している。

48.

イタリアも、三方を海に囲まれた半島国であるから、魚がまずいわけがあろうはずがない。セッピオリーニ（甲イカの小さいもの）やチチニェッリ（しらうお）の揚げものや本場のスカンピ、ムール貝、ヴォンゴレヴェラーチェ（イタリアのアサリ）の旨さは、日本ではとても味わえない。イタリアでは、美味しい魚さえ手に入ればあとは腕の見せどころだが、そこまでたどり着くにはもう賭博師にでもなったつもりで、まわりは皆、インブロリオーネ（いかさま師）だと覚悟して、勝負に臨まなくてはいけないのである。

▼A

ヴァカンス人間図鑑 ▼ II

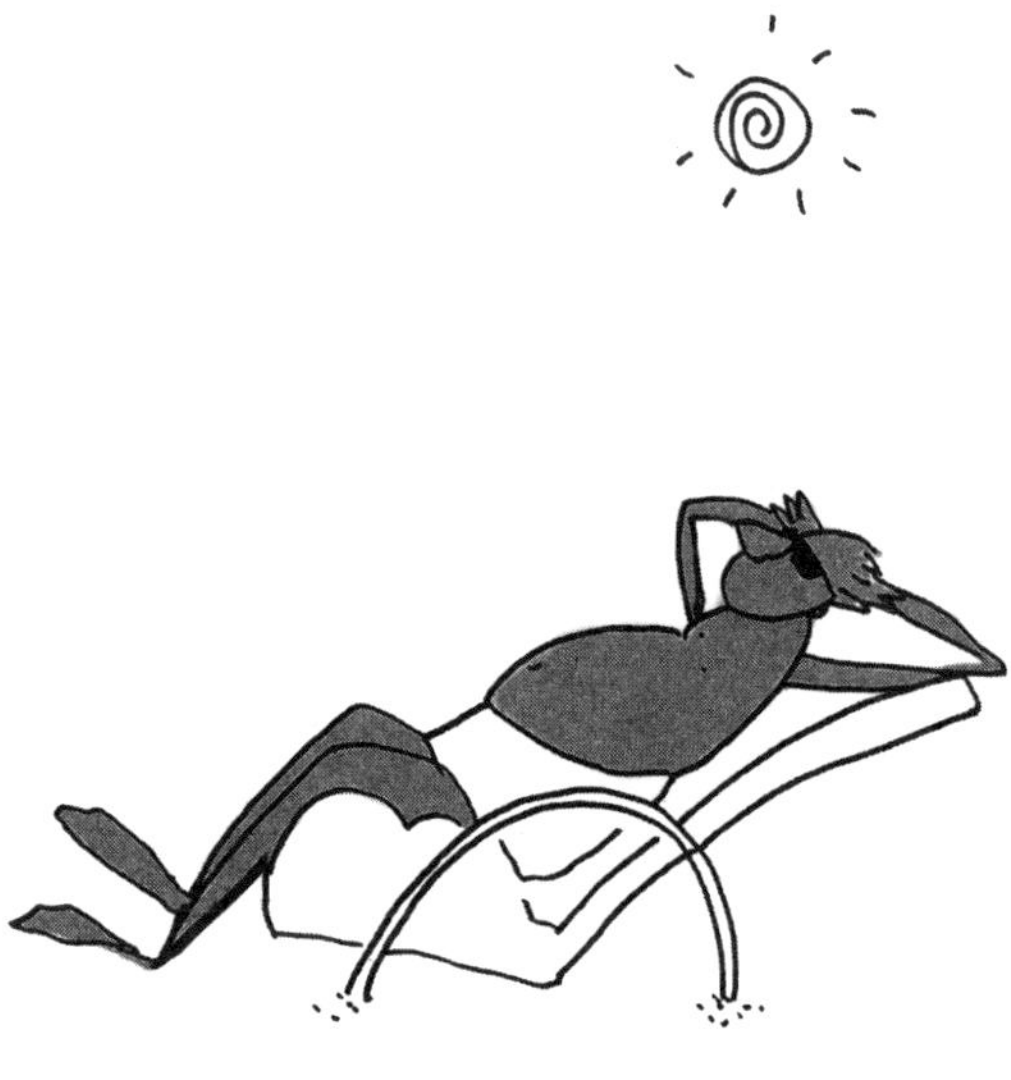

▼インチキ果物屋

基本的な部分では、人間社会もやはり自然界に似ている。エサとなる生物がいるところには、それを食べる生物が集まる。カモとなる善良な人びとが集まるところには、それを狙う不届き者も現れる。そして、とくにリゾート地では、集まった人びとの頭のなかも、その上に広がるカンカン照りの空と同様からりと晴れわたって、まったく無防備になってしまう。

イタリアだけでなくどこへ行っても、リゾート地で物価が高いのは、インチキとは言えないまでも、やっぱりボッてるんだと思う。

我がマリーナ・ディ・カメロータもご多分にもれず、物みななんでも高い。海水浴やスキューバの道具なんてナポリの五割増しなんてのはざらで、ひどいのは倍の値をふっかけてくる。僕の家のある別荘地内のマーケットもやたらと高い。そのうえ感じも悪いので、僕らは普段は町のマーケットで買い物をするのだが、別荘地の出入口には管理人がいて、なんとなくチェックしている。どこで買い物をしようと僕らの勝手だから、後ろめたいことなどないのに、こそこそと買ってきた物を隠してしまう。そしてたまに、牛乳ひと箱とか新聞とかを、ごきげん伺いがわりに買いに行く自分が、哀しい。

しかしある年、そんなマリーナ・ディ・カメロータに、僕ら消費者の強い味方が登場した。サッケティ氏である。サッケティ氏は、ヴァカンスに来ている観光客相手に車でやって来る、いわゆる行商の果物屋だ。小柄で眼鏡をかけ、新聞片手にいつも洒落たジャケットとカジュアルタイに身を包んだ彼は、そのていねいな言葉づかいとたくみな話術で、どこか学者然としていて、皆から、「プロフェッソー（プロッフェッソーレ＝学者先生）」と呼ばれるようになった。

なにしろ、いまいち美味しそうじゃない果物でも、プロフェッソーに言葉たくみに勧められると、ご婦人たちもすっかり納得して買っていくのだから凄いではないか。

それだけだったら、ちっとも消費者の味方じゃないのだけれど、プロフェッソーの果物はとにかく安い。そのうえ、リゾート地にぴったりのアトラクションも楽しめるような工夫までしてくれた。ひと箱分の料金を払うと、広大な土地の彼の果樹園に自分で行って、箱いっぱい好きな果物をとってきていいというのだ。

当然の結果として、誰もがプロフェッソーのお客になった。しかしこれでは、他の果物屋はあがったりである。だからといって打つ術もない。ただ手をこまねいて見ているだけなのだ。

八月も終わりのある朝、プロフェッソーからこんな誘いがあった。

「さて皆さん、私の畑のブドウがすっかり熟し、今か今かと収穫されるのを待っております。そこでどうでしょう、ピクニックがてら、一等甘いブドウ狩りと洒落てみては。自分の目で選び、自分の手で摘んだブドウはまた格別であります。お代は、いつもの通りで結構。もちろん、私サッケティは押し売りなんていたしません。これは私からの提案であります。ご希望の方は、本日午後、お車でお集まりください。私がご案内いたします。さあ皆さん、サッケティの素晴らしい、甘く香るブドウ畑へどうぞ！」

その日の午後。

「皆さんご覧ください！　これが私のブドウ畑であります。いやいや、これくらいで驚かれることはありません。なにしろ私が丹精込めて育ててきたブドウの木たちでありますから。どうぞひと口お召し上がりください。みずみずしく、また芳醇なこの味。ギリシャの神々が最も愛した植物、それがブドウなんであります。ギリシャにゆかりの深いこの地で、神々のブドウを食べる。いやはや、なんて幸運でしょうか。

はい、お代は先に頂戴させていただきますよ。一、二、三、四……二十三名さまですね。おやおや、ずいぶんたくさん箱をもっていらしたんですねえ。もちろん全部の箱をいっぱいにしていただいて結構ですよ。その分お代はいただいているんですから、お好きなだけどうぞ。私は、よんどころない用事がありまして……私も皆さんとご一緒したいのはやまやまですが……。私しかしどうでしょう。正直な話、私がいないほうが遠慮がなくていいのではありませんか、実際。おや、バーベキューセットをもっていらした方もおありですな。やあ結構結構、どうぞ思う存分お楽しみください。ブドウは唯一食事中にでも食べられる果物です。なにしろヴィーノ（ワイン）はブドウでつくるんですからねえ。バーベキューにはぴったり、消化を助けるとも言われておるようですな。ところで、ヴィーノはおもちになりましたか。よろしい。万全ですな。なにしろヴィーノのない食事は味気ないものです。ましてピクニックとなればなおのことです。

それから皆さん、よくお聞きください。私が見たところ、今日が一番のブドウの採り入れ日和でありますから、別の方向からもうひとグループがやって来ることになっております。どうぞ挨拶などし合って仲よくなってくだされば、それにこしたことはございません。なにしろ皆さん、私の大切なお客さまであられる。ハッハッハ。おや、もうこんな時間ですか。私はこのへんで失礼しなくてはなりません。では、アリヴェデルチ（またお会いしましょう）。サッケティ自慢のブドウをごゆるりとご堪能ください。ブォン・ディヴェルティメント！（お楽しみを！）」

プロフェッソーが立ち去った後、僕らは大いに楽しんだ。それにしても、プロフェッソーはなんて気前がよくって楽しい人なんだろう。僕たちは、各自持ち寄ったパニーノを頬張りながらブドウを摘み、ブドウを摘んではヴィーノを飲み、ヴィーノを飲んでは歌い、歌いながらブドウを摘んだ。そろそろバーベキューからもいい匂いがしてくる。見上げると、あまりに強く照りつける太陽は、一瞬世界をモノクロに変えてしまう。

夏の空が青いというのは幻想だ。夏の太陽は僕らのエネルギーを絞り出させるべくあんなに強く照るのだろうか。そして、その僕らのエネルギーを吸ってなおさら強く照りつけてくるのだろうか。それならミイラにされちまう前に、ヴィーノを流し込め。肉を食らえ。バーベキューで煙幕をはって、安心してブドウ摘みを続けよう。ブドウのヤニと汁で指先が不気味な色に染まってくる。

ふと気がつくと、向こうからもブドウ摘みの一団が進んでくる。プロフェッソーの言っていた、もうひとつのグループだろう。

しかし、ずいぶんと地味な団体さんである。赤、青、黄色、花柄にストライプ、まるで万国旗みたいに派手派手のコスチュームの僕らとはまったく対照的で、灰色、茶色、黄土色、まるでさっき土の中から出てきましたよ、というようなアースカラーのオンパレードである。それにあんまり楽しそうではない。みんなしかめっ面をして話もせずに、黙々とブドウを摘み続けている。まあ、人それぞれ楽しさの表現が違うのだからいいんだけどね。

「サルヴェ！（やあ！）」。彼らとの間隔が狭まると、われわれは互いに挨拶をかわした。そして気がついたのだが、彼らのアースカラーの衣装はどうも作業用の古着らしい。かつては僕らの服のようにいろんな色だった形跡がある。

う〜ん。さては奴さんたち、もうひとつグループがある（僕らのこと）と聞いて、自分らの取り分が減るといけないと、本気になったのに違いない。それにひきかえ僕らは、飲めや歌えのていたらく、バーベキューののろし上げていったいなに考えてんだ、てな顔で見ているではないか。

そこに、一台の自動車がガタガタと埃を立てながらやってきて、僕らの真ん前に止まった。

なかには、おっかない顔をした親父が座っている。

「あんたら、いったい誰に断って、ここでそんなどんちゃん騒ぎをやってんだ！」

「なんなのいったい！　ここはサッケティさんの土地なのよ！　ちゃんとお金も払ったんだから！」

一番に抗議したのは案の定、姉のシシーナだ。

次々と皆から抗議を受けて、やっとカンジワル親父は退散した。でも、せっかくの楽しい気分はそがれてしまい、ブドウはたっぷり採ったし、そろそろお開きにしようということになった。

皆がそれぞれの車に荷物を積み終えて帰ろうとすると、またしてもガタガタと埃を立ててさっきの親父が登場した。ところが、今度はカラビニエリ（特殊警察）と一緒ではないか。そして僕らはなんとなく理解した。「僕らが間違っていたのかもしれない」と。

そして警察署に連れていかれ、事情聴取を受けた。そしてはっきりと確信した。「僕たちはだまされていたのだ！」と。

だけど、高い物価に苦しむかわいそうな観光客に、たとえ一時でも希望を与えてくれたサッケティ氏は、ロビンフッドか怪傑ゾロか、強きをいさめ弱きを助く、かの英雄さながらではないか。新種のセイウチかアザラシみたいに浜でゴロゴロしている観光客だって、ひとたび家に帰れば世知辛い生活に追われる身なのである。たまには、得をする側にまわったっていいじゃないか。なにせ僕らは、被害者というより共犯者に近いのだ。

勝手に人の畑に入り込んで、せっせと盗みに加担していたかと思うと、今さらながらゾクゾクしてくる。もちろん古着を着込んでもくもくと働いていたお百姓さんたちの姿が目の前にチラつくと、お気の毒という気にはなるけど、これはもう天災みたいなもんで、避けては通れない運命だったと諦めてもらうしかないでしょう。いや、ほんとにお気の毒でした。

僕がいくらこの話をしても、家内はちっとも信じてくれない。「だいたい、お百姓さんが一カ月以上も気がつかないわけがないし、盗んでるという自覚のない観光客が、どうやって見つからずに果物を採ったりできるの」というのである。

しかしあなた、我らがプロフェッソーを見くびってはいけません。彼はまさに、プロフェッソーと呼ばれるにふさわしい達人なのであります。冗談ぬきで、事実、ソレントでも同じことが起こったという噂を聞いた。「プロフェッソー健在」ということだろうか。それとも他の誰かの仕業だろうか。

僕は前者のほうを期待してしまう。そう考えると、なんだか「よし、僕も頑張るぞ！」という、よくわけのわからない活力が湧いてくるのを感じませんか？

▼
A

▼イタリアの犬たち

ヴァカンスシーズンは、一部の不運なペットたちにとっては、受難のシーズンともいえる。ヴァカンスに出かける者のなかには、街に犬猫を置き去りにしたり、途中道ばたに捨てていく「人でなし」がいるのだ。

とくに、忠誠心が売りの犬たちは、けなげにも馬鹿野郎の飼い主を捜して歩きまわり、車にひかれ、あえなくその生涯を閉じることとなる。

残念なことに、イタリアは他のヨーロッパの先進国に比べ、自然保護や動物愛護への関心が薄いと批判されることがある。これもその所以（ゆえん）のひとつだろう。この時期になると、国営テレビでは「あなただけ楽しめればそれでよいのですか？　愛すべき動物を置き去りにしないで！」と訴える。本当に情けない話なのだ。

もちろん一方では、ペットも家族と一緒に車に押し込み、意気揚々ヴァカンスに向かう善良な人びとだってたくさんいる。まさに、現代版「ノアの方舟（はこぶね）」である。

無論、僕の家族は善良ノア型人間に属する。ちなみに姉のシシーナの昨年のヴァカンスのお供は、ジェンナーロ（夫）、タロ（柴犬）、メルロ（つぐみの仲間）一羽、カナリア二羽、金魚三匹であった。十八歳になって乳離れの傾向著しい息子のロレンツォは、僕の母（当然彼のおばあちゃん）とロンドンに行ってしまっていた。

彼らの愛車フィアット127は、カタカタ・ケッケッ・ピーピー・チャプチャプ・ワンワン、カタカタ・ケッケッ・ピーピー・チャプチャプ・ゲーゲー（タロは車が苦手である）、一路マリーナ・ディ・カメロータへと向かったのであった。

柴犬のタロは、ひとりぼっちになってしまったマンマのために僕が日本から連れていった犬だ。もう五年以上前のこと、家族みんなの愛犬だったジョルジーノが、僕が日本に発ってまもなく、僕の後を追って（と母は言う）家出をしたまま帰ってこなくなってしまった。

やんちゃなジョルジーノはロマンスと冒険を求めて、それまでも幾度となく脱走を繰り返していた。けれど、いつだって帰ってきた。ボロボロに汚れていたり、怪我をしてることもしばしばだったが、かならず帰ってきた。だから、一度にふたりの同居人を失ったマンマは、一年以上も諦めずにジョルジーノの帰りを待っていた。

僕は遠く日本にいても、心配で心配で、なにもすることのできない状況が歯がゆくてしかたがなかった。ナポリにいたころには、ジョルジーノがいなくなると家内と一緒にバイクに乗って、幼稚園のあった空き地や、フォーリグロッタのトンネルの上の茂みなどジョルジーノが好きそうなところをぐるぐる回ったものだ。だからといって、それでジョルジーノが見つかったことは一度もなかったんだけど。

結局、いつもひとりで帰ってきて、「君にいちばん会いたかったよ！」とばかりに一直線に自分のエサの皿に向かって走っていった。野犬狩りなんてナポリでは聞いたこともないし、まして道に迷ったりするなんてことはありえないのだ。

ジョルジーノは実に可愛い奴だった。僕だって、他人のペットの話なんてたいして面白くないことはよく承知している。そりゃあ、「サッシのカギを背伸びして開けたり、水道を自分で出して水を飲む猫」や、「花火の音が嫌いで、パニックをおこしガラス戸をつき破ったり、車のハンドルを食っちゃった犬」なんていうビックリ仰天の話は別だ。僕が言っているのは、「ビスケットを見せるととっても欲しそうな顔をする」とか、「呼ぶとニャアと答える」なんていう、「うちの犬は呼吸をしてる、おまけにウンチもする」的な話だ。実際そういう人ってわりと多い。ペットののろけ話って、している当人は気がついてなかったりするから恐いんだよね。

僕が二十歳のころだったろうか。家族で父の墓参りに行った帰り、道ばたで少年が仔犬を売っているのに会った。自分の家で生まれたのだという。金色と銀色のふたつの柔らかな毛のかたまりが、籐籠のなかでゴソゴソモソモソ動いてる。母はそれを見たとたん、買うことに決めてしまった。僕らは、銀色のほうを運んだ。そして、ジョルジーノと名づけた。

ジョルジーノは映画の「ベンジー」を黒っぽく染めたような、なかなかキュートな風貌だった。だから無論、血統証なんてものはなかったけど、初めのうち僕らは純血種だと信じ込んでいた。ところが、育ってみるとどうも雑種らしい。だからといって、愛情が薄れるわけもなく、すぐに「雑種だから頭がいいのか」という肯定的結論に達した。

ジョルジーノは、控えめにいっても、一般的に「賢い」といわれる犬に属していた。「うちの犬はとっても賢い」と思っている人、よかったら、まあ同じぐらいだと思ってください。

しかも、愛嬌のよさは近所でもピカ一で、ビーグルやヴォルピーノ、パグなどの居並ぶ強豪をも大きく引き離していた。というのも、パラッツォ（マンション）には僕の家族三世帯全部が別の階の別の家に住んでおり（家内が来てからは、それが四つに増えた）、始終あちこちに出入りしていたし、暇なときはたいてい前庭の石のベンチに母と一緒に座っていたから、必然的にとても外交的だったのだ。

反面、パラッツォの住人以外の人間が入ってこようものならたいへんな騒ぎで、よき番犬の役目も果たしていた。飼い主の欲目かもしれないけど、家で大切にされている犬というよりも、田舎で放し飼いにされている犬たちのような独立心が溢れていたのだ。

ジョルジーノには、僕が友達にも堂々と自慢できる特技がひとつだけあった。ナッツを食べるのである。「なんだそーんなことか」なんて言わないでくださいね。ノッチョーリ（ヘーゼルナッツ）もピスタッキ（ピスタチオ）もノーチ（くるみ）も、みんな自分で殻をむいてきちんと中身だけ食べるんですよ。そんなこと、あなたのうちの犬にできますか？

ちなみに、僕らが今飼っているモモ（モモは僕が妻にプレゼントした犬で、僕らと一緒に日本に連れてきた）は、ジョルジーノの真似をしようとするのだが、どうしても上手にできなくて、粉々にしてしまう。そこで、ジョルジーノがむいたのを横取りしようとするもんだから、誰かがナッツを食べていると、かならず犬たちが喧嘩を始めるのだった。

僕はジョルジーノをいろんなところに連れていった。マリーナ・ディ・カメロータや母の故郷はもちろん、父が遺してくれたローマ郊外の家、仕事でよく通ったモリーゼやアブルッツォの山、そしてナポリの街中も、母の許しさえ出れば、車に乗せてどこでも連れていった。僕は、犬を都会のなかだけで暮らさせることには反対である。たまには大自然に帰って命の洗濯をしなくちゃいけないのは、僕ら人間よりむしろ犬たちではないかと思う。街っていうのは、人間が、自分たちが暮らしやすいようにつくったんだからね。

母も、僕の家内と同じで生き物がすごく好きだし、世話もうまい。猫と鳥は、僕が子供のときからいつも飼っている。でも、旅行のお供ができるのは犬たちだけだ。

猫って、芸術家肌というか、繊細で不良だから、ヴァカンスはしかたないとしても、へたに山なんかに連れていくと迷子になったりする。結局、紐でつないでおかなくちゃならなくて、かえってかわいそうだ。鳥はもう論外である。いくら馴れていても、籠から出してあげることはなかなか難しい。ジョルジーノだって自然に帰ると、有頂天になって飛びまわる。草の上でゴロゴロ、木々のあいだを駆け抜けてどこかに行ってしまう。しかし僕が帰るころになると、どこで見ていたのかちゃんと帰ってきたものだ。

ジョルジーノが姿を消して二年たった夏、家内が、日本から母に犬を持っていってあげようと言い出した。イタリアでは日本の犬は珍しいし、柴犬なら小さいから母でも面倒みられる、というのである。僕の義理の両親もタロという柴犬を飼っている。「うん、タロと同じのならいいな」。

ところが、日本では犬も高いんですねー。僕は驚いてしまった。別にショーに出すような趣味があるわけじゃないから、可愛ければ雑種で駄犬でもよかったんだけど、そういう犬がいないのだ。

なんでも、そんな犬は売れないから売っていないのだそうだ。なるほど理にかなってはいる。でもなんだかちょっと悲しい。犬も由緒正しくないのは、だめなんだろうか。

そこで僕らは、中村さんに聞いてみることにした。中村さんというのは、愛犬訓練所をしている犬の専門家だ。なにしろ、うちのアホ犬モモが、僕ら以外で言うことを聞く唯一の人物である。本当はシェパードが専門なんだそうだ。そしてやっぱり中村さんはエライ！　僕らに、生まれて数週間の柴犬を見つけてくれたではないか。それも、とても安価で。

タロ二世は、一ヵ月ほど日本の我が家で、渡伊を控えて訓練されることになった。無論、訓練するのは家内だ。だって彼女が言い出したことじゃあないか。そしてイタリアに着いたときタロ二世は、小さいながらも、御座りも、お手も、待ても全部マスターした「お行儀のよいお坊ちゃん」になっていた。家内は「なんでもできる気立てのよいタロちゃん」に鼻高々であった。

ところが、パンツェッタ家にタロを託して、僕らがイタリア国内をあっちこっち旅行して家に帰るごとに、なんとなくタロの様子が変わっていくのだ。そして、一カ月たって僕らが日本に帰るころには、お座りもお手も面倒くさいことは一切しない、気に入らないと怒り、機嫌がよいとやたらとはしゃぐ、それはそれは立派な「ナポリ風悪ガキ」へと変身をとげていたのである。ナポリへようこそ。

今ではタロもすっかり僕の家族の一員となった。でも誰ひとりとしてジョルジーノのことを忘れた者はいない。犬のモモでさえ「あっ、ジョルジーノだ！」というと、耳を立ててあたりを見まわす。モモにとっても無二の親友であった。

物事を悲観的に考えるのはいけないことだけど、諦めなくちゃいけないときもある。誰もそのことには触れないけれど、僕らはみんな、ジョルジーノはもうこの世にいないとわかっている。

▼
A

▼日焼けについての考察

夏のヴァカンスを楽しむなら、しつこいようだがやっぱり海だ。そして海に行くなら日に焼けてなくちゃ最悪、かっこ悪い。

イタリア人は焼けた肌が好きだ。日本では一般的に、女性は化粧をするとき肌を白く塗るらしいが、イタリアでは黒くする。時たま、なにを思ったか腐ったオレンジみたいな色に顔を染めてる女の子を見かける。しかし、もっと自然な色ってないんだろうか。テレビに出てる美人のタレントでも、顎（あご）のあたりから突然黒かったりすると、お面をつけてるみたいで、ついヴェネツィアの人かな、などとくだらないことを考えてしまう。やっぱり、海で焼いた色がいちばんだ。

さて、海に行くと僕たちがすることは、いたって単純。寝坊して、海岸に行って、寝そべる。ただし寝そべる前に絶対、忘れてはいけないことがある。おもむろにボトルを取り出し、その中身を身体じゅうに塗りつけるのである。このボトルの中身こそが重大機密なのだ。それぞれ、本やテレビ、夏もすぐそことなると突然飛び交ういろいろな情報をもとにつくられたイントゥルーリオ（混合秘薬）なのだ。

しかし、実のところ、このような白家製の日焼け薬は、効くときも凄いが、効き過ぎるともっと凄い。僕の友人たち四人は、イチジクの葉のオイルをつくって得意がっていた。そして間もなく、四人そろって病院に運び込まれた。ほんのちょっと日に当たっただけで、ひどい火傷(やけど)をしてしまったのだという。それまでは面白がっていろいろなイントゥルーリオを試していた僕も姉もすっかり怖じ気づいて、すぐに市販品に切り替えることにした（シシーナからの最近のお勧めは市販のニンジンクリームである。参考までに）。

しかし、なにを隠そうこの僕も、一度だけ大失敗をしたことがある。なにせぼくは家族のなかでもいちばん色が白い。シシーナもすぐ焼けるほうだし、兄のジーノなんて普段から黒いうえに、髪の毛も真っ黒で縮れているからアラブ人そのものである。ボローニャの建築エキスポに行ったとき、本物のアラブ人にアラビア語で話しかけられたほどの本格派なのだ。要するに、年の順に黒から白へのグラデーションになっているわけだ。

そのうえ、顔だちもまったく違う。僕とシシーナはまだいいが、問題はジーノである。身体つきは同じくらいなのに、一緒にいても、まず兄弟と思われたためしがない。僕の家内に言わせると、「目の玉は似てる」のだそうである。いったい彼女はいつ、僕たちの目の玉なんか観察したのだろうか。

ところが、ジーノの息子のロレンツィーノと僕は、よくそっくりだといわれる。特に目のあたりが似ているのである。やっぱり、目の玉が似ているせいなんだろうか。

66.

一方、シシーナの目はいつも輝いていて、僕ら兄弟や母とは全然違う。きっと父親似なんだろうが、実は父の目は深いグリーンだった。シシーナのは普通の茶色だ。同じ家族でも、遺伝子の順列組み合わせによって、いろんなヴァリエーションが楽しめるようになっている。

それでも僕の家族は、なんとなく身体つきが似ているのだけど、友人のマッシモの三兄弟なんてひどいもんだ。長男のマッシモは背は高くないががっちりしていて色白、僕より若いのに腹も出ているし、髪も薄い。次男のセルジョはとても小柄でスマートで眼鏡を掛けているが、髪はやっぱり薄い。そして末っ子ロベルトはひょろひょろと長身で色が黒く、髪もびっしりとはえている。とんだでこぼこ兄弟である。

なのにロンピ・スカートレ（マッタク面倒くさい奴）なところは全員親父さんそっくりで、実際、血は争えないものである。

それはさておき、僕は早く黒くなりたくてしかたなかった。まだ若くて今よりももっと愚かだった僕は、家庭用ランパダ・アブロンツァンテ（日焼けランプ）なるものを購入した。まあ「若気のいたり」と言い訳をさせていただこう。

さて、早速試してみた。説明書には「一回に十五〜二十分あたってください」とある。はじめのうちは守っていたのだけど、期待していたほどの効果があらわれない。ある日、ためしに顔の片面だけ、一時間ほどあたってみることにした。直接にはなんてこともなかったのに、二時間もたったころ、急に顔の半面がヒリヒリヒリヒリ、真っ赤になってしまった。一度の火傷だった。とにかく「若気のいたり」なのだからしかたない。どんなにきちんとして見える人でも、若いときにはなにかおかしなことをしでかしている、というよい例である。

結局、顔半面にべったりと軟膏を塗るというかっこ悪いはめになってしまった。けれど、それもなかなか楽しいものだった。というのは、イタリアでは挨拶のとき両頬をくっつけてキスをし合うのだけど、僕は会った人みんなを軟膏だらけにしてしまうことができたからだ。人生、どんな苦境にあっても楽しみは見出せるものである。

ヴァカンスの大原則に「なにもしない」というのがある。念のため言っておくと、この「なにもしない」とは、「なにをするにも目的意識をもってはいけない」ということである。だから、「よし、たっぷり日に焼いてやるぞ」などという目的をもつのは、本来邪道なのだ。「なにもしないで浜辺で寝ていたら、こんなに日に焼けてしまいました」というのが理想である。

事実、僕などはまだまだ未熟者だ。義理の兄のジェンナーロは「なにもしないヴァカンス」については名人級である。彼は、スブ（スキューバ）が大好きだ。彼の兄弟は皆スブが好きで、かなり本格的に取り組んでいる。ところがジェンナーロの場合は、ウェットを着たり、アクアラングなどというしち面倒くさいものはつけず、ただ、足ヒレと水中眼鏡に水中銃をもって、海面をフワフワと漂うのである。水中銃を構えて、あたかも懸命に魚を捜しているかのように装っているが、実は「魚を見たら撃つ」という、動物だったら当たり前の条件反射を備えているだけのことなのである。

その証拠に、魚なんか一匹も捕まえずに一時間も二時間も水に浸かっていて、出てくるときには唇は真っ青、手足も体もふやけて白子のカエルのようでとっても気持ちが悪い。そして少し休むと、また海に入っていく。これはすでに「そこに山があるから」と言った、かの登山家の境地であろうか。

ジェンナーロの条件反射性漁の獲物は、主にタコと貝とヒトデである。とくにタコが捕れると、唯一活動的な獲物であるからだろうか、本当に嬉しそうである。この条件反射性漁のポイントも、やはり「なにも考えない」ところにあるようだ。

ある日、彼はいつものようにスブを楽しんでいたのだが、途中で銃の具合がおかしくなってしまった。それでもめげずに海を漂っていると、なんと大ダコを発見してしまったのである。とっさに（=なにも考えずに）ジェンナーロは、果敢に大ダコに挑んでいった。タコの足は八本、こちらは四本。当然かなうはずがない。とうとう後ろから羽交い締めにされてしまった。ジェンナーロ危機一髪である。

「アイウトー！（助けてくれ！）」

ただならぬ悲鳴に僕らは振り返った。わあやめてくれ、あんなところでタコに巻きつかれて溺れそうになっているのが僕の義兄だなんて、助けにいったらばれちゃうよ。勝手にタコにでもなんでも食われてくれ、とは思ったけど、姉と甥が母子家庭になったらかわいそうだから助けにいった。

それにしても、タコの吸盤てのは凄いものだ。ジェンナーロの背中から胸や腹にかけてしっかりとしがみついている。これはしめたものだ。このまま陸に上がれば、今晩は美味しいポリポ・アッフォガート（ナポリ風タコの煮込み）にありつけるではないか。

ところが、そうは問屋が卸さない。浜に近づくとタコの奴、危険を察知したのか吸引解除、クニャクニャスルスルと逃げようとした。自然とは偉大である。さっきまで絶対とれなかった吸盤がいとも簡単にスルリとはずれてしまったではないか。僕らがバスルームで使う、タコの吸盤を真似たと思しきプラスティック製吸盤とは性能が違う。あれがタイルにくっついたままとれなくなったこと、ありませんか？

しかし、さすがなのはタコの吸盤だけではなかった。ジェンナーロの条件反射がまたしても発揮されたのである。スルリと逃げたタコの頭をガッとわしづかみ。タコが逃げたときには「あ～」と溜め息が漏れていた浜辺の野次馬から、にわかに拍手が巻き起こった。浜に上がると野次馬たちがどっと寄ってきて、口々に「凄い大ダコだ」と囃す。ジェンナーロもすっかりその気になって、当のタコばかりか、背中から肩、胸を走る赤く腫れあがったタコの足跡まで、自慢気に見せびらかしていた。

その日の夜は期待通り、ポリポ・アッフォガートとそのソースであえた素晴らしいリングイーネで家族みんな大満足。「ジェンナーロ、一日英雄」の日でありました。

まあ、まれにこんな珍事も起こるのだが、普段のジェンナーロのヴァカンス生活はいたって平穏である。海から帰るとシャワーを浴び、食事をし、スブ用品をきれいに洗って乾かす。そのあとは、家のなかを行ったり来たり。

僕の家内は、初めてその様子を見たとき退屈しているんだと勘違いしたようだ。が、それは間違いである。「行ったり来たり」、動物園の熊を連想させるこの行為こそ、祖先への回帰、まだ人間が動物であったころに繰り返していた行為であり、最高にリラックスしている人間のみが到達できる無為の境地なのである。

さて、リゾート地では日が暮れてからなにをするのかというと、ちょこっとだけおめかしして街の目抜き通りに出かける。

イタリアに来たことのある人なら、覚えてるでしょう。ミラノにしてもローマにしても、夕方になると街の主な通りにたくさんの人が集まってくる。べつにレストランに行くわけでもなく、バールやベンチに腰かけたり、ただピアッツァ（広場）を行ったり来たり。要するにあれの延長です。リゾート地のようにあまり大きくない街では、主な通りは一、二本しかない。したがって、通りは大混雑となる。みんながそこで、例の「行ったり来たり」をしなくてはならないからなのだ。

それを見逃さないのが、目立ちたがり屋たちである。人でごったがえした狭い路を自慢の車で通ると、皆いやがおうでも振り返る。かっこいい車ならなおさらだが、そうでないときは、窓とラジオのヴォリュームを全開にしても、同じ程度の効果が期待できるようである。イタリ

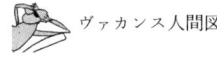

アで目立ってみたい人、まずはお試しあれ。

目立ちたがり屋のあいだの最も新しい流行は携帯電話である。ここ二、三年ほどで、イタリアでも携帯電話の需要がずいぶん増えたようだ。ビーチも、バールも、レストランも、人の集まるところはどこでも、この目立ちたがり屋コン携帯電話（携帯電話をもった目立ちたがり屋）の生息地である。

「そんな迷惑な」と思った方、常識は万国共通ではないのですよ。これ見よがしに大声で話す彼らはよくわかっていて、皆さんが知らないこと、それは、周囲のイタリア人はみんな聞きたがり知りたがりばかりだということだ。

だから目立ちたがり屋たちは、話す声もやたらにでかい。見ず知らずの人にでも、触れまわりたい自慢話や噂話があったらこの手に限る。周囲も周囲で、「ホラばっかり……」と思いつつも、ついつい耳が巨大化してしまうのである。この「聞かせたい」と「聞きたい」欲求の相乗効果で携帯電話の人気は鰻登りなのだ。携帯電話のイタリア風使用法、皆さんもお試しあれ。――実行して店からつまみ出されても、「ジローラモに聞いた」と他人に責任転嫁しないこと。

▼
A

▼ヴァカンス泥棒

いくらヴァカンスだといったって、ひと月もふた月も家を留守にして泥棒に入られないのかな、と思った方も多いでしょう。ご名答！　もちろん泥棒に入られるのであります。だからといって、なにも泥棒はヴァカンスだけの専売特許ではなく、一年を通してまんべんなく横行してはいるのであるが。

ヴァカンスシーズンの泥棒の特徴は、なんといってもその大胆さにある。そのよい例が、デ・ルーカ氏のところに入った泥棒だ。

デ・ルーカ氏は僕が十六歳のちょうど復活祭が終わったころ、僕たちの向かいのパラッツォに引っ越してきた。カラビニエレ（特殊警察）のウッフィチアーレ（オフィサー）である彼は、その立場に恥じない大きなお腹が威圧感たっぷりの巨漢、というよりはむしろ百貫デブであった。なにしろ、車を降りるときでも、まずはこっちの脚、次にもう一方の脚と、自分で持ち上げなくちゃならないほどで、やっと降りたときには「ハアハア、ハアハア」、すっごくかっこ悪くて、僕らは陰で真似しては面白がっていた。

その夏、デ・ルーカ氏もやっぱりヴァカンスに出かけていった。そして、長いヴァカンスを終えて家に帰ってみると、なんと家のなかは空っぽ、ずぇぇぇんぶ（全部）盗まれてしまっていたのである。家具もソファもベッドもテレビも、それにオーブンや流しまでだ。

僕は、その場にいたわけではないから、デ・ルーカ氏がどれくらいショックを受けたのか皆さんに説明することはできないけど、想像するのは難しくないでしょう。とにもかくにも、ずぇぇぇんぶ盗られちゃったのだから、あれは父の形見だったとか、あれはどこそこの思い出の品だったとか、そんな細かいこと考えてる余裕もないほどのショックであったに違いない。デ・ルーカ氏が盗難保険に入っていたのか、そんな個人的なことは僕は知らないが、まあどちらにせよ、彼はすぐに必要な家具一式を買い揃えた。さらには、扉をもっと重い金属が入ったのに換え、窓にも防犯用鉄格子を取りつけた。ひとまずはこれで落ち着いたわけである。

何事もなく四カ月が過ぎ、クリスマスがやってきた。イタリアでは、クリスマスは復活祭とならぶ大きなお祭りで、日本の正月のように商店もなにもみんな閉まってしまう。親戚どうし集まって祝う者もあれば、一週間ほどの休暇を利用して旅行をする者もある。

デ・ルーカ氏も二日ほど、親類の家を訪ねた。そして家に帰ってみるとまたしても、空っぽ。悪いけど、僕らみんな、笑ってしまった。だってデ・ルーカ氏はカラビニエレなのだ。カラビニエレなのに泥棒されたから笑ったのではない。カラビニエレのうえに、泥棒されたから笑ったのである。

カラビニエレはイタリアで最も馬鹿にされている職業なのだ。第一次大戦までは、カラビニエレは尊敬され、そのユニフォームを身につけることはたいへんな誇りであり、憧れであったという。ところが、学歴制限が低かったので、学業がいまひとつだからカラビニエレになっちゃえ、という大男総身に知恵が……的な輩が増えてしまった。

そんなわけで、以来カラビニエレをからかったバルゼレッタ（笑い話）が次々に生まれ、喜劇映画のなかでもしばしば、まぬけなカラビニエレが描かれるはめになったのだ。

＊あるカラビニエレが友達のカラビニエレに言った。

「この時計さあ、シャワーもできるっていうから買ったんだけど。いったいどっから水が出んのかねえ」

＊あるカラビニエレが車のウィンカーの調子が悪いので、友だちのカラビニエレに、ちゃんと点くかどうか見ていてくれるように頼んだ。

「俺は車のなかからウィンカーを出すから、お前は前から見てて、点いてたらスィー、点いてなかったら、ノーって言ってくれよ」

「OK、よし点けてくれ……。あっ、今スィー、今ノー、今スィー、今ノー、今スィー」

おわかりいただけただろうか。とんでもないアホ扱いである。こんなカラビニエレのバルゼレッタが数かぎりなくあるのだ。

一方、大人たちには、デ・ルーカ氏は職業柄、どこかの泥棒の恨みを買っているのに違いないと言われていたらしい。まあカラビ ーエレだし、しかたないだろう、というわけである。泥棒からは狙われ、大人たちからは見放され、子供たちからは馬鹿にされていた哀れなデ・ルーカ氏はそれでもめげず、もう一度家具を揃え、今度は防犯サイレンなるものまで取りつけた。これでもう大丈夫だろう。

何事もなく、三カ月が過ぎた。もうすぐ復活祭である。ある朝、彼が目を覚ますと、もう十時である。すっかり寝過ごしてしまった。あわてて寝室から飛び出すと、そこには再び、空っぽの世界が広がっていた。なんと今回は、デ・ルーカ氏は睡眠スプレーで眠らされてしまっていたのであった。

さすがのデ・ルーカ氏もほとほとうんざりしたらしく、とうとう引っ越していってしまった。結局、一度も復活祭を新居で迎えることはなかったわけだ。

だけど念のため言っておくが、デ・ルーカ氏ほどひどい目に遭うのもなかなか珍しい。彼の場合、災難に遭うためのいろいろな条件が揃い過ぎていた。後でわかったことだが、泥棒たちはトラックでやってきて、引っ越しを装って白昼堂々と犯行を行っていたらしい。

こんなことができたのは、デ・ルーカ氏のパラッツォには門も管理人もついていなかったからだ。例えば、僕のパラッツォの場合、そう簡単にはいかない。部外者がパラッツォに入るには、外の門と各階段の入り口の二つのカギを開けてもらい、一度は管理人の前を通らないと内に入れないようになっている。ましてトラックが入るとなると、大きいほうの門を開けなければならないから、たいへん目立ってしまうのだ。

そのうえ、デ・ルーカ氏は越してきたばかりで近所とのつき合いもなかった。彼には、彼と同じくらい太った奥さんと、もの凄い年寄りでもうヨボヨボのお母さんがいた。だけど、奥さんはちょっとすまし屋で、「皆さんとくだらない噂話なんかできませんわ」という顔をしていたし、お母さんはひとりで外出することはほとんどなかった。

これが、どこかの家のようなおしゃべりの奥さんだったならば、近所でも「あら、デ・ルーカさんのところ引っ越すなんて言ってなかったわよ」と、不審に思ったに違いない。それに、たとえ泥棒に遭ってしまっても、近所づき合いがあればもっと気の毒がられただろう。もちろん皆、口では「まあ、お気の毒」と言ってはいたが、最後にプッと吹いてしまうようなところがあった。それは、もちろんデ・ルーカ氏がカラビニエレだというせいでもあったのだけれど。

教訓——泥棒から身を守るには、近所づき合いと職業選択が大切である。

しかし、どんなに近所と仲よくしていても避けられない場合もある、当然。

一昨年のことだったろうか、「リミニの恐怖のスプレー強盗」と呼ばれる事件が起こった。

リミニはイタリア中北部アドリア海側にあるリゾート地で、真夏には、ドイツ人の女の子たちがイタリア男とのアヴァンチュールを求めて集まる場所として知られている。

僕らも一度、オフシーズンに行ったことがある。世界最小の共和国、サン・マリーノを訪れたついでに立ち寄ったのだけど、サン・マリーノもリミニも、どこがいいのかさっぱりわからない、ひどい所だった。オフシーズンのためだろうが、閑散とした街には、わざわざ遠くからやって来た僕らを満足させてくれるようなものはひとつもなかった。サン・マリーノ共和国の中心に向かう坂道には、昔ながらの街並みが残っているものの、どれもが同じような醜悪な土産物を売る店になっている。

これはきっと、僕たちのように、ここへやって来たはいいが、サン・マリーノ記念切手なんというものでも買わないことには、どうしてもやりきれない気持ちになってしまっている悲しい旅行者をターゲットにしているのに違いない。まさに観光に害された街の標本だ。

僕ら夫婦は、サン・マリーノでも比較的いいはずのホテルに泊まったのだけれど、部屋は広いがガランとしていてうら寂しかった。なにもかもがキングサイズで、妻はとても困っていた。というのも、バスルームの鏡なんかやけに高い所についているので、彼女は背伸びをしてやっとおでこが見えるくらいだったし（彼女は特別小さいほうではない。百六十センチくらいだろう）、シャワーも頭上はるかかなたから降ってくるので水が分散して、全然身体に当たらないのだという。彼女によると、全部がドイツの巨人用につくられているからなんだそうだ。海にしても、夏になって、きれいなドイツ娘たちに彩られると様子が変わるかもしれないけど、冬にはただつまらない砂浜がだらだらと続いているだけだ。

リミニの人気は、ナイトライフの楽しさでもっているのじゃないだろうか。なにせ、リミニはディスコの多さではイタリアでも有数の街だ。しかしそのディスコもほとんどが夏だけオープンするのである。こうなると、海に遊びに来た人のためにディスコがあるというより、むしろ海つきディスコというべきだろう。

「リミニのスプレー強盗」は、そんなディスコで遊びほうけていたリゾート客を恐怖に陥れた。スプレー強盗の手口は次のようである。

①早朝キャンプ場にやって来る。

②遊び疲れて眠り込んでいるリゾート客のテント内に、睡眠スプレーを噴射する。

③目についた物、すべてを頂戴する。

キャンプ客だから、そんなに金めの物や大金はもっていなかったのだけど、時計やアクセサリーなどこまごましたものを合わせると、被害は馬鹿にしたものではなかったそうだ。

教訓――リゾート地には、盗られたら嫌なものはもっていかないに越したことはない。でも盗られて嫌じゃないものってありますか？

僕の六本木の日本語学校時代以来の友人サルヴァトーレは、今は故郷のラグーサ（シチリア）に帰り、お父上の本屋を継いでいる。本屋といっても、ここそこの本屋とは比べものにならないほど素敵な本屋である。古い建物の天井のアーチをそのまま残した広い店内は、明るく整然としている。店の奥には昔のフォンターナ（噴水盤）があり、そこを囲む一角には読書コーナーが設けられている。

フォンターナはサルヴァトーレがここを買った後、店の内装中に覆っていた内壁をはがしたところ発見された本物のアンティークで、幸運のオマッジョ（おまけ）であった。ここの売り主が知っていたら、値段もぐんと跳ね上がったに違いない。友人のイタリア通日本人いわく、「ローマでも見たこともないほどの素晴らしい書店」なのである。

サルヴァトーレは、シニカルでナイーヴな面白い男で、たいへんな凝り性だ。日本にいたころから、彼の凝り性は友人のあいだでは有名だった。彼にちょっと欲しいものがあるから買い物につき合ってくれといわれたら最後、その日一日は彼に捧げなければならなかった。気に入る品が見つかるまで、引き回しの刑に遭うのである。

僕らは五年ほど前、彼を訪ねてシチリアを旅して以来、シチリアに漂うどこかしらオリエンタルな雰囲気と、食べ物の旨さ、そしてパオリーノ家（サルヴァトーレの名字）の温かいもてなしがすっかり気に入ってしまい、機会あるごとに訪れている。

彼の住むラグーサには、ラグーサ・イップラと呼ばれる古代都市が隣接して、今でも昔のままの姿を留めている。なんでもギリシャ時代には、地中海に沿って三つのイッブラと呼ばれる美しい都市があったといわれ、このラグーサ・イッブラはそのひとつだということである（あとの二カ所は、ギリシャとトルコにあるという)。

ラグーサには五キロほど離れたマリーナ・ディ・ラグーサがある。マリーナ・ディ・ラグーサは、マリーナ・ディ・カメロータと同様、ラグーサの海辺の町だ。ただカメロータの場合は、カメロータが小さな町でさほど豊かでなかったために、外部からのリゾート客にマリーナをすっかり占領されてしまったのに対し、ラグーサは比較的大きくて豊かだったので、マリーナはそのままラグーサの町の人びとのリゾートとして利用されているのだ。

パオリーノ一家もマリーナ・ディ・ラグーサにリゾートハウスをもっている。広い庭は一面に緑の芝が植えられ、その緑をピンク、オレンジ、黄色の珍しいハイビスカスが彩る。家の裏側にはイチジクやレモンの木々がたわわに実をつけている。家もかなり大きいし、家の中と外の両方にキッチン、ダイニング、シャワーがあって、海から帰ったら、シャワーで一息、そのまま外のキッチンで料理をして外のダイニングで食事ができるようになっている。

僕らは何度かそこに泊めてもらった。料理上手のサルヴァトーレの母君にたっぷりご馳走になった後、夜のイップラをぶらぶら散歩し、疲れたらマリーナの家でおやすみなさい。ラグーサの家に泊まるより、誰もいないマリーナの家のほうが気楽でいいでしょう、という心遣いなのだ。ねっ、こたえられないでしょう?

しかし、僕らが初めてこのマリーナの家に行ったとき、ひとつとても驚いたことがあった。家のなかになにもないのだ。そりゃ、ベッドや食器棚なんかはあるのだけど、凝り性のサルヴァトーレにはとても似合わないほどなにもない。なにしろラグーサの彼の家といったら日本やイタリアの骨董品が趣味はよく、けれど溢れんばかりに飾ってあるのだ。だけどまさか友達とはいえ、「この家はなんにもないねえ」とは言えない。

「実はね、去年の冬、コソ泥の野郎に全部盗まれちゃったのさ。まったく……」

僕らの思いを察したのか、サルヴァトーレが言った。

デ・ルーカ氏の逆なのである。誰もいない冬のリゾート地なら、デ・ルーカ氏の家を狙うより簡単ではないですか。泥棒は、窓の格子までもていねいにとって、なにもかも運び去ったんだそうだ。それから、サルヴァトーレの家族はリゾートハウスにはなにも置かないことにしているらしい。当然の選択である。

教訓——盗られるものがなければ盗られない（デ・ルーカ氏にも気づいてほしかったな）。

▼A

▼ヴィアッジョ・インテリジェンテ

アルベルト・ソルディをご存じだろうか？　イタリアを代表する喜劇俳優のひとりだ。彼の映画は古いのも新しいのもしょっちゅうテレビで放映しているほど、人気がある。

そのひとつに「ヴィアッジョ・インテリジェンテ（インテリ旅行）」というのがある。ちょっとあらすじを説明しよう。ソルディ扮する青果店の親父とまるまる太った奥さんとのあいだには、ふたりの美しい娘がいる。ソルディはなかなか二枚目だし、奥さんだって若いときはまるまるじゃなかったかもしれないと思えば、無理な設定でもない。そして娘たちは、ふたりそろってインテリである。大学に通っているのだ。

現在でもイタリアでは大学の進学率は十五パーセント足らずで、まだまだ特別なことではあるが、この映画がつくられた一九七〇年前後は、経済成長にともなって大学への進学率が増え始めた時代である。そんなことから、学生の両親は農民だったり商人だったり、要するに無学な一般庶民の子供でも大学教育を受けることが普通になってきたころなのだ。

となると当然、両親と子供たちのあいだに学問の深い溝ができてくる。先に言ってしまうと、この映画はそのギャップの大きさを笑っているかのようでいて、実は日和見(ひよりみ)的なインテリ性に対して、こんなのどこがいいんだね？　という疑問を投げかけているのだ。

だから見ている僕らは、知らず知らずのうちに親父さんたちに共感しちゃってるわけだ。彼の娘たちもインテリだけあってかなりアヴァンギャルドで、インド風コスチュームで足首に鈴なんかつけちゃって、歩くとシャナリシャナリと音がする。インドとか東洋の思想が流行(はや)っていた時代があったでしょ、ちょうどあのころなわけです。

そんな彼女たちが、彼女たちなりに両親のことを思ってか、夏のヴァカンスをもっと有意義なものにしてあげよう。浜辺でゴロゴロ、食っちゃ寝食っちゃ寝のヴァカンスはもうだめ。私たちが計画してあげた「ヴィアッジョ・インテンリジェンテ」にいってらっしゃい、と言い出す。

無学な両親は、そりゃかしこいお嬢たちの言うことに間違いはなかろうと、なんとなく気が進まないながらも、娘たちのスケジュールに従って出かけていく。ところが行く先は寺院やモニュメントばっかり。もともと歴史なんかにこれっぽっちも興味がなかったんだから、最初はいいけどやっぱり飽きるでしょ。そうなると楽しみはもう食べることだけ。いさんで娘の予約したレストランに行くと、まあなんと高級なところではありませんか。背筋のピンと伸びたカメリエレ（給仕）たちが、銀のお盆にご馳走をのせて、テーブルのあいだを行き来している。期待に胸をふくらませて待っていると、彼らの大きな皿の真ん中にちょこんと野菜がのせられた。たったそれだけ。娘が注文したヴェジタリアンメニューだった。

かわいそうなお母さんは夜な夜な、心地好い我が家の夢を見る。もう我慢の限界だ。ふたりは真っ赤なソースのかかった山盛りのパスタをたいらげ、こんな「ヴィアッジョ・インテンリジェンテ」なんて糞食らえと、わが家に帰っていく。ところが、夢にまで見ていた心地好いはずの我が家は、娘たちによってモダンに模様替えされてしまっていた。

なんというか、笑うに笑えない結末なんだけど、実際、時代の移り変わりって、いつも誰かやどこかに傷を残していくんだと思う。

なんで僕がこの話をもち出したかというと、なんとなく、日本人のイタリア旅行を彷彿とさせるからなのだ。イタリアの歴史になんて興味もないのに、ローマに来たらここを見なくちゃ、あそこも見なくちゃ、というものでもなかろう。ナイアガラの滝を見るのと、ヴァティカンのシスティーナを見るのとでは、根本的な意味がまったく違うのに、どこへ行ってもただポカンと口を開けて「ハァーハァー」と感心してはピースポーズで写真を撮るなんてのはおかしいんじゃないだろうか。

なにも僕は、イタリアに行くならイタリアの歴史を勉強しろ、なんて堅いことは言わない。予備知識がなくたって十分感動できるし、そこから皆さんの新しい分野への興味が広がっていくかもしれない。

しかし、もう少し自分なりの目的をもってはどうだろうか。せっかく高いお金を払って長い時間をかけて来てるのに、他人まかせの決められたコースをただついてまわるなんてナンセンスだ。異国でのんびりしたいならそれはそれだし、美味しいものだけに興味があるというのだっていいではないか。美術館や教会のなかを、なにも見ないでぺちゃくちゃお喋りしてはしゃぎまわったり、そうかと思うと、ただボーッとゾンビみたいに歩きまわるのはもうやめてほしい。もっと好きなことはないんだろうか。

かと思うと、買い物となると突如生き生きして、自分の好みの掘り出し物を探すのならまだしも、猫も杓子も有名ブティックに突撃する。ああいうブティックにとっては、今や日本人客は大得意さまさまだ。だって普通のイタリア人は、ブランド物に囲まれて生活したいなんて思ってないもの。一流ブランド品は、そういう物に囲まれて、かつ普通の顔して使ってられるような金持ちの特権みたいなものだ。

日本の団体のことを陰でなんて呼んでるか知ってますか。「羊」。イタリアでは羊はけっして良いイメージではない。羊は群れをなしていて、一匹が崖から飛び降りると、それに続いてみんな飛び降りて死んじゃうんだ。

彼らの言うには、日本人はいつもグループでやって来て、ひとりが買うとみんなおんなじ物を買っていくんだそうだ。僕は日本人観光客のあまり多くない、まあ来たとしてもおおよそ買い物なんかしないだろうナポリの出身だから、この話は、数年前に開催していた「ジローラモと一緒にイタリアに行こう」というツアーに係わって、耳にしたのだけど、僕の妻はフィレンツェに住んでたころ（もう十五年以上前）から同じことをずいぶんと言われたらしい。

歴史や文化のまったく違う国に旅行できるという幸運に恵まれながら、自分の国でも手軽に入る情報におどらされて、結局自分でなにかを感じることなく終わってしまう旅なんて、しなくっても同じじゃないか。買い物だけが目的で、僕らの国を格安大デパートメントストアかなにかと勘違いしているなら、失礼千万である。

実は、僕はヨーロッパの国を除いてはあんまり旅をしたことがない。祖国を愛しすぎちゃってるので、お金と時間があるとイタリアに帰ることしか思い浮かばなくなってしまうのだ。でも、帰国したときには周囲の国に足を延ばす。特にイギリスは、ロンドンに叔父がふたりいるし、妻が部屋の壁に地図を張っているほど取り憑かれてるので、ほとんど毎年行く。イギリスといっても、目下のところ僕らが興味があるのはウェールズやスコットランドだ。

初めてウェールズを旅したのは、偶然からだった。夏休みに叔父に会いにイギリスに行ったのに、ガトウィック飛行場から電話したら、アメリカにヴァカンスに行っているというではないか。なんの連絡もせずに行った僕も悪かったのだけど、しかたなくレンタカーを借りて、まあいい機会だから行ったことのない所をまわってみよう、ということになった。最初の晩の宿泊場所だけは飛行場のインフォメーションで予約して、あとはガイドブックを買って、行き当たりばったりである。

オックスフォードからバーミンガムの脇を抜けて、ウェールズのスノウドニアと呼ばれる地方にたどり着いた。暑いイタリアからやって来た僕らには、肌寒いくらいに澄んだ空気がピリピリと鼻や目にしみる。イギリスの内陸は単調でどこまで行っても緑の丘陵が続いている。そして数えきれないほどの羊たちが、まるで何百年もそこでそうしてきたような顔をして草を食(は)んでいる。イギリスの羊は、どうもイタリア人のイメージとは違っているようだ。群れになっているどころか、みんな独立していて、集合をかけてもあっさり無視されてしまいそうだ。

空には、やっぱり何百年も動いたことのないような、巨大な羊そっくりの雲が、こちらはきちんと連なって浮かんでいる。それが海に近づくにつれて、まるで天変地異の前ぶれのようなおかしな空模様に変わってくる。青空と灰色の雲の間から薄い金色の光の筋が何本も差して、今にもバックコーラスとともに「大天使ミカエル」が降りたってきそうだ。

谷を流れる河にそって丘の斜面を走ってきた僕らの目の前に、突然見たこともないような風景が広がった。河が海に溶け込むように交わる地点には、無数の洲ができており、靄(もや)がたったその洲の上でも羊たちが黙々と草を食んでいる。河も海も空も雲も墨流しのように交じり合ったなかで、その羊たちだけが、低く輝く太陽に金色の輪郭を施され、くっきりと浮かび上がっている。僕が今までに見た、最も美しい景色のひとつだった。

ひとつひとつの説明は控えておくけれども、ヴィクトリア女王のお気に入りだった城に泊まったり、赤い龍の城、嵐の港町、本屋ばかりの町といった、おとぎ噺風のタイトルでもつけられそうな所を、ちょっとばかしボロッとした赤いワーゲンゴルフ（いちばん格安のを借りたからね）で走ってまわったこの旅は、予定さえしていなかったのにもかかわらず、僕が今までに経験したいちばん素敵な旅だった。

僕の妻が部屋にイギリスの地図を張ったりしはじめたのは、その旅の直後である。彼女は、僕らが行った所は日本のガイドブックではどんなふうに紹介されているのかと、わざわざ本屋に見にいったんだそうだ。ところが、どの町も、いわゆる代表的なガイドブックにはのってない！

ということは、もし僕らが日本でも容易に手に入るガイドブックの情報だけで計画をたてていたら、同じ旅はまずできなかったわけなのだ。もちろん、緻密な計画をたてて行っても、それなりにすっごく楽しい旅にはなっただろうと思うが、こういうのもありますというひとつの例として聞いてください。

要するに僕が言いたいのは、旅は自分でつくるものだ、ということなんだ。ソルディの青果店の親父みたいに海辺でゴロゴロ、食っちゃ寝食っちゃ寝のヴァカンスが好きなら、それでいいんじゃないか。お仕着せの「ヴィアッジョ・インテリジェンテ（インテリ旅行）」よりよっぽど意味があるというものだ。僕は、かえってそのほうが「ヴィアッジョ・インテリジェンテ（賢い旅行）」と呼ぶにふさわしいと思うのだが、どうですか。

ナポリ、わが街 ▼ Ⅲ

▼ナポリ地下水路探検

ナポリのカフェが旨いということはもう話したけど、ではスパゲッティに代表されるパスタシュッタ（乾燥パスタ）やピッツァも、やっぱりナポリが一番ということはご存じだろうか。なんだかお国自慢をしてるみたいだが、事実だからしかたない。

ナポリが本場のピッツァはわかるけど、市販のスパゲッティの味がどうして違うんだろう、と思うでしょう。これもやっぱりカフェと同じように、水の差なのだ。スパゲッティをゆでる水、ピッツァの生地を練る水の違いなのである。

それでは、ナポリの水のどこがそんなに違うんだろうか。この謎を解明すべく昨年の夏、僕らは「ナポリ・ソッテラーネア（地下ナポリ）」と名づけられた、ナポリの地下水路探検ツアーに参加した。この水路はギリシャ・ローマ時代につくられ、以来、二十世紀初めに現在の水道のもととなるパイプがひかれるまで使われ続けていたという。ちなみに第二次大戦後、アメリカ人によってそのパイプに改良が加えられ、現在の水道が整えられたのである。

このツアーが行われるようになったのはごく最近だが、僕自身がナポリの地下水路探検ができると知ったのはもう五、六年前、友人でプレセーピオ（クリスマスに飾るキリスト降誕の模型）

の店をやっているウーゴから、「いや、この前、友達とね、ナポリの地下に潜ったんだがねえ、そりゃあ素晴らしかったね、なんたらかんたら」と長々自慢話を聞かされたときだ。

彼の店は、スパッカ・ナポリ（ナポリをふたつに分ける）と呼ばれ、実際にナポリのチェントロ・ストーリコ（歴史的中心地）をすぱっと真っぷたつに分けている路の途中を駅に向かって左に曲がったヴィア・サン・グレゴリオ・アルメーニオにある。この路地はプレセーピオの通りである。道の両側にあるのはすべてプレセーピオの店で、クリスマスのシーズンになるとそれは凄いにぎわいなのだが、その反対に普段はほとんど閉まっていてなんとも閑散としている。

そんなわけで、クリスマスシーズン以外にウーゴを見つけるのはちょっと難しくて、残念なことにここ数年会っていないのだが、今度彼に会ったら絶対、でっかいガラスのドームに入った素晴らしいプレセーピオを買うつもりだ。なにしろ彼の店のプレセーピオはこの通りで唯一、僕の眼鏡にかなったものなのだ。

話は「ナポリの水」から果てしなく離れてしまうけど、まあいい機会だからプレセーピオについても話しておこう。クリスマスには、ナポリのほとんどの家庭がプレセーピオを飾る。クリスマスツリーも飾るが、なんといってもプレセーピオが主役だ。それも机いっぱいにコルクの板を重ねて、キリストの生まれた馬屋はもちろん、馬屋が建っている丘やそれに続く谷、谷に沿って栄える町などをつくる大がかりなもので、なかにはポンプで本当に水の流れる川までつくっちゃう人もいる。そこに、思い思いにプレセーピオを並べていくのだ。

ただプレセーピオというと、聖家族と天使、東方の三博士、羊飼いくらいしか思い浮かべないかもしれないが、そんなあまっちょろいもんじゃない。チェルトーサ・ディ・サン・マルティーノ（サン・マルティーノ僧院）のプレセーピオ展示室を見たことのある人なら知っているかもしれないが、魚屋、八百屋、肉屋はもちろん、リモナータ（レモネード）やムッソ・ディ・ポルコ（豚の鼻や耳）の屋台、酔っぱらってご婦人に不届きな行為をしているスケベ爺いからチーズをかじっているネズミ、なんてのまである。つまり人びとの生活そのままが描かれるのだ。

最近でも、プレセーピオを飾るという文化は変わらないのだけど、当のプレセーピオがプラスティック製の安ぴかものがほとんどになってしまった。プラスティックなら片づけにしてもガラガラ箱にぶち込めばいいんだから楽は楽だが、なんとも趣きがないよなあ。

その点、ウーゴの店のプレセーピオは、ひとつひとつ手づくりのテラコッタ製である。絵はがきにもなっている古典的デザインで、素晴らしく生き生きしている。なかでもいちばん小さなサイズのものは、女性の親指ほどの大きさで本当に可愛らしいのだけど、つくる手間は大きいものの倍かかるから、値段も高い。

僕の狙っている、ドームに入っているプレセーピオというのは、この小さいサイズのものが値段によっていろいろあるのだが、だいたい高さ五十センチぐらいの縦長のガラスドームのなかに、町ごとまるまるぎっしりセットしてあるもので、僕も家内もかなり熱烈に恋してしまっている。

さてこの辺でナポリの地下水路の話に戻ろう。ウーゴはナポリのチェントロ・ストーリコに住むちゃきちゃきのナポレターノ（ナポリ人）だから、地下水路の入り口のある教会の神父さんに特別なコネがあって入れてもらったのだけど、誰でもそんなわけにいかないから僕は凄く羨ましかった。その後、地下水路探検ツアーが始まったと聞いてずっと参加したいと思っていたのに、なかなか都合がつかずにいた。

なにせ一年に一、二度しか帰国しないのだから、帰ったときにはすることが山ほどある。母や家族とも一緒にいたい。友達にも会いたい。行きたい場所も限りなくあるし、絶対食べておかないとあと何カ月も我慢しなくてはならない好物だってある。とにかく一カ月ほどのあいだに、少なくとも半年分のイタリアを身体いっぱいに満たしておかなくては、とても日本ではもたない。だから、今年こそは、と毎年思いながらも、そんなこんなでなんとなく延び延びになっていたのだ。

昨年の九月、日本へ帰る三日前の日曜の朝、とうとう堪忍袋の緒が切れた家内に叩き起こされてしまった。「今日を逃がしたら、また一年待たなくてはいけない」と思ったのか、やけにヒステリックでせっぱつまっている。

僕たちは前日まで、北部中部イタリアをまわっていて、その日午前二時ごろナポリに着いたばかりだ。一週間ほとんどずっと運転しっぱなしだったんだから、ちょっとは寝坊もしたい。地下水路なんてギリシャ時代からあるんだから、来年だろうが再来年だろうがなくなるわけでもなかろう。

眠い目をやっとこじ開けると、ベッドの脇にいつも半時間は平気で待たせる彼女が、なんとさっさと着替えもすませて恐い顔で座っている。これで今回も見送りとなれば、この恐い顔がはがれなくなって、僕は「ナポリ・ソッテラーネア」ならぬ「モンド・ソッテラーネア（地獄）」行きになってしまう。眠気なんてすっかり吹っ飛んでしまった。

ツアーの出発時間は決まっているから遅れると入れなくなってしまう。大急ぎで車を飛ばし、サンカルロ劇場の脇のピアッツァ・トリエステ・エ・トレントの駐車場に車を止め、今度はタクシーを拾い、ピアッツァ・デル・ジェズー・ヌオーヴォまで。

ナポリの地理をちょっと知っている人なら、なんでそんな面倒くさいことをと思っただろうが、ナポリの駐車事情がどんなかも知っているなら納得してくれるに違いない。ピアッツァ・デル・ジェズー・ヌオーヴォからは、車では入れないので自分の足で走るしかない。スパッカ・ナポリから左へ曲がって、めざすピアッツァ・サン・ガエターノまで、狭い石畳の路地をただただダッシュだ。途中、やっぱり僕らと同じようにダッシュしている四、五人の中高年の団体さんを追い越した。「サン・ガエターノはこっちでいいの？」なんて聞いているから、彼らもツアーに行くんだろう。こんなとこ走ってるのさえおかしいのに、僕の後ろからはいかにも運動神経ゼロの日本人女性が走っているもんだから、みんなが見るではないか。日頃のシェイプアップは大切である。

やっとのこと、ピアッツァにたどり着き、ぎりぎりで入場することができた。さっきの団体さんも、僕らが入場料を払っているあいだにすべり込んできた。

まず、ツアーの前に映画を見ながらの説明があり、その後、地下に降りることへの同意書にサインをする。ガイドの女の子は「形だけです。危険はありません」と言っていたけれど、そんなふうに言い訳されると、さてはなにかわけありかなと勘繰ってしまうのが人情で、いやがおうにもワクワク感が高まってくる。

さて、いよいよ地下に降りていく。地下探検ツアーは正味二時間ほどの短いものだが、まず地下二、三十メートルまで長い土の階段を降りていかなくてはならない。奥へ進むにしたがってまわりの温度も下がり、天井の高さが十数メートルはあろうかと思われる広いホールに着くと、ひんやりどころか上着を着ていても震えるほどに寒い。ホールといっても、四方を土の壁で固めたただだっぴろいトンネルである。明かりは僕らが通るときだけ係員によって灯される小さなライトのみで、初めのうちはほとんどなにも見えないほど真っ暗だが、しばらくすると目が慣れてあたりの様子がはっきりしてくる。

参加者は五十人くらいだろうか。見たところ、ほとんどが地元の人間のようだ。ガイドの女の子がちょっと高くなったところに上がって説明を始める。

もともと、ここを掘り始めたのはギリシャ人なのだが、彼らは建物を建てるためのトゥフォ(凝石灰)の採掘が目的で、掘った後の穴は墓地として使っていたと考えられている。というのもごく最近になって、この「ナポリの地下水路」研究の中心的存在である洞穴学者エンツォ・アルベルティーニ博士によって、ピアッツァ・ベッリーニとヴィア・フォリーアのギリシャ時代城壁に遺されている印と、サンタ・マリア・デル・ピアント墓地の地下四十メートルにある水路の凝石灰層に遺されている印とが、一致していることが発見されたためなのだ。

考えてもみてほしい。今から四、五千年も前に、地下四十メートルから石を掘り出して城壁をつくってたわけなのですよ。凄いではないですか。

そしてローマ時代、皇帝アウグストのころになって、今度は水路として使われるようになった。その水源はなんとナポリから千五百キロも離れたセアーノで、今だって地中を千五百キロといったら大変なことなのに、当時は蝋燭（ろうそく）の灯りにノミとトンカチだけで掘り進んだのだという。

それにしても、水路というからには、水が通っていかなくてはお話にならないが、水というのは勝手に流れてくるもんじゃあない。ナポリまで水を流すにはコンスタントに傾斜をつけていかなくてはならないわけである。

古代人の偉大さってものが、いろんなメディアを通してあまりにもお手軽に手もとに届いてくるものだから、僕らは少し麻痺してしまっていて、なんだか古代人は凄いことをやってのけていて当然のような気がしてはいないだろうか。しかし実際、目の当たりにすると、自分なんかのちゃちな想像をはるかに上回る緻密さ壮大さに、ああ自分は古代に生まれてなくてよかった、今以上の落ちこぼれにならずにすんだ、とホッとしてしまうのだ。

このホールはかつてはチステルナ（貯水槽）として使われていた部分だ。こんな巨大なチステルナがナポリの地下に幾つもつくられていて、そこに掘られた井戸の数も約六千にのぼる。要するに、ひとつのチステルナをみんなで共用していたのだ。

説明を聞いている僕らの背後にもある、天井までそそり立つ真四角の大きなセメントの柱は、その井戸を閉じるためにつくられた、いわば逆タッポ（栓）である。なぜ地下から地上に向けてタッポなんてしなくてはならなかったか。そこがナポリたる所以、使わなくなった井戸をよい穴があったとばかりに、大ゴミ捨て場にしてしまったからだ。地下水路の研究が開始されたころには、そのゴミが底から十数メートルも積もっていた。事実、僕らが立っているホールの地面は、そのゴミの上を埋め立てたのだそうだ。

まあ、ゴミ捨て場ばかりでは夢がないと、自分の家の地下を掘りチステルナにつなげ地下室をつくってしまった者もいた。その一例として僕らが見せてもらったのはなんとトイレ。これじゃあゴミ捨て場とたいして変わらない。どっから出るかの差だけで、ゴミのほうがまだましというものだ。

それにしても、五十人もの人間が洞窟の内できちんと列をつくって、順番に僕らのお祖父さんくらいの年代の人がつくったトイレを見ていくというのも、かなりおかしな光景だ。

大体、こんな暗くて深い穴だから、おかしなことが平気で起きる。戦争中、防空壕として使われたのを例外とすれば、ろくなことが起こっていない。例えば、井戸の穴から中にどんなものが捨てられているんだろう、などと要らぬ好奇心を起こした与太郎が、こともあろうに火のついた紙切れなんか投げ込んで、その火がゴミの山に引火し数人の死者が出るほどの惨事となったこともある。また、ある朝目が覚めたら、床が抜けていてベッドごと地中に落ちていた家族もあったらしい。まあこのときは、幸いフカフカのベッドとゴミの山のクッションのおかげで小さな子供まで全員無事だったそうだ。

もっと興味深いエピソードは、ナポリのチェントロストーリコにあって、今のところは一般公開されていないテアートロ・ロマーノ（ローマ時代の劇場）にかかわるものだ。やっぱり、ナポリのチェントロストーリコのどっかの家では、なぜかいつもジメジメと湿気（しっけ）た壁に悩まされていた。いくら塗り替えても効果がない。しかたなく職人を呼んで壁の下を掘り起こしてもらうことにした。

なにしろナポリくらい古い街となると、どこになにがあるのかわかっていない場合が多い。下水が今ほど普及していなかった時代にはトイレのないパラッツォがざらで、二、三軒先のパラッツォまで勝手にトイレを拝借するために秘密の地下道を掘ったりしたそうな。それが今になって発見されてびっくりなんてこともある。このときも、昔の水道管でもあって水が漏っているのかもしれないと思ったわけだ。そして掘っている途中にこれまた別の地下道を発見した。はて、これまたトイレ無断借用目的の通路かとたどってみると、どっこいテアートロ・ロマーノにつながっていた。ということは、悪名高いかの暴君ネローネ（ネロ）がお忍びに使っていた地下道だったのである。歌好きで有名なネローネのことだから、トンネルじゅうに声を響かせ、勇んでテアートロへ通っていたのに違いない。

さて僕らもそんなネローネにあやかって、水路のもっと入り組んだ部分に入っていこう。いよいよナポリ地下水路探検のハイライトである。まず、ひとりひとりに蝋燭が渡される。これから人ひとりやっと通れるほどの水路に入っていくのだから、ちゃんと自分の蝋燭を確保しておかないとあとで恐い思いをするのは、あなた自身だ。

人ひとりといっても、皆さんは前を向いたまま通れると思っているでしょう。だから、考えが甘いと言われるのですよ。蚊トンボみたいに細くたって、横向きでなくちゃまず無理だろう。したがって、横向きが前向きよりも幅のあるような人は、ダイエットに成功してからでないと、みんなが楽しく探検をしているあいだ、誰もいない暗黒のなかで寒さに震えながらの待ちぼうけを食うことになるだろう。

もともと人間が通るようにはできていないのだからしかたない。それだけに高さも唐突だ。幅が三十センチもないようなところでも、つねに十数メートルをキープしている。こうすれば、四方から掘られてきた水路がたとえまちまちの高さであっても、チステルナにたどり着くときにはひとつの流れにまとまっているわけだ。

ふと頭上を見上げた僕は、ナイフで刺したような天井の亀裂のちょうど頂点にあたる部分に小さな穴を見つけた。その穴までは三十メートルはあるんじゃないだろうか。小さな穴は空の星にそっくりだった。

考えると（まあ考えるほどのことはないが）、そこは外界なのだ。昔の人が星を見て、黒い天井に空いた穴だと思った気持ちはよくわかるが、それではさぞかし息苦しかっただろう。僕はなんだか、ワインボトルに落っことされたアリンコみたいな気分になった。実際、こんな地中を歩きまわるなんてアリンコそのものではないか。アリの生活もまんざら悪いわけではないんだな。

さらに進んでいくと、もうひとつのチステルナに出る。今度のチステルナは、大きさはさほどでもないが水がたっぷりとたたえられている。この探検ツアーのために、昔のように再現されているのだろう。チステルナの壁面のぐるりには歩道がついているが、これは僕らのために後から設けられたのではなく、「エ・ムナチェッリ」と呼ばれる職業のためにもともとあったのだそうだ。

「エ・ムナチェッリ」というのはナポリの方言で「幽霊」の意味なのだが、彼らの仕事は人を驚かすことなんかではなくて、水路全体の掃除をすることだった。だけど仕事柄、井戸のなかから突然登場したりするものだから、「エ・ムナチェッリ」というわけである。どうもナポレターノが井戸にゴミを投げ込んでいたのは、なにも井戸を使わなくなったからではないらしくて、「エ・ムナチェッリ」は大忙しだった。ゴミのなかには当然のことのように動物の死体なんかもあったらしい。

おや、どうやら、ここで僕はとうとう結論に達してしまった気配である。ナポリの水が、なぜそんなにも旨いのか？　山から引いてきた清らかな水を、ゴミや動物の死体や「ああびっくり、エ・ムナチェッリ」の垢や汗やらで滋養たっぷりに調味してあるからなのだ。これでパスタなんてゆでたら、美味しくとれたブイヨンでゆでているのと同じようなものだろう。この水路が使われなくなったのは、疫病のもととみなされてしまったためなのだが、よく言うではないですか、「旨いものほど身体に悪い」ってね。

▼ああ怖いミステリーツアー

「ナポリ地下水路探検ツアー」で僕は、なかなか面白いことを耳にした。カペッラ・ディ・サン・セヴェーロ（聖セヴェーロ礼拝堂）の井戸のチステルナからは、縦に真っぷたつに切断された人間の頭蓋骨が見つかったというのだ。このカペッラ・ディ・サン・セヴェーロこそアルキミーヤ（錬金術）の謎に包まれた、ご当地一番人気のミステリーポイントである。

時は十八世紀、この礼拝堂の所有者だったセヴェーロ・ライモンド・ディ・サングロ公は錬金術師、解剖学者、発明家で、その肩書からも想像できるようないかがわしい研究のために人体実験をしていると噂があった。チステルナから見つかった頭蓋骨は、その噂が事実であることの裏づけとなったわけだ。

真っぷたつの頭蓋骨なんてぞっとしないけど、ライモンド公が実際捨てたのは、ちゃんと脳味噌も目玉も肉もついたまま、完璧シンメトリックに切られた頭部だったに違いない。僕が勝手に病的な想像をめぐらしているのではないことは、カペッラ・ディ・サン・セヴェーロに展示されているライモンド公の研究の成果を見ればわかることだ。

礼拝堂は今でもライモンド公の子孫の所有で、その小ささに反して入場料は高い。内に入るとまず、はっとするほど美しく、どこか異様なその雰囲気に圧倒される。入り口から奥までひと目で見わたせるほどのスペースに、真っ白な大理石像があふれんばかりに飾られているのだけど、縄網がからみついていたり、布を被っていたりの女性像もあって、ライモンド公の不可思議な趣味を発散させているからだ。

そして礼拝堂の中央には、それらの像を司っているかのように「クリスト・ヴェラート（ベールで被われたキリスト）」が横たわっている。絶命したキリストに薄いベールがかけられている大理石の像だ。

しかしその現実離れしたリアルさゆえに、なかに本物の人間が閉じ込められているといわれているのである。薄いベールから透けて見える手や足の爪のへこみ、まぶた、浮き出た血管。どんなに目を近づけてみても、石を削ってここまでできるものか、という疑問を打ち消すことはできない。石から金をつくってしまうほどの錬金術なんだから、ことによれば、人間を大理石に閉じ込めるくらい朝飯前かもしれない。

こんな息苦しい礼拝堂を後に、右手にある階段を降りる。ああ、ここは来てはいけない場所だった。ライモンド公の怪奇趣味もとうとう極まれり。ガラス張りの展示棚のなかに、二体の人骨が立っている。その骨のまわりを、骨よりも太い大静脈から心臓、動脈、指先の毛細血管にいたるまで、黒々とした身体じゅうの血管が網の目のように被っているのだ。肉の部分はまったく残っていない。どうも僕には、ライモンド公は網や布で人間を包んで喜ぶ、おかしな習癖があったような気がしてならない。

もっと恐ろしいことに、ふたりの片方は妊婦でお腹に胎児を抱えている。血管内になにか凝血剤のようなものを注射されたというのだが、これだけ身体じゅうにまわるには、まだ生きて血液が循環しているときでなければ不可能ではないか。

僕は気がついた。骸骨に親しみが湧かないのは、表情がないせいなんだ。ここにいる血管人間たちにもやっぱり表情がないから、だんだん慣れて無機的に見えてくる。もし血管だけで表情ができるんだったら僕らは、なんの因果かひどい目に遭ったうえに、無残な姿を人びとにさらされて気味悪がられている、彼らの運命に同情せずにはいられないだろう。

皆さんのなかに、そんな彼らの仇(かたき)を討ってやろうという方がいたら、ラーゴ・ダヴェルノ(アヴェルノ湖)に行ってみることをお勧めする。古代から、ラーゴ・ダヴェルノは死者の国の入り口だといわれている。表向きはカトリックでありながら、おかしな研究に手を染めていたライモンド公のことだ、ちゃっかり古代の死者たちに紛れ込んでいるかもしれない。

ラーゴ・ダヴェルノは巨大クレーターにできた湖で、周囲を隆起したクレーターの縁に囲まれているから、いつも暗くどんよりとしている。皇帝アグリッパはこの地形を利用して、隣のルクリーノ湖、さらにポッツオリ湾まで、また別方向にはティレニア海に面したクーマまで地下に水路を掘ってつなげ、ラーゴ・ダヴェルノを自分の艦隊の隠し場所としていたという。

ラーゴ・ダヴェルノが、もとは火山のクレーターだったことからも想像がつくだろうが、ポポッツオリ湾のぐるりはカンピ・フレグレイ（フレグレイ平野）と名づけられた一大火山地帯だ。ポッツオリからカポ・ミゼーノ（ミゼーノ岬）まで、ポッツオリ湾のぐるりはカンピ・フレグレイ

ローマ時代、ナポリがローマ人の別荘地であったことは有名だが、この地帯の温泉も目玉のひとつだったことはご存じだろうか。バイアには今でも当時の大温泉浴場跡が残っている。草に被われたプールのような屋内温泉は今でもたっぷりと水をたたえているが、人影もなく、小さな滴（しずく）の音が何倍にもこだまして、一緒に僕まで吸い込まれてしまいそうになる。同じローマ時代の温泉でもアニャーノの温泉は姿を変え、現在も実用に供されている。温泉が好きなのは日本人だけじゃないんですよ（僕も大好きです）。

カンピ・フレグレイのちょうど真ん中には、生きながらにして地獄を体験できる、ソルファターラ（硫気孔群）がある。全部まわるには歩きで一時間以上はかかるだろう、かなり広い。入り口の駐車場の横にはキャンプ場やバールがあって人が集まっているが、ひとたびそこを離れると、もう地獄にいるんだか、まだ大丈夫なんだか、さっぱりわからなくなってしまう。一面に硫黄臭がたちこめ、歩いている地面をひと皮めくったその下で煮えたぎっている泥が足の裏を刺激してくる。ブロッブロッブロッ。

あちらこちらに開いた穴からは、蒸気が盛んに吹き出していて、へたにそのへんの石を動かしたりすると火傷（やけど）してしまう。さらに奥に行くと、石を積んだ洞穴がいくつかあって、服を脱いで腰かけるだけで天然サウナを楽しむことができる。僕はいまだに試したことはないが、な

かなか楽しいかもしれないな。ただし、地獄の悪魔のような真っ赤な顔をしたおじさんたちと一緒の穴、ひざ小僧をくっつけた状態でも我慢できる、というならばの話だ。

こんなおどろおどろしいナポリが何事もなく、ナポレターニが陽気でいられるのも、ひとえに聖ジェンナーロのおかげである。ナポリの守護聖人、聖ジェンナーロは西暦三〇五年、ディオクレティアヌス帝の迫害によって殉教したといわれる。ナポリのチェントロストーリコにある聖ジェンナーロのドゥオーモに保管されていて、彼の血液は今でもナポリを見守ってくれているのだ。カラカラに固まっている聖人の血には、毎年一、二度、聖ジェンナーロが流したそのときの状態、すなわち流れる鮮血に戻る、という奇跡が起こる。この奇跡があればその年は安泰。反対に戻らなければ、よくないことが起きる。聖ジェンナーロはこうして僕らに災難に備えるよう教えてくれるわけだ。

ちなみに、戦争が勃発した年、ナポリが大地震に襲われた年には、血液は溶けなかったという。そんなわけで、毎年九月十九日に行われる奇跡を願う祈祷は、全ナポリ市民にとっても大事な行事なのだ。

ナポリ郊外、ポッツオリの巡礼聖堂にある、聖ジェンナーロがその上で首を切られたという石にこびりついた血の染みも、同じように溶けると聞いていたが、専門家によるとどうもそちらは眉唾（まゆつば）らしい。その石自体が聖ジェンナーロの年代のものではないというのだ。

ピアッツァ・ダンテからカポディモンテに向かう途中、コルソ・アメデーオ・ディ・サヴォイアを登りきったところに聖ジェンナーロのカタコンベ（地下墓地）がある。やっぱりローマのカタコンベと同じように、時間をきめてガイドが案内してくれるので、カタコンベなんてひとつ見ればどこも同じだろうと思う人にも、墓めぐりが趣味の人にもぜひ行ってみてほしい。ナポリの凝石灰の地質を活かした、世界唯一のカタコンベだというから一見の価値はあるし、ローマの暗いラビリンス洞穴めぐりとは違う楽しみが見出せるはずだ。

ここのカタコンベは天井も高く美しいアーチを描き、壁は壁画やモザイク画で彩られている。とくに面白いのは、カタコンベ内のバジリカに備えられた祭壇の正面に穴があり、レリークィエ（聖遺物）が収められるようになっていることだ。バジリカでミサに預かった信者が祭壇の前に来て、ありがたいレリークィエに直接触れられるのである。

たぶん、ここでレリークィエについて、ちょっと説明しておいたほうがいいのかもしれない。レリークィエとは、聖人の遺体や遺体の一部もしくは遺品のことだ。例えば、さっきの聖ジェンナーロの血液もレリークィエなのだが、実はイタリアはいろんな聖人のレリークィエがあふれていて、なかにはレリークィエとして祀（まつ）られている部分を全部あわせた姿を想定すると、手足が十本の「タコ足聖人」になってしまったり、とんだ衣装持ちの「物欲のかたまり聖人」になってしまうことがある。

結局、偽物が多いのかもしれないし、必要に応じてどんどん細胞分裂して増えるのかもしれないし、まあどっちにしろ、誰が悪いわけでもない。それにしても、カタコンベの祭壇に祀られたのは、ほぼ確実に遺体の一部だったのだから、ちょっと気味悪い。僕の信仰に問題があるのかもしれないが、いくら聖人とはいえ日干し状の皮膚に触るのは遠慮したい。

日干し状の皮膚で思い出したが、二年前に行ったパレルモ（シチリア）のカプチン会のカタコンベは、かなり強烈だった。カタコンベはカタコンベでも、れっきとした死体つきカタコンベで、その遺体の合計はなんと八千体。ここを訪れた人は、長い地下通路の両側にずらりと吊り下げられたミイラのあいだを歩きまわらなくてはいけない。

ミイラといっても、きちんと包帯で巻かれたエジプト風ミイラならまだよかろうが、おのおの自分の服を着て、思い思いのポーズ、表情を浮かべた、実に独創的なミイラ君ばかりである。なにしろ八千体もあるのだから性別年齢職業もさまざまだが、通路ごとにきちんと「弁護士」「医者」「修道士」と分別されている。なるほど服装もそれらしい格好だけど、ミイラになるとみんなよく似ていて、人生について考えさせられるものがある。

家内なんてほとんど怯（おび）えきってハイになってしまっていたが、僕が最もゾッとしたのは新生児のそれで、並んだ乳母車型の小さなお棺のなかを覗くと、おませにも表情豊かなカサカサの赤ちゃんが黒ずんだおくるみにつつまれている。

カタコンベのいちばん奥のガラス張りの部屋には、生きているときと同じような状態が保たれている超自然的ミイラが展示されている。不思議なことに、幼い子供ばかりなのが印象的だが、とくに完璧にきれいな金髪の少女は、考えてみればいちばん不可解な代物のはずなのに、いちばん気持ち悪くない、というパラドックスに陥ってしまう。

それではミステリーツアーの最後に、ナポリの幽霊屋敷の話をしよう。ポズィリポの海を一望する斜面に建つ、ドンナ・アンナ・カラーファの屋敷である。メディーナ・ディ・コエリ公の妻だった彼女は派手好き、パーティ好きで知られていた。

あるとき彼女は、愛人ガエターノ・ディ・カサペンナと彼女の姪のメルチェーデが恋仲であることを知り嫉妬して、ひそかにメルチェーデを殺害してしまった。そのうえに、いなくなったメルチェーデを思い続けていたガタエーノも、戦（いくさ）で命を落とす。自業自得とはいえ、可愛い姪と愛しい愛人を続けて失ったドンナ・アンナは哀しい気持ちをまぎらわすためか、変わらず派手なパーティを繰り返していた。しかし、そのころから屋敷にはメルチェーデとガタエーノと思しき幽霊が徘徊（はいかい）するようになったというのである。

ドンナ・アンナもいない今になっても、ふたりの幽霊は出没する。僕はドンナ・アンナの言い伝えが本当かどうかは知らないけど、屋敷の幽霊の話は街の住人なら誰でも知っているほど有名で、この屋敷が海を望む明るい斜面にあるにもかかわらず、真夏でも昼間でもなにか陰気くさいのも確かなことなのだ。

▼A

▼ナポリ的ジェスチャーのすすめ

「ドイツ兵と日本兵とイタリア兵が捕虜になりました。椅子に縛りつけられて拷問されています。さて、誰が最後まで軍事機密を漏らさなかったでしょう?」

これは僕が大好きなクイズである。家内はうけが悪くて後のフォローが大変だからやめてくれと言うのだが、とってもやめられません。だってすっごく気の利いたクイズだからだ。答えは「イタリア兵」。なぜなら、椅子に縛りつけられていて両手が使えず、喋りたくても喋れなかったから。イタリア人はジェスチャーなしでは話せないというのが、このクイズのポイントなのだ。面白いでしょう……ねっ?

それはともかく、このイタリア兵は十中八、九、ナポレターノ（ナポリ人）だったはずだ。イタリア広しといえどもナポリほどジェスチャーが発達している土地はないのだ。僕らナポリの人間はたとえ声が出せない状況にあっても、自由に話すことができる。なんでも、千五百年以上前の書物にだって「ナポリ式・手を使った会話」なるものがすでに記されているんだそうだ。ということは、ダンテが独断で決めた「現代イタリア語」なんかよりずーっと歴史があるわけで、まあ勤勉な皆さんだったら、是非とも学んでおかなくてはならないもののひとつといっていいだろう。

日本には、外人と話すとやたらに手を広げて話す、という変わった習慣があるようだが、あれではまるでミサをあげる神父ではないか。もちろん、僕だって手を広げるポーズはするが、他のジェスチャーと組み合わせて初めてさまになるのです。

さてここで、皆さんに「ナポリ式ジェスチャー」を伝授するにあたって僕は三段階に分けてみることにした。エレメンターレ＝初級、メディア＝中級、スーペリオーレ＝上級である。では、説明に従って練習してみてほしい。

＊エレメンターレ＝初級：イタリア語がちんぷんかんぷんでも使えるジェスチャー

①「スタッタ　アコォルトゥ」(気をつけろ、注意しろ)

指さすときの要領で人さし指を立て、目の下にもっていく。あまり目に近づけ過ぎると、皆さんお得意の「アッカンベー」になってしまう。指の圧力で目がゆがまない程度の場所を捜そう。人の顔によっても違いがあるが、鼻の脇くらいの位置でもよい。

僕がこれをエレメンターレの最初に挙げたのは、簡

単、便利、手軽の三つの理由からだ。とくに旅行でナポリを歩いていて、おせっかいなおじさんが、あなたの後ろからついてくるバイクを指さしてこんなジェスチャーをしたら、本当に注意したほうがいい。もしかしたらこれとセットになって、手のひらを見せながら素早く順々に指を閉じていく、まるであなたにマジナイをかけるようなジェスチャーをするかもしれない。ちなみにこれは「ティルーバノ（盗まれるぞ）」という意味だ。

②「リッキオーネ」（男色家）

①と同様に立てた人さし指で、耳たぶを後ろから軽く二回ほどはじく。

実に簡単明瞭なジェスチャーである。ナポリでは男色家を「リッキオーネ＝小さなお耳」というのだ。友達になにげなく、「彼は男色家ですよ」と伝えたいときに大変便利である。

Ti rubano

Ricchione.

③「マ　ケ……」（いったい……？）

利き手または両手で、皿に愛らしく盛られたサクランボのへたをやさしくつまむような形をつくる。その形をキープしたまま手を表に返す。手首はしっかり固定したまま、肘または、より感情を込めたいときは肩を軸に上下運動を繰り返す。

まず「マ　ケ……」とはいったいなんなのか？　という疑問が起こるだろう。まさにそのとき使うジェスチャーなのだ。「マ　ケ……っていったいなに？」といいながら使うことができる。

しかし台詞はかならずしも必要ではない。このジェスチャーをするだけで、相手はあなたがなんらかの疑問をもっているのだとわかってくれるはずだからだ。したがって、大変利用範囲の広いジェスチャーなのである。

旅行先でイタリア語でベラベラ喋りかけられたら、

このジェスチャーで応酬しよう。「いったいなにが言いたいんだ、コノヤロー」くらいのインパクトはある。また、手のひらを開いたまま両手の各指先のみを合わせて上下運動を繰り返すタイプの「マ　ケ……」もポピュラーである。

＊メディア＝中級：ちょっとはイタリア語を学んでから使いたいジェスチャー

①「ヤムチェンヌ」（そろそろ、おいとましようか）

利き手の親指の側面を、もう片方の手のひらで軽くポンポンと二回ばかり叩く。このとき、両方の手を同時に動かして軽くぶつけ合わせる要領で。

実は、このジェスチャーは台詞なしでも充分伝わるものなのでエレメンターレにするか、メディアにするか僕は非常に迷った。しかし、イタリア語がちんぷんかんぷんの人が突然この動作をしても、当のイタリア

人でさえ、「手に虫がとまったんだろ」くらいにしか思ってくれないだろうと考え、メディアへ昇格を決定したわけである。だが、たとえうまく使いこなせるようになっても、上品な席では控えたほうがいいかもしれない。

②「プレチーゾ」（ばっちり）

まず右手でOKマークをつくる。ただし、中指、薬指、小指の各指は平行にくっつけたままにする。この形をキープしたまま手のひらを表に返し、さらにそれを左胸の下あたりにもっていく。このとき、身体とのあいだにはたっぷりスペースをとる。さもないと、単なる大仏ポーズのできそこないではないか。さて、次がこのジェスチャーのヤマ場だ。逆OKマークを左から右へまっすぐに地面と平行移動させながら、呼吸を合わせ、「プレチーゾ！」と言う。

イタリアではジェスチャーはひとつの言語にまで進

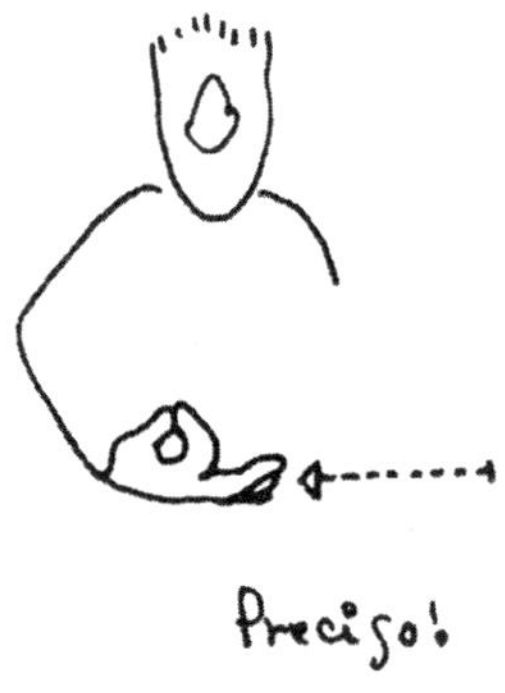

化しているので、ほとんどのものが台詞なしで利用できる。しかし、この「プレチーゾ」のように、動作と言葉のリズムが絶妙な場合には、たとえ無言でジェスチャーをしたとしても、頭の中では「プレチーゾ」とつぶやいてほしいのである。

③「ノー」（いやだ）

顎をやや上げ、右手の甲の指先で顎の下を一度こする。こすり終えた手はふらふらさせず、しっかりと止め、確固たる意志を表現しよう。

これはただの「ノー」ではない。「カフェもう一杯いかが？」と聞かれてこんなジェスチャーをしたら、おそらくその人はもう二度とあなたにカフェなんていれてくれなくなってしまうだろう。それくらい強烈な「ノー」である。変なイタリア男につきまとわれたら試してみるチャンスだ。外国人（日本人のこと）がすると意外にキュートで、いっそう離れなくなるかもし

れない。

＊スーペリオーレ＝上級：自分は日系イタリア人だという人のためのジェスチャー

①「ティ　ファッチョ　ウン　クーロ　コスィー」
（あなたのお尻をこんなに大きくしてあげちゃうぞー）

両手でそれぞれピストルの形をつくる。それぞれ腰の高さにもっていく。しかし、このままではただの二丁拳銃である。手を身体から離してやや広げ、小さく上下運動させながら、ドスを利かせた声で「ティ　ファッチョ　ウン　クーロ　コスィー」と言う。

これを実行するには、まず誰かに烈火のごとく怒らせてもらわなくてはならない。加えて、人に向かって烈火のごとく怒るという無教養さも必要になってくる。さて問題の「ティファッチョ　ウンクーロ　コスィー」の意味だが、「お尻の穴がこんなに大きくなっちゃう

ほどひどい目に遭わせますよ」という怖い脅し文句で、どれくらいの穴にしたいのかによって両手の間隔を変えるという小細工をしても……まあ、あまり意味はないだろう。

② 「ティエーヌ　コルヌ」（角が生えてるよ）

右手をパッと開き、それから親指、中指、薬指の三本の指を閉じる。これを相手に突きつける。または写真を撮るときなどに隣の人の頭の上に置く。

日本ではよく、奥さんのほうに角が生えるらしいが、イタリアではたいてい男に生えることになっている。そして角が生えた男を「コルヌート」と呼ぶ。「コルヌート」はいわゆる「寝取られ亭主」のことなので、ほめ言葉としてはまず使われない。僕がこんな単純なジェスチャーをスーペリオーレに入れたのは、日本にはまさか「コルヌート」なんていないだろうなあ、きっと誰も使わないだろうなあ、という考えからである。

Tiene le corna

③「ヴァッファンクーロ」（あなたみたいな人はお尻のなかの世界にでも行っておしまいなさい）

肘は開きぎみ。右手のひらを内側に向けたまま腰の位置で構える。肩を軸におもいっきり腕を振り上げ、「ヴァッファンクーロ！」と叫ぶ。このとき、手のひらはつねに内側を向いていること。

この動作で重要なのは手のひらのムーブメントであるから、その出発点は腰より後ろでも肩の高さでも十分通用する。自分の気持ちによって力の入れ方も自由に調節できる。ただし、手のひらを外に向けているとただの「チャオ！」と間違われる。「ヴァッファンクーロ」はかなり過激に下品な言葉なので、お上品な人は使わないほうがよいだろう。

とはいえ、どんなにお上品な人でも、頭にくることはあるだろう。そんなときのためには「ヴァイ　アクエル　パエーゼ」（あっちの国に行っちまえ！）がある。

この「あっちの国」とは結局、「お尻の国」のことだから、意味としては同じなのでご安心ください。

「クーロ」（尻）という言葉がないだけ印象が洗練されているのだ。それでもなお、「どちらも言えない」という、手のつけられないブリッ子の人は、このジェスチャーをするだけでもいいだろう。かなりスッとするはずだ。

ジェスチャーやオッキエット（ウィンク）、投げキスなどは、僕らにとってはごく普通の表現で、なにもラテンラヴァーみたいな奴の専売特許ではない。イタリアでは多少の好みの差、解釈の差はあるものの、年配の女性やいかにもきちんとした禁欲人間も使っているものなのである。

ここに挙げたのはほんの一部ではあるが、大変役に立つものばかりだ。さあ皆さんも早くマスターして、どんどん変な日本人になってください。

▼A

▼バンディトーレの哀愁

「バッタリオー　スオナーテ　エ　トロンベ　エ　タンブーロ　グワリュウー」（パッパラパー・タンタン・パッパラパー）「エ　アリヴァート　オ　バンディトーレ！」（ラッパの音も高らかに、シンバル、太鼓を打ち鳴らし、バンディトーレのお出ましだ！）

僕が子供のころ、僕の家の近くにもバンディトーレがやって来た。バンディトーレというのは昔の布告役人のことで、かつてはその名の通り、王様からの命で公的な通達を街じゅうにふれてまわる、重要な職業であった。そして王政が廃止されたあとも、ニュースや宣伝をふれ歩いて活躍した。

ラジオやテレビが発達すると、バンディトーレのバンディトーレたる仕事はもうなくなってしまったんだけど、今度は、昔ながらの言葉の遊びを聞かせて歩く一種の大道芸をしていた。それでもバンディトーレはみんなから一目置かれ、とくに僕ら子供からは尊敬されていた。なにしろ彼らは華々しい。今の子はどうか知らないが、僕らのころは子供はみんな華やかなものに憧れた。僕の街のバンディトーレは、方言で「オ・パッツァリエッロ」と呼ばれ、兵隊が祝典のときに着るようなぴっかぴかの制服に身を包み、ラッパ、太鼓、シンバルの三人の演奏者をひき連れていた。だけど、やっぱり真ん中で指揮をとる「オ・パッツァリエッロ」は軍隊のアンミラーリオ（大将）さながらでいちばんかっこいい。他の三人とは違うナポレオンのような帽子と、肩に房飾りのたくさんついた真っ赤な上着を着た彼は、背も素晴らしく高く威厳もあったし、バトンを振りながら語る声はどこまでもよく響いた。

バンディトーレが来るとどこにいても、例えば家のなかでゲームをしていても、すぐにわかった。バンドの演奏が聞こえてくる前に子供たちの友を呼ぶ声が知らせてくれるからだ。

「スタ　アリヴァンド　オ　バンディトーレ！（バンディトーレがやって来るぞ！）」

これは今でも変わらない光景で、祝日にパレードが通るとそのずっと前から、子供たちの呼び合う大声が、下の通りから三百メートルほどの曲がった坂をのぼり、僕のパラッツォまでまるで伝言ゲームのように順々に伝わってくる。

「モ　ヴィエーネ　ア　バンダ！（もうすぐパレードが来るぞー！）」

そうすると子供たちは一斉に外に飛び出す。

僕らは手に手に棒をもって、「オ・パッツァリエッロ」の後ろについて、バトンを高々と放り上げる彼のまねをする。時たま、バンディトーレごっこなんかやって遊んでいたから、なかなか慣れたものなんだ。なかには台詞を一緒に言える者までいる。

今ほどいろんな遊び道具はなかったけど、僕らにはこんなことが凄く楽しくて、バンディトーレが来るのを心待ちにしていたものだ。

いつしか時がたち、僕も成長して他のことに夢中になっていると、気がつかないうちにバンディトーレは来なくなっていた。それでも時々、無意識にバンディトーレの口上を口ずさんでいたものだ。

「プルチネッラ　テネーヴァ　ウン　カーヌ　ケ　モッツィカーヴァ　ウン　クリスティアーヌ（プルチネッラが飼ってた犬は、信者さんに噛みついたとさ）」

何年前のことだろう。たしか夏ではなかったから、クリスマスと正月にイタリアに帰った五、六年前のことだと思う。僕と家内は、ヴィア・ディ・ミッレからリヴィエラ・ディ・キアイアに下る途中のピアッツァに市が立っていたので、なにを見るともなくぷらぷらとしていた。

このあたりは、僕らは普段あまり来ないところだ。リヴィエラ・ディ・キアイアには、僕らの好きなバール・リヴィエラがあるし、ヴィッラ・コムナーレでは月に一度、アンティクアリアート（骨董品）の市が開かれる。ただ散歩をするのも悪くない。ヴィア・ディ・ミッレにも、時々靴なんかを買いに行く。でもそこから、なんの目的もなく脇道に入ることは滅多にない。

このときはなんで行ったのかまったく記憶にないのだけど、とにかく野菜や洋服や雑貨なんてものが、ごちゃごちゃと並べられているのを眺めて歩いていた。

ふと、どこか見覚えのあるものが視界に飛び込んできた。あれは、「オ・パッツァリエッロ」の真っ赤な制服ではないか。背の高い男が、「オ・パッツァリエッロ」の制服を着て露天のあいだをゆっくりと歩いている。「見てごらん、バンディトーレの格好してる人がいるよ」と妻に言いかけて気がついた。あれは、「オ・パッツァリエッロ」その人ではないか。僕が子供のころ、彼らはすでにいい年だったけど、あれからいっそう年をとって、しゃんと伸びていた背中が心もち猫背になっているが、確かに彼だ。

僕はまるで子供のころにタイムトラベルしたみたいで、嬉しくなってしまった。バンディトーレ、いまだ健在！　というところだろうか。

ところが少し近づくと、健在どころか、彼はもう昔の彼ではなかった。頭には例のナポレオンハットではなく、他の三人が被っていたつばつき帽が乗っている。色あせて朱色っぽくなっている制服は、手入れもしないまま古くなって、いくつも穴が開いている。まるで負け戦から帰還した兵士みたいだ。

そして、バトンを自由に操っていた手に、今は小さな赤い器をもって、店をまわり金を無心して歩いている。昔の英雄の生ける亡霊を見ているようだった。そのときの僕の気持ち、皆さんに想像できますか？

僕の思うに、彼と彼のバンダ（バンド）は、バンディトーレという仕事を親から継いだのだろう。当時、もう役人でもなく、なんの社会的保障もない職業だったが、彼が子供のころには、親父さんが「オ・パッツァリエッロ」だということは、友達からも羨ましがられていたんじゃないだろうか。それにきっと、彼ら自身の伝統を受け継ごうという情熱もあっただろう。皆さんには、僕が話を美化しようとしているように映るかもしれないけど、そうではない（東京にはセンチメンタルな話を、すぐ「クサイ話」だと言ったりする人がいるようだが、こういう人間の純粋な気持ちを素直に受け取れないというのは、哀しいことだ)。

しかし、彼らの後を継ごうとする者は、結局誰もいなかったわけである。芝居や見世物には登場することがあるのかもしれないが、本当の「オ・パッツァリエッロ」は彼が最後だったのだ。

こうやって僕のまわりから、次々に昔懐かしいナポリの風物が姿を消していく。これは確かに仕方のないことかもしれない。僕だって、十八歳になった甥っ子に、「誰も継ぐ人がいないみたいだから、オ・パッツァリエッロをやってみたらどうだい」なんて言えないものな。

言ってみれば、世の中の変化にともなって、なくなるべくしてなくなっていく職業なのだ。本来の役目を失ったまま意味もなく存在し続けるより、人々の心のなかで生きつづけるほうがずっと美しいかもしれない。

▼行商の声

今でも初夏になると、僕のパラッツォの下までジェルスィ（桑の実）売りの声が響く。

「エ　チェーヴィツィ！　エ　チェーヴィツィ！（ジェルスィの方言）」

甘酸っぱくて野生の味がする桑の実は僕の好物だから、さっそく買いに出る。蔓（つる）を編んだ籠に桑の葉を敷き、その上に山に盛ったジェルスィを、汚い手でもそもそとつかんでビニール袋に入れてくれるんだけど、あんまり乱暴に扱うものだからつぶれて袋のなかでジュースがタプタプしてくる。だから、もちろん洗ったりしないで食べなくちゃいけない。もともと、ジェルスィやモーレ（木イチゴ）の類は洗うと風味が落ちるから、洗ってはいけないのだ。

ジェルスィ売りのおやじの汚い手を見たら、洗いたくなっちゃう人もいるだろうが、彼が木に登ってジェルスィを採ったときの手はさらにもっと汚かったわけで、おいしい物のためにはそのへんはぐっと我慢しなくてはならない。僕なんか全然平気だ。

なにしろ彼は、僕が子供のころからこの季節になるとやって来るお馴染みで、もし彼の手が病原菌の巣だったら、僕自身もとっくに病原菌に乗っ取られてしまっているから、問題ないのである。

昔は、よく食品店でチーズなんかを包むような茶色の紙にジェルスィを包んでくれたので、汁がだんだん染み出して、ジェルスイを食べると手も顔もドラキュラ真っ青に真っ青になって、それがまた楽しかった。そういえば、彼はそのころからずっと籠をさげて歩いて売りに来ているなあ。

かつては、ほとんどのヴェンディトーレ・アンブランティ（行商）が、ジェルスィ売りのように歩いてきたものだ。なかでも凄いのが、ドン・アンジェロ爺さんだ。彼は、腰かける部分が藁で編んである椅子とか、たらい、はたき等、いわゆる家庭雑貨を売っていたのだが、なんと全部肩にしょってくるのだ。椅子といったって、一脚や二脚ではない。僕には二十脚以上はあったように見えた。おまけに椅子の修理用具一式も腰にさげている。

そんなわけで彼は怪力「マチステ（ヘラクレスのような怪人）」と呼ばれていたのだけど、僕らにとってもっと驚きだったのは、その絶妙のバランスだ。まるく積み重ねた荷物をしょった彼が、僕らのパラッツォの前の急な坂をゆっくり登ってくる。その姿がなぜか日の出そっくりで、今でも日の出を見ると「マチステ」の皺だらけの黒い顔ととどろく呼び声を思い出す。

「エ　セッジェ　ベッレ　ソンゲ　ソーレ　エ　ミーエ、セ　セ　ロンペヌ　サッジュスタヌ　リンタア　ニエンテ、プーレ　プリフェーメ　セ　ポー　アッセター！　ジェンタ　ジェーンテ！（こんないい椅子はうちだけさ。壊れたって我が輩が、チョチョと直せば、ひとつ眼巨人もすわれるってもんだ！　さあ皆さんご覧あれ！）」

お客に呼び止められると、いったん全部荷物を降ろして注文の品を取り出すのに、すぐまたひょいとかついで歩き出す。悪ガキだった僕らは「マチステ」の荷物を落とさせることができるか賭けをして、バナナの皮を道にいっぱい落としておいたんだけど、結局成功しなかった。今考えると、落ちなくてよかったと思うけど、まあバナナの皮で滑るほど「マチステ」だってアホじゃないでしょ。本当にバナナの皮で滑って転ぶ人なんているんだろうか。

行商のなかで僕がいちばん愛しちゃっていたのが「オ・パッルナーロ（風船売り）」のおじさんだった。毎週土曜日の朝、十、十一時ごろになるとかならずやって来て、一番乗りの子には風船をただでくれるのだ。僕は一週間のこの日この時刻に命を懸けていたので、ほとんどいつもただの風船を勝ち取っていた。

今だから言うが、僕がいつも一番乗りできたのには秘密があった。亡父が兄に遺した家は、パラッツォの四階にあるのだけど、そのころは兄もまだ子供だったし父も生きていて、知り合いの学生たちに貸していた。そこのベランダからは、下のパラッツォの合間にちょっとだけ大通りが見える。僕はそのベランダで毎土曜日、張り込んでいたのである。

「オ・パッルナーロ」は色とりどりの風船のあいだで、やっぱり風船みたいにまあるく膨らんだ笑顔を浮かべ、風船の浮力のせいかフワーリフワーリと月面歩行する、子供にとってはかなり魅力的な人物で、どんなに遠くからでもすぐに見分けることができた。

僕は超特急で階段を駆け降り、パラッツォの門をくぐり、「オ・パッルナーロ」を迎えにいく。早くしなくちゃ、ラッパの音を聞きつけた他の子に負けてしまう。「オ・パッルナーロ」は、ゴム製のニワトリの形をした、押すと音のするラッパを鳴らし、こんな風に僕らを呼ぶ。（ポピポピ）「エ　パルーヌ　ベッレ　シンニーテ　グワリュー、チ　スタンヌ　エ　トゥットゥ　エ　クルール（きれいな風船、よい子はみんな降りといで、いろんな形、いろーんな色の風船だよ！）」

たった一度だけ、僕はひどい風邪をひいてしまい降りていけないことがあった。僕の寝室の窓からも、きれいな色の風船をもって嬉しそうに走っていく他の子たちが見えた。僕は本当にがっかりしてしまって、ベッドの上でしょげかえっていた。と、寝室の扉が開いてニコニコした僕の母が入ってきた。後ろにはやっぱりニコニコ顔の「オ・パッルナーロ」を連れている。僕は、母と「オ・パッルナーロ」に飛びついて思いっきりキスを浴びせた。

こんなに嬉しいことって今までなかった！　おまけに彼は、色違いの風船を三つもお見舞いにプレゼントしてくれた。やっぱり僕の思っていた通り、「オ・パッルナーロ」は優しい人だった。キスしてわかったことだけど、彼の頰っぺたは風船みたいな不思議な弾力があった。

一方、僕がいちばん嫌いだったのは「オ・ピアッターロ」だった。「オ・ピアッターロ」というのは、いわゆる廃品回収業なのだが、廃品（まだ使える冷蔵庫、洗濯機、自転車等）と皿（ピアット）を交換してくれるのである。この「オ・ピアッターロ」の奴は、用もないのに僕の家のチトーフォノ（インターフォン）を押すのである。だってそんな廃品いつでもあるわけないじゃないですか。すると、姉のシシーナが「きっとマンマの愛人なのよ」なんて僕をからかうものだから、子供だった僕は本当に傷ついて、彼が大嫌いになったのだ。

そんなわけで僕は、母と「オ・ピアッタ－ロ」を会わせないように最大限の努力をはらっていた。彼がチトーフォノを鳴らしたら、母が出る前に「廃品はありません」と断って、おっぱらってしまう。彼は嫌な奴に似合わず力強い美しい声をしていた。

「ア　ロッバ　ヴェッキア　オ　ピアッタール　ア　ヴォー、アッファッチャーテヴ　シニョーケ　チ　スタンヌ　ピアッテ　ベッレ　ペ　ヴーイヤ！（屑や～おはらい！　きれいなお皿はいらんかね～）」

この声が聞こえて来ると、僕はチトーフォノの横に座って待っていた。僕がそうしていると、なんだか家族のみんながニヤニヤしているのには気づいていた。兄や姉ばかりか、父までである。ある日見かねた母が、「オ・ピアッタ－ロはマンマの愛人なんかじゃないのよ。シシーナがふざけたのよ」と教えてくれるまで、ずっとみんなで僕の純真さを笑っていたのだ。こんな冗談キツイ環境で育ってきたので、僕はちょっとやそっとのことではこたえないのである。家族とは実にありがたいものだ。

日曜日の午後、ちょうど家族団欒（だんらん）の長い昼食が終わるころ、ポーッポーッという汽笛の音とともにいい香りを振りまきながらやって来るのは「オ・ヌチェッラーロ（ナッツの行商）」だ。小型三輪トラックの後ろには、ナポリ湾が描かれたパネルが張られており、その絵をバックに、ナッツをいっぱいに詰めたさまざまな大きさの袋が並べられている。くるみ、ヘーゼルナッツ、ピスタチオ、ピーナッツ……。

トラックの後ろには小型のガス台が取りつけられていて、ピーナッツを買うと軽く炒ってくれる。ポーッという音はこのガス台の煙突についている汽笛の音なのである。さっきも言ったように、ちょうどセコンドとサラダを食べ終えてひと息ついているころに汽笛が鳴るものだから、「甘いものを食べる前にナッツでもどうかな」と父が言い出し、よく僕が使い走りに出されたものだった。

僕が小学校に行き始めると、「オ・パッルナーロ」や「マチステ」には会わなくなってしまった。そして僕が十四歳のとき突然、父が心筋梗塞で逝って、しばらくは家族の様子もすっかり変わってしまった。そのころの記憶は、横たわる父の遺体の向こうにぼんやりと見えるだけだ。はたしてみんなでジェルスィやナッツを食べたりしたのか、日曜日の食事の風景すらどんなものだったか思い出せない。

ジェルスィやナッツは今でも売りに来るし、車に乗ったりマイクを使ったり、姿は少しずつ変わったけれど、行商は今でも行われている。僕のパラッツォにも田舎の産物専門のペッピーノや、小さな息子が懸命に手伝っている八百屋が来る。だけど、なぜか昔のような工夫のある呼び声を聞かせる者はいない。

かつて物売りの掛け声というのは、歌や詩にも負けないほど魂がこもっていたものなんだ。

ところが今は、「新鮮な野菜！　新鮮な野菜！」と連呼するのがせいぜいである。あんまりにも能がなさすぎやしませんか。

考えてみると、今年七歳になった僕の甥のロレンツィーノが、三十歳くらいになっても僕のような思い出はないということで、それは人間形成に大きな影響を及ぼすと思う。これからの社会は、どんどん味気なくなっていくのだろうか。

▼A

▼働き者の街、ナポリ

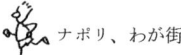

イタリアの失業率は一一・四％といわれる。そのなかでも、とくに南イタリアは一九・九％で、イタリア全体の失業率をアップさせているような不名誉な印象をもたれてしまっている。しかし、数字上に表れることというのは、皆さんもご存じのようにごく表面的なことだけなのだ。働かなければ食っていけないのだから、正規の職業と認められていない仕事なんていうのもたくさんあるし、正規の仕事をもっている人でも二重三重に幅広く働いていることも多いのだ。

そのうえに、僕らイタリア人の仕事にのぞむ態度、服装、さらには時間帯までが、「働かないイタリア人」という誤解のもとになっているらしい。

例えば、日本の銀行に入る。僕はびっくりしてしまう。同じ服を着た同じ顔の同じ対応をするお姉さんたちが、秒刻みの能率のよさで働いている。はたして彼女たちは人間なのか、それとも精巧なロボットなのか。

なんと失礼な、などと言わないでほしい。僕が思うに、あんなふうに働ける人たちっていうのは、絶対機械レベルの能率をめざしているのだから、彼らにとっては凄いほめ言葉なんじゃないだろうか。男性もやっぱり、みんな同じようなグレーや紺のスーツを着込んでいる。僕の街でも銀行といえば一応はきちんとジャケットを着ているけど、上下揃いのスーツというわけではないし、夏にはみんなポロシャツなんかを着ていても誰も文句なんて言わない。能率だって果てしなく悪い。

そりゃあ利用する身になれば、僕だって日本の銀行のほうが何百倍も都合がいい。イタリアで仕事をしていたころは、銀行でちょっとしたお金の操作をするだけで午前中まるまるつぶれてしまうなんてことが珍しくなかった。日本では考えられないことでしょう。

でも、もし自分が働くとしたら……機械になったつもりで働くというのはちょっと難しい。どこまで行っても僕は人間である。

日本でも最近はわりとおいしいジェラートが食べられる。ジェラテリーアに入り、注文する。またしても、僕はびっくりしてしまう。三種類食べたいのに「二種類までです」、長いコーンがいいのに「二種類でしたらこちらのコーンになります」と、おかしな形のコーンを出してくる。

たかがジェラートくらいでなに言ってんだ、などと思わないでほしい。僕のほうこそ、たかがジェラートなのになんでそんなにいろんな決まりをつくるんだ、と言いたい。ナポリでも、一種類用のコーンはいくら、二種類用、三種類用のコーンはいくら、と一応は決まってはいるが、それは値段と量の目安のためだ。例えば、僕の奥さんが「千二百リラのコーン（二種類ぐらい入る）で、だけどほんとは四種類食べてみたいの。パンナ（生クリーム）もちょっとだけ乗せてちょうだい」とわがままを言っても、大抵その通りにしてくれるのである。

もちろん、こんなスペシャルをつくってもらうときには多少、愛嬌を売ったほうがおたがい快い。「こっちは客だ。言う通りにしろい！」なんて態度では、それこそ追い出されかねない。こっちが人間なら、あっちも人間だ。相手によっていくらでもサービスなんて変わって当然なのである。

それなのに、なにもかも一律に決めちゃって、人間どうしの温かいコミニケーションもなければ、利かす融通もありゃしない。僕は、小さくてとがった可愛いコーンで三種類のジェラートが食べたいだけなんだ！　お金だってちゃんと払うぞ！

僕の実家からクマーナ鉄道のフオリグロッタ駅に向かってメルカートのほうに降りていく途中に、カルツォラーイオ（靴の修理屋）がある。彼の腕は素晴らしい。靴底のほつれ、踵（かかと）の交換はもちろん、靴の色の塗り替え、バッグの修理、なんでも来いである。

十坪ほどの、まあカルツォラーイオにしては広い店内には、数台の靴用ミシン、靴を伸ばす器具、糸や釘その他、僕にはなんだかわからない用具がところ狭しと置かれている。唯一左の壁は修理した靴を入れる棚になっていて、まあ整然としているのだが、店じゅうに靴墨の匂いが充満しているせいで、なにもかもが靴墨色をしているような錯覚に陥ってしまう。

カルツォラーイオは顔じゅうにひげを生やした、それこそピノッキオのゼペット爺さんを若くしたような風貌で、顔や手やぱんと張った腹を被うTシャツもやっぱり靴墨だらけである。彼はもの凄い早口で喋る。なにしろ忙しくてしかたないからなのだ。

僕が朝八時ごろ、靴を三足もっていったとしよう。二足は踵の交換、一足は靴底を縫い直してもらわなくてはならない。すると彼はいつもこんなふうである。「どっかへお出かけ？　昼食は家で食べるのかい？　あっ、まだ決めてないんだね。じゃあ家で食べるんだったら帰りに寄って、外で食べるんだったら三時過ぎに寄って。どっちにしろすぐやっちゃうから」

無論、お客は僕だけではないのに、みんなにこんな約束をして本当に全部こなすのである。

日本のデパートの片隅にも靴修理コーナーがあって、その場で直してくれることぐらい僕だって知っている。僕も何回かもっていって、いつもひどく後悔した経験がある。最初は最悪だった。踵が少し減ったからもっていっただけなのに、僕の靴の美しい木製の踵を全部取り去って、小さめのゴムかプラスティック製の踵なんてくっつけてよこした。それで、たしかイタリアの四、五倍の値をとった。また別のときには、前と後ろのバランスを全然考えていないようで、やたらに分厚いのをつけたりするもんだから、歩きにくくてしょうがないということもあった。

これははっきり言って、技術というよりセンスと真心の問題である。だいたい靴というものは、身だしなみを整えるうえでも、また健康な生活を送るうえでも、最も重要なアイテムであるのに、日本はいったいどうなっているのやら。きちんと直してくれるような靴屋もあるんだろうけど、また馬鹿高いに決まっている。第一、僕はそれほど高い靴は買わない。ご承知のように、イタリアには安くても良い靴がたくさんある。

正直いって、僕は物欲人間だ。とりわけ身につけるものには大変興味があるのだが、そのなかでも靴は大好きで、イタリアに帰るとしょっちゅう靴屋めぐりをする。そして革底の靴を買った場合、すぐカルツォラーイオにもっていく。アスファルトの道では、革底の靴は滑って危ないのでゴムを張ってもらうのだ。これで五千リラ（三百五十円）くらいかな。

例えば、僕の奥さんがちょっときつめの靴を買ってしまったとしよう。彼のところに行って伸ばしてもらい、底も縫って（女性の靴は底が縫っていないのが多いらしい）、滑り止めのゴムを張ってもらって一万リラ。日本の千円にもならないのですよ。

もうおわかりと思うが、お客の注文ならできるかぎりのことをやってくれるのだ。壁に値段表なんか張ってあって「これ以外のことは致しません」などというのとは大違いである。だいたいプロなんだからどうにかできるはずだと思うのだが、まるで「ソノ　データ　ハ　インプット　サレテイマセン」と答える冷たいコンピューターのような対応はなんなのだろう。

僕はカルツォラーイオのただのお客で、それ以外のつき合いはないけど、いつもお世話になっているので、一度日本の腕時計を土産にしたことがある。せめてもの感謝の気持ちとでもいおうか。そんなわけで、僕らはなんとなく仲良しである。彼も一度靴をくれたことがある。

「実は友達が靴屋をやってってね。凄く安く買えるんだよ、こんな靴が。よかったら紹介するよ」。

それは僕の好みのタイプの靴じゃなかったし、その話は保留にしてある。

なぜって、あんまりいろんなことに深入りしないほうがいいこともあるわけで、好きでもない靴を買って、彼の友達とやらを儲けさせるつもりは毛頭ないからだ。

ナポリに帰ると、僕はかならずカルチョ（サッカー）の試合を見にいく。ある日曜、サンパオロ・スタジアムでナポリとユヴェントゥスの試合があって、当然僕も見にいった。甥のロレンツォと義兄のジェンナーロ、日本から遊びに来ていた僕のサッカー友達のヤスとゴーシュ、パラッツォ一のサッカー狂一家、エスポーズィト家も一緒である。ちなみに、ここの親父さんはサッカー観戦にはユニフォームを着ていくという、かなりブッとんだティフォーズィ（熱狂的ファン）である。

さて、熱気でムンムンしたティフォーズィのあいだを潜り、やっとのことで席にたどり着くと、誰かが僕の名前を呼ぶ。「ジローラモ！　ジローラモ！」。

見るとコカコーラ売りではないか。はて、僕にはコカコーラを売っている友達はいないのだが。盛んに手を振ってくる。ああ、あれはカルツォラーイオじゃないか。なんだ、日曜までこんなところで働いているのか。ほんとに彼は働き者だなあ。

このコカコーラ売りは闇商売だ。ナポリにはこんな闇商売が氾濫している。路上に机を出して煙草を売っているのも闇だし、ナポリ名物タラッリ・カルディ（塩味のビスケットの一種）、パノッキエ（焼き、または茹でトウモロコシ）、焼き栗、エトセトラ、いちいち挙げていたらきりがない。

もちろん皆が皆、無許可ではない。ちょっと見ただけでは見分けなんてつかないのだけど、興味のある人は日向ぼっこのつもりで、近くに椅子でも出して見張っているといい。パトカーが通るとサササッと片づけていなくなってしまうのが闇の連中だ。

しかし、なかにはもっと腹の座った御仁もいる。メルジェリーナの駅から港に向かう左側、ちょうどふたつのトンネルのあいだに数軒のピッツェリーアが軒を連ねているが、最も駅寄りのピッツェリーアの二階には、闇煙草売り、ドン・サルヴァトーレがいる。

地上から「ドン・サルヴァトーレ！」と呼ぶと、籠がスルスルと降りてくる。そこに代金を入れるとスルスルと上がり、今度は煙草を乗せてスルスルと降りてくるのである。なかなか気が利いている。ただし、僕自身は煙草は吸わないから、「よし、ナポリに行ったらドン・サルヴァトーレから煙草を買ってやろう」なんて決心されても、今でも営業しているのかどうかは関知しない。

まあ闇商売が見たければ、わざわざこちらから出向いて行くこともない。例えばピアッツァ・ダンテのピッツェリーアに腰かけて食事でもしていれば、ちゃんと向こうからやって来てくれる。それこそ、煙草、ボールペン、バラの花、幸運のお守り、歌手、おまけにヴィンガリ（ジプシー）やドロガーティ（麻薬患者）と、実にバラエティーに富んでいる。こんな輩が入れ替わり立ち替わりやって来るから、多少長く待たされても退屈はしないのだ。かといって気前よく振る舞ったりすると、まわりに物売りの輪ができてしまうかもしれないので注意しよう。

そんななかで、やっぱり目立つのが小さな子供だ。みすぼらしいなりのいたいけな子につぶらな瞳でじっと見つめられ、「ボールペン買ってちょうだい」と言われたら弱いのだけど、ちょっと注意してあたりを見まわすと、たしかに親だかなんだかはわからないけど大人が見張っているのを見つけることができる。子供も大切な商売道具というわけである。闇商売とは違うが、ジプシーなんていい例で、おもらいをするとき連れて歩く幼い子供を貸し借りしている、という話は有名だ。

だからといって、働いている子供たちがみんなそんなふうに利用されていると思ってもらっても困る。七、八歳の子供でも学校の合い間に、サルメリーア（食料品店）の御用聞きをしたり、バールでカフェの出前をしているなんてのは珍しくもなんともないのだ。家業の手伝いをしている場合もあるが、自分の小遣い稼ぎをしている生活力あふれる子も多い。ナポリには、日本のような学生アルバイトなんてないかわりに、どんな子供でもプロ意識をもって働いている。

そんな働き者の子供たちとはまた別に、スクニーツォがいる。スクニーツォはナポリの方言で、庶民というより下層の悪ガキのお手本みたいな奴らのことだ。僕も子供の時分はいたずらの悪ガキだったけど、彼らと比べるともうヒヨッコのお坊ちゃんのおふざけみたいなもんで、ギズモとグレムリンくらいの差がある。

僕の家内がカポディモンテの磁器の学校に通っていたころ、ヴィア・カポディモンテを上がりきった交差点に、数人の窓拭き少年がいた。十歳くらいの子供ばかりだったが、朝の凄い混雑をいいことに、片っ端から信号待ちの車の窓を拭いてまわり、小銭を稼いでいた。

彼らは正真正銘のスクニーツォだった。彼らの目はたしかに生き生きとしてはいたが、子供らしいところはまったくなくて、口調も態度も凄みが利いて、家内などは恐れをなしていた。家内は彼らが学校に行っているのかどうか心配していたが、イタリアだって中学までは一応義務教育だから行かなくてはいけないのだ。

しかし実際の話、彼らにとって学校がどれほどのものであろうか。彼らはそうやって、メッツァ・ラ・ストラーダ（路上）で、そこにある現実にもまれながら育っていく身の上なのである。

僕の言わんとしている闇商売は、闇とは名ばかり、みんな昼日中に公然と行われている。僕らナポレターノの気持ちのなかには、そうやって生きていこうとしている人をどうしても否定できないなにかがある。例えばパルケッジャトーレ（駐車場係）、前にもお話ししたことがある、我らがドン・ジョヴァンニだ。

彼は市の認可を受けたパルケッジャトーレだったけど、認可のないパルケッジャトーレというのもかなりポピュラーな仕事だ。ドン・ジョヴァンニが休みのウィークエンドには、ピアッツァ・モンテオリヴェートにも、パルクッジャトーレ・ウブリアコーネ（酔っぱらい駐車場係）

がお勤めに来ていた。

もちろん、ただの酔っぱらいだ。当然、認可なんてあるわけない。でも、パルケッジョ（駐車場）に立ってパルケッジャトーレの帽子をかぶれば、にわかパルケッジャトーレのできあがりだ。車を停めると千鳥足で近づいてきて、平気で料金を請求する。僕らだって正規の料金は払わないにしても、お小遣い程度には払ってやるが、少なすぎると「これっぽっちかい」なんてぼやく。

誰もがそんな雀の涙ほどの稼ぎに甘んじているわけではない。ある週刊誌によると、ナポリのオスペダーレ・チヴィーレ・ディ・トーレ（トーレ市立病院）、サンタ・テルーザ・デル・ジェズー教会などの前で偽パルケッジャトーレをしていた二人組は、なんと一、〇〇〇、〇〇〇、〇〇〇、〇〇〇リラ（七〇、〇〇〇、〇〇〇円＝七千万円です）の脱税で逮捕されたんだそうだ。たいしたものじゃないですか。ちょっとした政治家なみである。

たくさんの人が同じ社会で暮らしていくのだから、基本的な決まりは無論あるべきだ。そうは言うものの人間あっての社会なんだから、なんにしてもただただ決まりだけ守って、「僕は誰にも迷惑かけてません」なんて生きていくのは、僕なんかにはちょっと寂しい気がするのだけど。

▼A

▼スコントの名人

わざわざ人に自慢することでもないのですが、僕はけっこう物欲人間だ。したがって買い物は凄く好きで、臨時収入があれば何か買いたい衝動を抑えられないし、新しい物を買ってもすぐ次の物があれこれ欲しくなる。さらに、外出中でも空き時間を見てはウィンドウショッピングをしてまわる。

ところで日本の皆さんはというと、イタリアで買い物するのがお気に入りの様子だけど、僕の意見では、ウィンドウショッピングだったら日本のほうがずっと楽しい。たとえば洋服にしても、別にこれといったお目当ての商品がなくたって、店の奥までずいずい入っていき、「ああ今シーズンはこんなスタイルが出たのか」などと、思う存分リサーチできるし、気に入ったのがあれば試着だって気持ちよくさせてくれる。

東京の物価はイタリアよりずいぶん高いから（だから日本の人はイタリアで買い物をするんですよね。ゴモットモな選択です）、僕好みのものが見つかっても、買う決心をするまでかなり悩む。そこで何度も通って実際に腕を通させてもらい、納得してはじめて晴れて購入となるわけですが、悩み抜いた末に買わないことだってしょっちゅうある。幾度も試着させてもらっているうちに満足して欲求が冷めてしまうからだ。

それでも日本の店員さんたちはひたすら親切。心の中では「わあこいつ、買いもしないのにまた来やがった」と思っていても、そんなことおくびにも出さない良識というものをお持ちでいらっしゃる。

これがイタリアだったら、およそこんなふうにはいかない。観光客の多いミラノ、フィレンツェ、ローマあたりの高級ブティックならいざ知らず、僕の故郷ナポリでは、店に足を踏み入れることすなわち、九十九パーセント買いますよ、という意思表示と取られる。希望の品が切れている場合を除いては「見てるだけ」なんて言ったらモロ嫌な顔されても仕方ないし、買うかどうか迷って何度も店に通うなんて優柔不断のアホ扱い。だいいち、店員はまるで〝迷ってる奴こそ狙い目だ〟とばかりのしつこい売り込みで、迷う余裕などちょっとだって与えてくれやしない。店の中には「買うの買わないの？　買わないんだったら早く出てってね」てな空気が充満してるから、迷えば迷うほど、買わなくちゃならない〝お客〟としての義務が重く肩の上にのしかかり、もう後へは引けなくなっちゃうからくりだ。事実、日本に来る以前の僕の箪笥の中には、買ったはいいけど一度も着てない服がどんどん溜まってゆくありさまだった。

などと言うと、皆さんのなかには、高級でないイタリアの店はとんでもないんだな、と思われる方があるかもしれない。でもそれは違います。何か買い物をしてひとたび〝お客〟であることを証明した暁には、すっごい特権が認められるようになるからだ。その権利こそは、〃スコント（値切り）権〃（なにも実際にそんな決まりがあるわけではありません。念のため）。

しかしこの〃スコント権〃はその他の多くの権利と同様、活用するも活用せぬも本人次第。ということは、権利を上手に利用できる人もいれば、不器用にもまったく駄目という者もいる。恥ずかしながら僕は、後者。なぜかスコントができない性分なのである。

そこでその原因を探るべく、我が生い立ちを振り返ってみたところ、これは絶対に僕の父のせいだという結論に達した。なにを隠そう今は亡き僕の父こそ、生前〃フォリグロッタ（僕の家のある地区）のスコント王〃と謳（うた）われるほどのスコント名人だったのでありました。

僕は子供の頃、父についてよく買い物に行った。父のスコントの技を目の当たりにしてきた。でも、大音楽家の息子が必ずしも音楽の才が秀でているとは限らないのと同じように、スコント名人の息子がスコントのへなちょこである可能性だってないわけではない。なにしろスコントとはまさに、持って生まれた才能のひとつ。学んで身につけてゆける類のものじゃあないのだ。

父は普通に買い物をする。そして支払いの段になると微笑（ほほえ）みながらこう言う。

「ミ　ファーテ　ウン　ポ　ディ　スコント（少々スコントしていただけんものかね）」

すると店の人は、催眠術にでもかかったようにふらふらとスコントしてしまうのである。

先ほど僕は皆さんに、お客でありさえすればスコント権が認められる、と申し上げたけれど、実際はこの権利もその他多くの権利と同様、一般的に認められているとはいえ、どこでも誰にでも快く受け入れてもらえるというわけではないんです。通常は八対二の割合で「うちはスコントしてないよ」と、断られるのがオチだ（スコントしてくれる、が二割）。それが父の場合にはこの割合が逆転してしまう。たとえ万が一スコントが無理な場合でも何かおまけが付いてくる。というわけで、一般商店においてはほぼ一〇〇パーセントの成功率。

野心のある人間は、ある目的を達成すると、もっと困難な次の目標を定めるという。父もやはりそうだった。彼は次にグランデマガズィーノを目指した。イタリア通の方なら多分ご存じのリナシェンテ、スタンダ、コインなどの日本で言うところのいわゆるデパート、もしくはスーパーマーケットである。となると当然、スコントしない。スコントの王には、まことに相応（ふさわ）しい挑戦相手ではないですか。

あれは僕がまだ小学生だったある年の九月のことだった。九月といえば新学期が始まる。僕は父に連れられて僕の家からいちばん近いグランデマガズィーノ、ウピムへやってきた。新学年用の蝶ネクタイや校内で着る青いおニューのスモック、ノートや筆記用具など、必需品一切を買い揃えるためだ。

レジには同じ目的で買い物に訪れた人たちが長蛇の列を作っている。やっと僕らの番が回ってきて金額の合計が出ると、父がおもむろに尋ねた。

「ミ　ファーテ　ウン　ポ　ディ　スコント」

「うちではスコントはしておりません」

そりゃそうである。なのに父は頑張った。

「店長を呼んでくれたまえ」

ひゃあ、助けてくれ～。僕は自分が耳まで真っ赤になっているのがわかった。だって僕らの後ろにまだまだ続く長い列のなかには、僕の同級生だって交じっているし、「ジローの親父はウピムでスコントしてる」なんて噂でもたったら、こりゃたまらないじゃあないですか。それなのに、多少怒り顔の店長が出てくると、父は僕を前に押し出し、紹介した。

「息子のジローラモです。どうぞよろしく」

店長もわけが分からず、「はあ、ピアチェーレ（どうぞよろしく）」などと挨拶していると、父が店長に尋ねた。

「あなたは何人お子さんがおありですか」

「五人です。息子が三人に娘が二人」

「ブラーボ。それは素晴らしい。家族の大切さというものを心から感じておられる方に違いない」

それから、減少しつつある大家族、次を担う世代の不足、それに伴って生じる需要と供給の不釣り合い、失業者の増加、犯罪の多発、それらを防ぐための救済や助け合いの必要性、等々についてとくとくと演説をぶち始めてしまったのだ。

すると最初はぶつぶつ文句を言っていた後ろの列のなかから「ブラーボ、おっしゃるとおり」との掛け声とともにぱちぱちと拍手が巻き起こり、ウピム地下の学用品売り場は喝采の嵐となった。見ると、さっきまで困り顔だった店長の目が、心なしかウルウルしている。子供が五人もいたら、いくらウピムのフォリグロッタ店の店長をしていたって楽な生活ができるわけじゃあないらしい。

「よろしい。本日は特別一〇パーセント・スコント・デイとしましょう！」

並んでいたお客はもちろん、レジの店員たちまで総立ちとなり、口々に店長と僕の父を誉め称えた。映画『ロッキー』のラストシーンばりの大感動劇が展開したのでありました。

さてこの一件後、父はいつでも社員割引き分のスコントをしてもらえるようになった。で、めでたしめでたし、と言いたいところだけど、僕はこのときの精神的ショックで自分自身のためには一切スコントのできない身の上になってしまったらしい（なぜか他の人のためにはスコントできます。たとえば家内の物を買うときには、平気で「ミ　ファーテ　ウン　ポ　ディ　スコント」と言えちゃうのですね）。

前にも言ったように、スコントは才能の問題だから、当然遺伝子のなかに組み込まれているらしく、僕の兄や姉は父のレベルではないにしろ、なかなかの腕前だ。だからなおさら僕としては、店員に無理に押しつけられたような物であっても、事実はおろかスコントしてもらえなかったことさえ言えず、これは〇×パーセント、こっちはこのおまけを付けてもらったと、空しい嘘をつき続け、家族内でのメンツを保っているのです。

▼
D

▼ナポリ学探究の手引き

僕が日本に住み始めて、今年でもう六年になる。あっという間にこんなに経ってしまった。実をいうと、僕が日本に来たのは家庭の事情で、もともと日本びいきだったわけでも、大学で日本語を学んでいたのでもなんでもない。外国に対する憧れみたいなものは確かにもっていたけど、僕はいつでも、これでもかというほど立派なパトリオータ（パトリオット＝愛国者）だった。

そんな僕だから、今でもいちばん楽しみなのは、年に一、二度の帰郷である。僕は愛する故郷から遠く離れて、自分のなかの故郷への想いがどんどんどんどん膨れあがっていくのを感じる。その結果、当のナポリでも少しずつ失われつつある「ナポレタニタ」についてもっと知らなくては、というおかしな義務感みたいなものが生まれてきたのだ。

この「ナポレタニタ」とは、イタリアじゅうでいちばんとやかく文句のつけられる街、ナポリのナポリたる所以、ナポレターニ（ナポリ人）のナポリ性を指す。

数年前、テレビに『大阪学』という本を書いた大学の先生が出ていた。大阪人の大阪人たる所以を探究しているんだそうだ。僕の「ナポレタニタ」の探究とほとんど同じではないか。そこで僕は、つつしんでこれを「ナポリ学」と呼ばせていただくことにした。
皆さんのなかには、「私は〝ナポリ学〟なんて興味がない」と平気で言おうとしている人がいるのではないだろうか。しかしそんなことを言う前に、「ナポリ学」が「学」というたった一字をお尻にくっつけたことによって、ひとつの学問にまで格上げされたことに注意してほしい。

ひとつの学問を否定するということは、すべての学問を否定することになりかねない危険な行為だ。学問とは、役に立たなければ立たないほど、人とは違ったものを研究すればするほど高貴さが増す不思議なものなのである。

その意味からいっても、研究者が日本人で、ナポリとはなんの関わりもなければないほど、学問としての価値が高まることは疑う余地もないだろう。これはなんだか取り組んでみる価値がありそうだ、という気がしてきませんか。

では次に、「ナポリ学」を始めるにあたって欠かせないものを挙げてみよう。もっとも大切なのは、ナポリ人の親友である。これは僕からの「皆さん親友になってください」という遠まわしな申し込みではないので、誤解のないように。僕は身体も心もひとつしかない。そんなに何人も親友がいても困ってしまう。

しかし、「ナポレタニタ」は難解なものである。原住民の案内がなくては行けないジャングルのごとし、なのだ。水先案内人としてのナポレターノなしには、ただのひとりよがりに終わる可能性が大きい。真実を探究する身で、これは絶対に避けなければならないではないか。さらに、僕が「親友」と限ったのは、「ナポリ学」の研究もいよいよ佳境に入ったら、あなただってそのナポリ人に毎日うるさくつきまとって質問責めに遭わせずにいられなくなり、そしたらやっぱりただの友人では不足だろうと考えたからだ。まあ恋人でもいいのだが、「ナポリ学」などどうでもよくなってしまう困った結果を招くおそれもあるので除外しておいた。

しかし、ナポレターノとだったら素晴らしい友人関係が結ばれることは保証できる。ナポリではこんなふうに言われているからだ。

「ナポレターノは友達のためなら、シャツ七枚分も汗をかくほどの協力を惜しまない」

だが、実はこれには続きがある。

「でもそのあいだにも、スキさえあれば友達からだって盗む」

しかしこれは、言い換えれば「スキさえ見せなければ、なんでもしてくれる最高の友人」ということではないか。

次に多少のイタリア語力は、どうしても必要となってくる。しかし、多少で結構。ナポリ人のなかにだって多少しかイタリア語ができない者がいるくらいである。ただし、これはナポレターノ（ナポリ語）が完璧にわかる人に限ってのことで、イタリア語も駄目、ナポリ語も駄目では、もうお手上げだ。そういう人は一、二年、まずイタリア語ないしナポリ語の勉強をすることにしてください。まあ日本でだったら、イタリア語のほうがお手軽だろう。学問の道は険しいのですよ。頑張ってください。

「ナポリ学」探究の第一歩としてイタリア語の勉強を始めたあなたが、かならず直面する障害、それは北イタリア人たちである。北イタリアの一部の人びとは、とくにナポリ人に対して根拠のない敵意をもっており、あなたがたの背後からそっと近づいてきて、耳もとであだこうだとナポリの悪口を吹き込み、「ナポリ学」への熱意をくじこうとする。

もちろん、賢明な皆さんはそんな戯言（たわごと）に耳を貸しはしないでしょう。彼らはナポリのことなんてなーんにも知らないどころか、行ったことすらない（かもしれない）のである。あっさり無視して結構。

さてイタリア語習得の難関を乗り越えたら、あとは自由に「ナポリ学」の探求にいそしむことにしよう。その前に、そのころには当然あなたの家にある、カフェティエラ（コーヒーメーカー）でたてたうまいカフェを一杯。「ナポリ学」をきわめるなら、断じてガツガツ机にしがみつくような浅ましい真似をしてはならない。

それでは、ここで「ナポリ学」探求のための、初心者にもお勧めの安心できる資料をご紹介しよう。

書物――イタリア語をマスターしたばかりで、一冊の本を読むというのは至難の業だ。だがその向こうには「ナポリ学」の新境地が待っているはずだ。

「現代ナポリ学」の第一人者はまず間違いなく、ルチアーノ・デ・クレシェンツォだろう（残念ながら僕ではない）。

『コスィー・パルロー・ベッラヴィスタ』（モンダドーリ出版）は、元ＩＢＭのエンジニアであったという彼の出世作だ。ナポリの街のそこここで見られるポポリーニ（庶民）の生き方が、ちょっとした皮肉とあふれる愛情で書かれている。この作品で彼はイタリアじゅうで一躍有名になり、『コスィー・バルロー・ベッラヴィスタ』は同名の映画にもなった。映画も本同様、凄く面白い。とくに「初めてナポリを訪れたミラノ人」は傑作だ。

デ・クレシェンツォの本を読みながら、僕はガイ・オデンのチョコレートをつまむ。甘くほろ苦い味は、ナポリの人生そのものだ。ガイ・オデンはナポリでいちばん古いチョコレート屋だ。日本でも買えるペルジーナやジャンドゥイオッティのチョコレートも悪くはないが、比べてみれば僕の言わんとすることがよくわかるでしょう。

写真集——本を読んだだけじゃあなんにもわからん人のために、デ・クレシェンツォは写真集もつくった。でもただの昔の写真の寄せ集めだと思って、ぺらぺらめくってハイ終わりでは、宝の持ち腐れもいいとこである。脇の注釈もかならず読むこと。

ビデオ——本よりビデオのほうが簡単だと思ったら大間違い。デ・クレシェンツォの本はイタリア語で書いてあるが、ビデオはナポリ弁のオンパレードなのですぞ。例のナポリ人の親友を家に招待して一緒に見るのが賢明だろう。そのときは食事くらい用意して待っていること。

＊映画の部……トトー。映画といっても、いろいろある。しかしここで僕がお勧めしたいのはやっぱりトトーだ。一九三〇年代後半から映画をつくりはじめ、一九六七年にこの世を去るまでに九十七本の映画を撮ったといわれるが、無論、僕は全部見たわけではない。僕は映画評論家ではないからあらあら捜しはしないし、トトーそのものが大好きなせいか、僕が見た映画は全部面白かった。が、不思議なことにナポリだけでなくイタリアじゅうでこんなに人気のあるトトーが、なんでもよく知っている日本の人にはあまりお馴染みではないようなのだ。家内によると、もう十五年以上前のロッド・スチュアートのアルバムジャケットがトトーの顔のどアップだったらしいが、そんなこと誰が覚えてるっていうんだろう。

まあそれはともかく、「ナポリ学」には欠かせないマテリアであることは絶対に間違いない。僕はトトーフィルムは全部好きだが、ひとつ挙げろといわれたら『トトトゥルッファ'62』。とりわけ、トトーがアメリカ呆けイタリア人にトレヴィの泉を売りつけるシーンが最高なんだ。

＊芝居の部……デ・フィリッポ。言わずと知れたデ・フィリッポの登場だ。あんまり言わずと知れてるから、僕はなにも言わないでおこう。

不親切に感じるかもしれないが、そうではない。獅子は我が子を谷から落とす。そこからはい上がってきた者からのみ、立派な「ナポリ学」の大家が生まれるのだと確信するからなのだ。

さてビデオの購入先だが、ナポリには東京のようにたくさんのビデオショップはない。そんなときは、ヴィア・トレードのリナシェンテ（百貨店）の向かって左脇の教会の階段にビデオを並べて売っているおじさんのところへ行ってみよう。もちろん、ビデオショップほどの品揃えはないが、トトーとデ・フィリッポのビデオならばかなり揃っている。その場にないときでも、注文すれば録画してくれるそうだ。

家でビデオを楽しむんだったら、なにか軽くつまんだり、飲んだりしたくなりますね。僕のビデオのお伴は、フィノッキ（フェンネルシード）入りの田舎風タラッリ（クラッカーの仲間）。こいつを田舎の自家製ヴィーノに浸しながら食べる。家でしかできない美味しいスナックだ。

辞書――ここまで研究が進んでくると、気がつかないうちに自分でも少しはナポレターノ（ナポリ語）が聞き取れるようになっているはずだ。そして、かなり意味不明なものが多いことに気づくだろう。そこでナポリ語、イタリア語の辞書が必要になってくるのだ。僕が使っているのはアントーニオ・サルツァーノの『ヴォカボラーリオ・ナポレーターノ・イタリアーノ・イタリアーノ・ナポレターノ』（ジリオ出版）だ。

実際の話、僕にもわからない古いナポリ語だってかなりあるのです。僕はこの辞書を、道端で本を売ってる男から買ったのだけど、もちろん普通の本屋にはもっといろいろな種類が揃っているから、好きなのを選べばよいだろう。

僕は思いやり深い人間だ。軽くイタリア語を習得できちゃったお利口さんの味方ばかりはしない。第一、「ナポリ学」はインテリのための学問ではない。だから、途中で挫折した人にも、そんなことくらいでナポリを嫌いにならないでもらいたいという気持ちを込めて、比較的気軽にナポリを感じてもらえる、音楽と料理に目を向けてみよう。

音楽――まずは「イタリア歌謡の祖父」といわれる「ロベルト・ムーロロ」を挙げなければならないだろう。世界でカンツォーネとして親しまれているものの多くがカンツォーネナポレターノだということは、もうご存じだと思う。パヴァロッティやカレーラスらのオペラ歌手が歌うもんだと信じ込まれているカンツォーネは、実はナポリの庶民のなかから生まれてきた民謡なのだ。
作曲家としても数多くの名曲を書いているムーロロは、そんな民謡を歌ってもさすがだ。民謡歌手とはまた違う、しかしオペラ調でもない、洗練されたナポリがあふれている。レナート・カロソーネも捨てがたい。ムーロロがしっとりと歌いあげるタイプなら、カロソーネはユーセアたっぷり。いかにも戦後、アメリカ風キャバレーやクラブで大流行りした懐メロといった楽しい歌ばかりだ。

また、「ナポリ学」研究のためには、「カント・ポポラーレ・ナポレターノ」が最も参考になるだろう。カント・ポポラーレ・ナポレターノはナポリの土着の古典音楽を研究しているグループで、オペラやカンツォーネや流行音楽だけがイタリアの音楽だと思っている人には相当意外な、だけど非常に興味深いものだ。

料理書――僕は、料理は人間の文化とは切っても切れないものだと思っている。ちゃんとしたルーツのある料理には、当時の人びとの工夫がつまっている。そして料理のなかに残るスペインやフランスの影響に、ナポリの歴史をかいま見ることだってできるのだ。

僕の大サービスの推薦は『ナポリ・イン・ボッカ』だ。どこが大サービスかというと、ナポリ語、イタリア語、英語の三カ国語で書かれているところだ。そのうえ、イラストや詩もたくさんアレンジされていて、料理にさほど興味がない人でも是非もっていたい名著といえよう。

僕がひとりでイタリアに帰ったときに家内に土産に買ってきた『ナポリ・イン・クチーナ』(モンダドーリ出版)も、我ながらなかなかよい選択だったと満足している。つくり方が全部写真入りで説明されていて、とてもわかりやすい。「ナポリ料理なんてちんぷんかんぷん。見たこともないのにつくれるわけないわ!」とヒステリーを起こす前にどうぞ。

僕がここに大真面目で紹介してきた「ナポリ学」の参考資料をしっかりクリアすれば、誰でもいっぱしの「ナポリ学」大家になれる。と言いたいところだが、そうはいかない。それでは命の入る前のピノッキオ、要するにただの木の人形の状態なのだ。

では、命を吹き込むにはどうしたらいいのか。それはもうナポリに住んでみるしかない。一カ月、二カ月なんて時間の無駄。少なくとも十年くらいゆっくり過ごしてみよう。永住もいいかもしれない。資料を全部クリアしたあなたのことだ、なんの不自由もなく楽しい老後が送れるに違いない。

▼A

▼ドン・フランコの副業

僕の故郷は、イタリアに興味のない人でも名前だけは多分ご存じの、ナポリ。「ナポリを見て死ね」と言われるくらい美しい街だ。確かに最近は巷でささやかれるように、スモッグやゴミで多少（でもないかな）汚れて、かつてほど〝風光明媚でござる〟と威張ってられる状況ではなくなってしまったかもしれないけれど、それでもやっぱり僕の街はすっごくきれいだと思う。青い海、青い空、輝く太陽……。決まりきった宣伝文句風ではありますが、本当だからしょうがないです。こんな街で育つと、ナポリのカンツォーネのような素晴らしい歌が次から次に思い浮かんでも、なんら不思議はないわけなのですねえ。

とはいえ、キリギリスの一生からも学べるように、歌ってるだけでは結局食べてゆけない世知辛〜い世の中であります。働かなくてはいけません。ところが、働きたくても口がないのが実情だ（実際、失業はナポリの深刻な問題なのだ）。そこで、海、空、太陽に育まれた持ち前のイマジネーションが再び発揮され、ナポリならではの新手の職業が次から次に誕生してきた次第なのだ。例えば――、

その一、道端のヤミ煙草売り。しかり……公道に机を出して、白昼から堂々と売っているあ

の煙草は、実のところ〝ヤミ〟の煙草なのです。

その二、不認可駐車場係。しかり……本当の駐車場係は市の認可をうけている。ニセの駐車場係は、朝起きて、顔洗って、つば付き帽をかぶって、いってきます。これで、にわか駐車場係の出来上がり。あとは駐車のできそうな場所を捜して、お客を待つばかり。

その三、車内ナマ歌手サービス。しかり……地下鉄、バスに突然乗り込んできて、どちら様も車内ご退屈ないよう、上手くもない歌を歌ってくれる。もち有料です。

などなど、挙げればきりがない。ナポリを旅行したことのある方なら、それとは気がつかないうちにも、おそらく二つや三つ、目にしているはずだ。言うまでもなく、どれもこれも〝ヤミ〟商売。明るい太陽のもと、今日も溌剌（はつらつ）と〝ヤミ〟に励んでいるわけです。

さてここまで〝ヤミ〟が市民権を得ると、自分の店を持っているような恵まれた環境にある人間まで、もうちょっといい生活をするために、それでは私もひとつヤミの副業でも……と、本業の合間に、趣味的なお仕事を始めたりする。

ナポリは中央駅のすぐ近く、コルソ・ガリヴァルディでバッカレリーア（バッカラ＝干ダラ、その他冷凍魚、瓶詰めなどを売る店）を営むフランチェスコ・ココッツァ氏、通称ドン・フランコもその一人だった。生前僕の父は、チェントロ（中心街）に仕事用の備品を買いにいった帰りには必ずこの店に立ち寄り、好物の干ダラを買っていた。僕は始終そのお伴をして、ドン・フランコの店の馴染みになっていたのだ。

さてこのドン・フランコ、バッカレリーアの主人にはまったく見えない洒落者だ。そりゃ世の中にはバッカレリーアをやっていようと、ペスケリーア（魚屋）をやっていようと、お洒落な人間はごまんといるだろう。ただドン・フランコの場合、かなり度を越している。上下揃いのスーツにカラーシャツ、ネクタイの代わりにいつも派手派手のアスコットタイ。数十本は持っていて、ほとんどがフランスはパリージ（パリ）製ものだともっぱらの噂だ。ズボンの裾（すそ）に目を移せば、とうぜん靴は鏡のごとくにピッカピカ。胸にはチラリとポケットチーフ。ずしりと重そうな黄金の指輪が数本の指を飾っている。そして外出時には、ソフト帽をやや斜めにかぶるのを忘れない。小物にも実に細かく気を配っているのですねえ。これでスラリとハンサムだったりすると、もう映画スターか何かと間違われそうだけど、ドン・フランコの場合そんな心配はゼロ。やや太めの身体の上に、大きめのピーススマイルのキャラクターをのせた感じ、と言ったらわりと正確な像がご想像いただけるだろう。

しかし皆さん、こんないでたちでバッカレリーアが勤まると思いますか。否。バッカレリーアでは通常、干ダラを水に漬けてもどした状態で売っている。魚臭い水が、周囲にジャブジャブしてるのだ。しかしひとたびドン・フランコの副業を知るならば、フームと納得できてしまうだろう。

ドン・フランコは仕事の合間を見つけては「ちょっと行ってくる」と、ソフト帽を頭にのせ出かけていく。行き先はたいてい店のすぐ近所、ナポリ中央駅の構内だ。そこで、外国人または、田舎者とおぼしき旅行者を呼び止める。

「ナポリは初めてですかな」

相手は最初ちょっと警戒するものの、ドン・フランコのピーススマイルと魅力的な服装になんとなく気を許してしまう。

「お仕事であられますか？　いや違う？　ご旅行ですか。そりゃ素晴らしい。お目が高くていらっしゃる。イタリア広しといえども、ナポリほど美しい街は、そうはあるものではありませんからな。ナポリで生まれナポリで育ったこの私が申し上げるのだから間違いはございますまい。ナポリを見て死ね、とはよく言ったものですなあ、ウォッホン。しかしお客人、旅先にナポリを選ばれるとは、なかなかのうるさ方とお見受けするが、お食事はどちらで？　いやいや私、食べ物屋のまわし者などではありませんので、ご心配なく。ただ、愛する我が街でお客人のような〝粋〟のわかるお人が、おかしなものでも口にして、ナポリの評価を下げてはならんと思いましてな。私のお薦めですか？　やはり魚介料理でしょうな。青い美しい海を前に、新鮮な魚をいただく。いやあ、極楽ですなあ。しかし、ピッツァも捨てがたいですな。なにせナポリは言わずと知れたピッツァの発祥の地。ナポリでピッツァを食わずして、なんじピッツァを語るなかれ。こんなことを言った故人がいたではないですか。ご存じない……。はっ、うまい料理屋ですか？　ナポリなら、どこで何を召し上がっても満足されること間違いなし。世界に名だたる食い倒れの街なんですぞ、我がナポリは。

ところでお客人、美しい風景とうまい料理以外に、ナポリが名を轟かすことが何かご存じかな。そう、買い物ですな。いいものがお安い。私なぞも確かになかなか贅沢な格好をしておるようですが、こんなものはナポリでは普通です。なにしろいいものが安い。ご覧くださいこのタイ。花の都パリージ（パリ）の有名デザイナーのものです。それが、まったく二束三文で手に入る。いかがです。なかなかいい柄でしょう。ああそうだ。ちょっとこれをご覧ください」

と、ドン・フランコはポケットからおもむろに小さな包みを取りいだす。サワサワとした白い薄紙を開くと、いかにも高級っぽいピカピカ輝く金の腕時計が包まれている。

「純金でしてな。いや、一目瞭然でしょうなあ、この輝きなら……」

ドン・フランコいわく、真っ白な薄紙は金メッキの色を鮮やかに、純金と見まがうばかりに引き立たせてくれる。こうして数万リラの安時計は、数百万リラは軽くするはずの金時計として、数十万リラの格安値で取引されるのだ。

そうです。もうおわかりでしょう。お洒落なバッカレリーアの主人、ドン・フランコの〝ヤミ〟の副業とは、パタッカーロ（ペテン師）なのであります。しかし、〝ヤミ〟が必ずしもコソコソしていなくてもよいのが僕の街。ドン・フランコは僕が店に行くと、一級パタッカーロとしての手柄話をいろいろと披露してくれたのでした。

一連の中央駅構内の話のほか、通りすがりのアメリカ人にポズィリポの（他人の）ヴィラ（屋敷）の売買契約前金として、五十万リラせしめたこと。こうして集めた資金は、海外遠征費として投資。はるばる日本を含むアジアの国々（アメリカではもうネタが割れているので）に渡り、インチキ金時計、インチキ金ネックレス、インチキ金塊を売りまくる計画中であること。トトトー（ナポリを代表する喜劇役者）の『トトトゥルッファ'62』に登場する、観光客にトレヴィの泉を売りつける男のモデルは自分であること、などなど。

時が流れ、僕に物心がつき、父よりも友人と出かける回数が増えると、ドン・フランコの店にも行く機会がなくなってしまった。けれど僕はその頃もうすでに、彼の話から人生についてのある重要な事実を学びとっていたのである。

〝イル　フェッソ　エ　センプレ　イル　トゥルッファート（結局だまされる奴がアホだ）〟

ところで皆さんは、ナポリのチェントロ（中心街）、ピアッツァ・プレジシート（プレジシート広場）にあるパラッツォ・レアーレ（王宮）に行ったことがありますか。今年の初め、僕が企画するナポリツアーに同行したときのこと、ガイドのサルヴァ君がいちばん右端のヴィットリーオ・エマヌエーレ像を指して言った。

「なぜあのヴィットリーオ・エマヌエーレは馬に乗ってないか知ってるかい」

そう言えばそうだ。ピエモンテの出身で全イタリアを治めたヴィットリーオ・エマヌエーレ王は、背が低いのを気にしていつも馬に乗った像を造らせたと言われている。ところがこの像は仁王立ち。

「ドン・フランコが観光客に売っちゃったのさ。はっはっは」

今や我らがドン・フランコは、伝説の人物となっていたのでありました。

イタリア恋模様▼Ⅳ

▼僕の初恋

それは僕がまだ十一歳のときだった。大通りから僕の家のあるパラッツォに上がってくる坂道の途中、ちょうど道がカーブする左側のパラッツォに自動車教習教室を開いている家があった。のっけから告白してしまうと、僕の初恋の相手はそこの家の娘なのである。

つぶらな黒い瞳、シューシュー（マシュマロ）みたいな頬、上品に小さな身体、僕は相当イカレていた。だけど実は話さえしたことがない。なにしろ彼女は僕らみんなの憧れだった。どうにかきっかけをつくって先を越さなければと考えた末、とうとう「これしかない」という「名案」を思いついた。「彼女の前で転ぶ」のである。彼女みたいに可愛い子は絶対に心だって優しいから、怪我した僕を優しく介抱してくれるだろう、というのが僕の読みだった。たいへんアホ臭いが、当時の僕は真剣そのもので、介抱されてるシーンなんかを思い浮かべていたわけである。

「名案」はただちに実行に移された。彼女を見つけるとなにげなく前を横切る振りをして、転ぶ。あんまりいつも同じシチュエーションじゃあバレるといけないので、あるときは、ダーッと走っていって、転ぶ。作戦は、まずまずの成果を収めた。彼女はいつも「あら、大丈夫？」

とか「怪我しなかった？」と聞いてくれたのである。僕はそのたびに、その甘ーい可愛らしい声にうっとりしていた。

しかし今考えてみると、彼女だって内心は「なんじゃこいつ、いつも転んでばっかり。お脳に傷でもあるんとちゃう？」と、同情していたんだろう。まあそれでも、僕としてはある程度の進展はあった、と思いたかったのだが、声にうっとりするあまりにムート（聾唖）状態に陥り、それがさらに脳傷少年のイメージにぴったりあてはまってしまう結果となっていたのである。

ある日僕は、彼女が「アンナ」という名前だと知った。「アンナ」。なんて美しい響きをもった名前だろう。アンナ、アンナ、アンナ、アンナ、アンナ。何度聞いても心地好い。こんないい名前がこの世に存在することさえ、奇跡に近い。たとえイタリアじゅうにアンナが掃いて捨てても地面から湧いて出るほどいても、このアンナとそのアンナは大違い。だってこのアンナについた名前のアンナは名前のほうが大喜びしているのに、そのアンナのほうはあんまりありふれててかなりお疲れの様子だからだ。

そして僕が十二になったころ、さらに新事実が発覚した。アンナはモトチクレッタ（オートバイ）が大好きだ、というのである。こりゃ困った。なにせ僕は、この前自転車を買ってもらったばかりなのだ。しかしこうなったら、どうしてもモトリーノ（五十ccバイク）を手に入れなくては絶体絶命、お先真っ暗、十二歳にして早くも灰色の人生に激・突入だ。途端に僕は、大ごますりの太鼓持ち人間に変身し、パパーにまとわりつき、マンマに無邪気に甘え、ついにモトリーノを買ってもらった。十二でそんなものに乗れるのかって？　心配ご無用。パラッツォの前の坂道は私道なのだ。子供がモトリーノに乗ろうが、大人が三輪車に乗ろうが、誰も文句は言えないのである。ましてアンナと結ばれるためなら、トラックにだって乗ってやる。

モトリーノというステータスに守られ、僕はぐーんとパワーアップした。十歳そこそこで、はやモトリーノのオーナーとなった僕は、まわりの雑魚(ざこ)どもの羨望の眼差しを身体じゅうで反射させながら、プリンチペアズーロ（ブループリンス）よろしく、アンナにパラッツォ一周ツーリングの申し込みに参上した。ところが、僕が申し込むより先に彼女のほうから、「ちょっと乗せてくれる」と言ってきたではないか。てきめんのモトリーノ効果で、瞬く間に僕らの仲は進展した。

僕の毎日はバラ色だった。背中にアンナの温もりを感じながら、坂道を何度も行ったり来たり。あのまま行けばきっと、僕たちは本当に恋人どうしになっていたはずだった。

僕が十三の夏、アンナはヴァカンスに行ったまま帰らぬ人となった。いや実際には、魂の抜けた、あの温もりも抜けた、なにもかもが抜けきった、正真正銘の抜け殻だけが帰ってきた。僕はジジーノを誘って葬式に行った。だけど、僕はその抜け殻にさえ会うことができなかった。ヴァカンス先で、走るモトチクレッタの後部座席から落ち、ガードレールで頭が切断されてしまった、とても子供には見せられない—。空っぽになった僕の頭に響いてきたのは、どうしたって信じようのないそんな言葉だった。

こうして僕の初恋は消えた。奇しくも、ウンベルト・トッツィの歌う「ペルデンド　アンナ（アンナをなくして）」が大ヒットしていた年のことである。

——信じなくても僕はいっこうに構わないけど、本当の話です。

▼
A

▼イタリア結婚事情

終戦直後のイタリアの代表的な歌手のひとりにレナート・カロソーネがいる。僕は懐メロなんかもわりと好きでたまに聴くのだけど、「ナポリ・マトリモニアーレ」という歌のなかで彼はこんなことを言っている。

「マトリモーニオ（結婚）はスイカみたいなもんさ　白が出るか　赤が出るか　あけてみなけりゃわからない」

白とか赤というのはもちろんスイカの果肉の色のことで、割ってみなくちゃ、美味しいスイカか、まずいスイカかわからない。結婚だっておんなじことだ、と言っているわけだ。納得。しかし、これはもうナポリに限ったことじゃあない。僕は僕の奥さんと、イタリアと日本の両方で結婚式を挙げたけど、どっちにしたって、今の状況が予想できたりはしなかった。

「ナポリ・マトリモニアーレ」の歌の主人公はジョバンニという青年で、彼の場合、スイカは真っ白けっけだったのである。

「コンフェッティ（砂糖菓子）のあとはディフェッティ（欠陥）だらけ　結婚する前にもっと考えときゃあこんな災難は避けられたはず　泣いても叫んでも今さら無駄さ　ここでは離婚はな

いんだから　あとは黙って我慢するだけ　惚れちゃったのはおまえなんだ　せいぜい可愛がってあげなよ　腕組み一緒に祭壇に誓った仲だ　スイカが真っ白だったって　誰のせいでもないってもんさ」

これは歌の一番なんだが、僕がここでこれを挙げたわけは、このころにはまだ離婚法が制定されていなかったことがよくわかるし、結婚式の様子もチラッとかいま見ることができるからだ。

例えば、コンフェッティ。これはなにも砂糖菓子のように可愛い奥さんなのに欠点だらけ、という意味ではない。この歌の二番で、「寝てるときは死人の頭そっくりで、ジョバンニは嫌になってソファで寝てる」と言っているのがいい証拠だ。

実は、コンフェッティはイタリアの結婚式にはなくてはならない、本物の砂糖菓子なのだ。アーモンドを砂糖がけして白やピンクや水色、金銀などに色づけした、といえば思い浮かぶ人もいるでしょう。そのコンフェッティをきれいなチュールに包んで布製の造花なんかで飾り、ボンボニエレにくっつけて、親戚、結婚式に参列してくれた人、近所の人みんなにプレゼントするのだ。ボンボニエレの習慣を知らない日本の人でも、イタリアの街角でボンボニエレ屋を見たことがあるかもしれない。ウィンドウに銀や陶器の小さな置き物をいっぱい並べて売っているのがそうで、そういう店でコンフェッティもセットして、きれいにアレンジしたものを注文することができる。

他の町のことはわからないけど、ナポリならヴィア・ドゥオモはボンボニエレ屋ばかりが軒を連ねている通りだ。結婚式だけでなく、子供の洗礼式や初聖体のときにも使われるうえに、普通は百も二百もつくらせるのだからけっこういい商売なんだろう。

イタリア人の大半は、カトリックだから教会で結婚式を挙げる。僕の場合、ナポリでは役所に婚姻届を出し、東京に来て教会で式を挙げた。これが普通である。まず役所で届けを出し、それから教会。まあ時々、教会で結婚式を挙げたくないという人も当然いるわけで、そういう人が役所だけで結婚式を挙げられるように、役所のなかにもちゃんと結婚式用の大きな部屋が用意してある。とはいえ、教会での結婚式のような華々しさはない。お嫁さんにしても、派手なウエディングドレスを着て役所から出てきたのなんて見たことがない。

僕らが日本で結婚式を挙げたとき、僕の奥さんも白いウエディングドレスを着た。ところが、どんなのにするか一緒に選びにいこうと言うのだ。僕はびっくりしてしまった。イタリアの新郎は、結婚式に教会の御堂（みどう）のヴァージンロードの終点で新婦の父親から渡されるまで、新婦のウエディング姿を見てはいけないことになっている。縁起かつぎと言われても、こういう小さな約束ごとを破ってスイカが白くなっては大変ではないか。当然、僕もちゃんと守ってはおいたのだけど……。

教会でのセレモニーが終わると、参列者はリストランテへ、主役の二人は記念写真を撮りに行く。とりわけマスキオ・アンジョイーノ（ヌオヴォ城）が、ダントツ人気フォトポイントで、前庭の芝生で城をバックに大二枚目俳優と大美人女優（のつもり）がさまざまなポーズを決める。ここの前庭の芝生には、その日の日付が花文字で書かれるようになっており、それが人気の理由である。

なにしろこの時点では、まだスイカはまっさら、切られるのを今か今かと待っている状態である。幸せいっぱいのモデルぶりは、暖かい季節の日曜には五組はかるく見られるから、カプリに行くアーリスカーフォ（連絡船）の待ち時間にでも行ってみると、よい社会勉強になるだろう。

そうしてできてくる写真がまた凄い。ボカシまでかかった特大のシンデレラ写真には、見るほうが赤面、苦笑してしまうという代物である。

リストランテでのパーティは、もう大・大食い大会そのものだ。幸か不幸か日本みたいなスピーチはないから、みんな好き勝手に喋りまくり、動きまくり、最後にはなんだかわからなくなってしまう。

僕が子供のころ、悪友ジジーノ・フェランテは僕と同じパラッツォに住んでいた。ある日彼が、今日は結婚式に行くからきれいな服を着てこい、というのだ。言っておくけどジジーノ・フェランテは身体はでかいが僕より四つも年下である。彼の招待なんて、母はちょっと心配していたが、よそ行きのジャケットで蝶タイもしめ、髪も撫でつけてくれた。

なかなか素敵な結婚式だった。ジジーノ・フェランテはいつものように食いまくり、僕だっていろいろ味見をした。僕らは新郎新婦にキスをして、ボンボニエレをもらい、大満足で無事帰宅。母もとても喜んで僕らに聞いた。

母「誰の結婚式だったの？」

僕「知らない」

ジジーノ・フェランテ「知らない」

結婚式は、親類縁者友人知人隣近所、一家総出のお祝いなので、本当に誰が誰だかわからないまま進行し、知らない顔のひとりやふたり、五人や十人紛れ込んでいてもまったくわからないのだ。

しかし、こんなに楽しく始まった結婚生活も、時としてその途中で終止符を打つ。僕の手元にある資料では、一九九二年の離婚数はトータル二万三九五七件、そのうち北部中部が一万九二一七件、ナポリを含む南部は四七四〇件となっている。おそらく、共働きが多いとされる中部北部と女性が主婦として家事や育児に携わっているという南部の生活形態の差も、この結果に大きく影響しているのだろう。

レナート・カロソーネのスイカの歌にあるように、イタリアでは一九七〇年に離婚制度が制定されるまで、書類のうえでは離婚が許されていなかった。例外的に、親などに強制されて結婚し、数年間夫婦としての営みがなかった、といった特殊な場合にのみ、司教の承認を受け、ローマ法王に離婚を申請することができるだけだった。が、実は、カトリック教会は今でも、これと同様の例外以外の離婚は認めていない。役所の書類上では離婚してはいても、教会に納められた書類では死ぬまで夫婦というわけなのだ。

だから、真っ白なウエディングドレスを着て、マスキオ・アンジョイーノの前で写真なんか撮っちゃった人は、たとえ自分の結婚が真っ白なスイカだったからといって、相手が死んでくれでもしない限りは、もう二度と教会で祝福されながら結婚することはできないのである。

昨年の夏、マリーナ・ディ・カメロータに行ったとき、あまりの暑さにスイカを買った。僕は大きいのがいいと言った。家内はふたりだけだからもっと小さいのがいいと言った。小さくたってちゃんと熟れているから売っているんだ、というのだ。耳をくっつけたり叩いたりして、「大丈夫！」と太鼓判まで押してみせる。家に帰って切ってみると、果てしないほど白かった。ただただ真ん中のあたりだけが恥ずかしそうにポーっとピンクに染まっていた。僕らはこの先いったいどうなるんだろう。

▼
A

▼春は結婚の季節

このところ立て続けに知人からの結婚式の招待状が届いた。確かに喜ばしいことではあるけれど、一カ月の間に、たとえば三件結婚式があると、我が家みたいな貧困家庭では経済状態が火の車だ。あの〝お祝い〟とやらが、結構な打撃なんですよね、正直な話。

なんでこんなに一斉に結婚式があるんだろう、と家内にぼやくと、六月だからじゃないか、とのご意見。六月の花嫁は〝ジューンブライド〟と呼ばれて、女の子たちの憧れなんだそうな。そんなことちっとも知りませんでした。なんとまあ世の中は僕の知らないことで溢れているのでありましょうか。

そういえば、僕ら夫婦が結婚したのも一九八八年の六月。そして僕の両親も、さらに四十年さかのぼった、一九四八年の六月。僕の母も家内もべつに意識してジューンブライドを目指したわけじゃあなさそうだし、もしかしたら春は結婚したくなる季節なのかもしれない。人間もやはり自然界の動物と同じなのですなあ。

ところで、家庭内の事情で少々お恥ずかしいのですが、実は僕の両親はフーガ・ダモーレ（駆け落ち）をして結婚した。たしかにフーガ・ダモーレなんて、春でもなければできない行為だ。夏は暑すぎてまるでロマンに浸る気分になれなくて、没。冬にフーガ・ダモーレじゃあ悲愴感が漂いすぎて辛そうだから、没。日本で最も感傷的な季節とされてる秋は、イタリアではえらく短い季節で、もたもた迷ってるとすぐに寒くなり始めて「もう少し考えようか」ということになって、結局没。それが春だと、自分の頭もポーっとしてるうえに、何もかにもが明るくバラ色。芽吹き始めた若葉のごとく自分たちの愛もすくすく育ち、一〇〇パーセントの確率で素晴らしい実を結ぶかのように思えてしまう次第なのですね。

僕の両親の場合、実際比較的ちゃんとした実を結んだので、母は父が亡くなってから二十年以上たった今でも、結婚記念日には手打ちパスタに時間のかかるソースを用意、特製ケーキまで注文して、ちょっとしたお祝いをする。そして僕ら兄弟は、生まれてから毎年聞いて丸暗記してしまってはいるけど、両親の〝フーガ・ダモーレ〟劇の話をリクエストするお定まりになっている。

僕の母は、ナポリと同じカンパーニャ州でももっと内陸のアヴェリーノ県のズンゴリという小さな村で生まれ育った。その村に、仕事の都合で近くのヴィッラ・ノーヴァという町に滞在していた父が、これまた仕事の都合で訪れて運命の出会いを果たしたのでありました。ところが、恋路にはいつでも邪魔者がつきものだ。母の父親という人がとんでもない独裁親父で、そんなよそ者の、おまけにたいした財産があるわけでもなさそうな若造とは口も利いちゃあいかん、おまえの相手はワシが決める、と断言。ほんとに勝手に婚約相手を決めてきたそうな。村ではまあ財産持ちとされる、母よりずっと年上のいけ好かないオヤジだったらしい。

そこで母は、彼女の母（要するに僕の祖母）とも相談し、フーガ・ダモーレを決行。こんな田舎では、一度よそ者なんかとフーガ・ダモーレをしちゃった女の子は、大層なキズ物。女性としてのお先は真っ暗。いい家のお嫁になんて行けるはずがない。という目論見は大成功を収め、僕の両親は最終的に結婚を許されたのでしたとさ。そして、そのおかげで現在の僕という存在があるわけです。

余談ですが、祖父が見つけてきた婚約相手とは、母の妹のツィア（叔母）・ヴィンチェンツァが、無理やり結婚させられたらしい。ところが幸か不幸か彼はわりと早くに死んじゃったので、その後ツィアは別の自分で選んだ人と再婚して、今はトスカーナで幸せに暮らしている。

何年か前まで僕はこんな母の話を、いかにも昔臭いなあ、と思っていた。イタリアの女の子でも今どきは（日本でも同じかもしれないけど）、〝ベッロ　マ　ポーヴェロ（かっこいいけど、お金はない）〟と、お金はあるけど不細工なオヤジとを天秤にかけて、結婚するなら「ど・ち・ら・に・し・よ・う・か・な」と迷うのは本人たちで、親が結婚を決めるなんてナンセンス。まして結婚前に多少の男づき合いなぞあってノーマル、誰が問題にするもんですかねえ。じっくりつき合って選んだほうが賢明だと思うけどなあ。

ところがどっこい今でも山奥の田舎の村では、母の時代なみの前世紀的メンタリティが化石にもならず、生のまんま存在しているところがあるのですよ（とはいえ、今でもお見合いが横行している日本の皆さんには、驚くにも値しないのかもしれないけれど――）。

日本に来る直前まで僕は、兄で建築家のジーノの事務所〝ストゥディオ・ラウ〟に勤め、八〇年代初期の南イタリア大地震被災地の史的建造物修復プロジェクトに携わっていた。僕の担当はモリーセ州イセルニア周辺。人口千〜二千人の小さな村が点在している。そのなかの一つに、ヴァストジラルディ村がある。

当時僕は、ナポリ建築大の後輩チリアコとパートナーを組んでいた。僕はこのヴァストジラルディ村に気に入った家を見つけ、借りることにした。チリアコは同じヴァストジラルディ村に気に入った女の子を見つけ、つき合うことにした。ルイゼッラという名の、リチェーオ（高校）を卒業したて、色白でほっそりした綺麗な子だった。

さて喜んだのは彼女の両親だ。チリアコはよそ者とはいえ、将来は花の建築家。前途洋々たる建築家の卵を射止めるとは、なんともアッパレ我が娘、てな具合だ。ルイゼッラの祖父で、村のちょっとした名物男ツィ・サンドロも、当然満足顔。村じゅうに触れてまわった。

「ワシの孫のルイゼッラはたいそう別嬪だから、建築家先生と婚約しよった。いまにどでかい屋敷を建ててもらうんじゃそうな」

太陽と酒で焼けた真っ赤で皺々の山男特有の顔で、ミリタリーパンツに編み上げブーツ、使い込みすぎてなんとも形容しがたい色合いになったジャケットを着込み、いつでもどこにでも狩猟用ライフルを担ぎ、猟犬ビルボを従えて登場する。ツィ・サンドロは村一番の酔いどれイカレ猟人なのであります。とはいっても、彼のライフルには弾は入っていない。多少ボケの始まった酔いどれ爺さんが、飛び道具常時携帯では危なくてしょうがない。死人怪我人が出る前に、家族がちゃんと弾を抜いちゃってあるわけです。これで皆もひと安心。

ところがあるとき何の前触れもなく、チリアコがルイゼッラを棄てた。他人の不幸のニュースって、不思議なくらい速く広まるものではないですか。ルイゼッラの失恋は、アパッチ族のタムタムよりも迅速に、しかし不正確な尾ヒレをつけて村じゅうに知れ渡った。そこで怒り狂ったのはツィ・サンドロだ。空のライフルを振り回し、憎きチリアコを仕留めんと、村じゅうを大捜索。なにせこんな田舎の村では、よそ者に棄てられた女なんて、もう手の施しようのないほどのキズ物扱い。どんな器量よしでも将来幸せな家庭なんて、まず期待できないだろう。

さて数カ月が過ぎ、ルイゼッラの失恋がやっと村の噂にのぼらなくなったある日のこと、村の中心のピアッツァ（広場）にがやがやと人だかりができているではないか。見るとツィ・サンドロが、僕の新しい同僚の一人ミケーレ・ヤダンツァにライフルを突き付けて怒鳴っている。「にっくき孫の仇(かたき)め、成敗(せいばい)してくれる」とかなんとか……。状況から判断すると、どうもチリアコと勘違いしているらしい。でもヤダンツァはチリアコよりも数倍男前だ。二人の共通点といえば、ナポリから来た建築家の卵、ってことくらい。さすが酔いどれならではの、めちゃくちゃな勘違いではないですか。

しかし、ツィ・サンドロのライフルが空だと知らないヤダンツァは本気で両手をホールドアップ。額からは冷や汗がポトリ、またポトリとしたたり落ち、緊張のあまり鼻先まで蒼白になっている。

そこに女神のごとく救いの手を差しのべたのが、ほかならぬルイゼッラだ。いくらツィ・サンドロだって、本人の望まぬ仇討ちを強行するわけにはいかない。ツィ・サンドロがライフルを降ろし、ヤダンツァがほっと胸を撫でおろし、ルイゼッラに礼を言おうと目を合わせたとたん、ヤダンツァとルイゼッラはお互いコルポ・ディ・フルミネ（ひと目惚れ）の犠牲となったのでありました。果たして二人は、数カ月の交際期間を経てめでたく結婚にゴールイン。

結婚式の当日、美しい花嫁の横の花婿の後ろには、ぴったりとくっついて離れないツィ・サンドロの姿があった。さすがに正装らしき格好ではあるけれど、ライフルと猟犬ビルボはいつもどおりでありました。

今もヤダンツァ家の居間には、「はい、グアルダーテ　ルッチェリーノ（小鳥ちゃんを見てください＝写真を撮るときに使う言葉）」、パチリっと撮った集合写真が置かれている。ライフル担いでヤダンツァの肩に手をかけふんぞり返るツィ・サンドロの、人生最大最後の獲物は、ほかならぬ可愛い孫娘の花婿殿であったのでしょうか。

▼D

▼夫婦げんかはショーより面白い

我が家の恥をお話しするようですが、僕ら夫婦はしょっちゅう軽い言い合いをする（時には激しいけんかもありますが）。すると周囲の方がたはかなり恐れをなしてしまうらしい。というのも大抵の場合、僕ら夫婦の口論はイタリア語で行われる。したがってみんなは何を言っているのかさっぱりわからん。なのに語調はやたらに荒い。声もでかい（僕の奥さんは日本語だと小さな声でコソコソ話すくせに、イタリア語になると何かに乗り移られたように声まで変わってしまう、まるでエクソシストなのだ）。こりゃ相当ひどいけんかに違いない、と判断してしまうらしい。ところが実際は「次回のエッセイにはどんな話を書こうか」と相談しているだけだったりするわけです（これでも僕らは真剣にエッセイに取り組んでいる。おのずと口調にも熱が入ろうというものではないですか）。

でも皆さん、本格的なイタリア（というよりナポリ）式夫婦げんかというのはもっと命懸けだ。犬も食わないどころか、しっぽを巻いてとっとと退散するだろう。もしかしたら日本の夫婦げんかもかなり凄いのかもしれないけれど、家のなかでこっそりするぶんには、外部の人間にはさっぱりわからないじゃあないですか。それはイタリアでも同じことで、ある意味キチンとした家庭では、けんかは家族の問題として内々で解決を試みる。それがナポリの下町のように、ある意味キチンとしなくても全然構わない地域では、内も外もあったもんではなく、夫婦げんかは隣近所を巻き込んでの大騒ぎとなるのであります。

ナポリ、フォリグロッタにある僕の実家からナポリ・チェントロ（街の歴史的中心街）に行くには、大抵いつもクマーナ鉄道を利用し、終点のモンテサント駅で降りる。余談ですが、ナポリは縦横無尽に電車が通っている東京と違って、フニコラーレ（ケーブルカー）とトラム（路面電車）を除く鉄道は、国鉄のメトロポリターナ（地下鉄）二本と私鉄のクマーナ鉄道一本の合計三本のみ。あとはバスまたは車、もしくは自前の二本足に頼るしかない。したがって電車の駅もそれほどあちこちにあるというわけではない。例えばこのモンテサント駅は、ナポリの下町の庶民生活の真っただ中に降り立つことのできる唯一の駅だ。駅を出たとたん、いかにも庶民的な食品中心の商店街や市場だのが並んでいる。

数年前のある日のこと、僕はいつものようにモンテサント駅で下車、ヴィア・トレード（トレード通り）に向かって歩いていた。すると前方右のパラッツォ（建物）にたくさんの人だかりがして、みなアンドローネ（玄関前の中庭）を覗き込んでいるではないか。

ではここで、話の途中ではありますが、以降の状況をわかりやすくするために、イタリアのパラッツォの造りについてちょっと説明しておこうと思います。イタリアの大きなパラッツォには、外からは四角いように見えて、実は中央に中庭があるものが多い。パラッツォの扉を開けると、まずトンネル状の入り口があり、その先にオープンエアなアンドローネが見える。植物が植わっていたり、駐車場代わりに使われていることもある。

パラッツォのど真ん中がすっぽり抜けているということは、パラッツォ内のほとんどすべての家にアンドローネに面した部屋があることになる。モンテサント駅近くのパラッツォ前に集まっていた野次馬たちが覗いていたのも、アンドローネに面した二階、普通の家の台所、居間、寝室のバルコニーだった。一体全体、何ごとだろう。

「またけんかがおっぱじまるらしいよ」

住人と思しきおばさん。

「お馴染みスペッターコロ（ショー）が始まりますぞ」

パラッツォの門番らしきおっさんが、もみ手をしながらにこやかに告げた。

突然、皆が注目していた台所の窓から女が顔を出す。

「ああ、殺される……」

三十がらみ、髪はぼっさぼさ、室内用エプロンドレスを着用。こりゃどうも本当のけんからしいや。面白そうだからちょっと見ていこうか。とそのとき、彼女の背後からニューっと長い腕が伸びて、彼女をなかに引き戻した。

「最初に出た彼女はティティーナ。後のがヴィットーリオ。彼女の旦那だよ。またしても浮気をして、またしてもばれちゃったわけ」

先ほどスペッターコロの開演を告げた門番のおっさんが、ご親切にも解説してくれたのはいいが、ここで意見の相違が発生した。いや、けんかの原因はヴィットーリオがティティーナのへそくりを使っちゃったからだ。いやいや、ヴィットーリオがティティーナの料理に文句をつけたかららしい、等々、十人十色の情報が飛び交う。僕はどれでも構わないんですけど……。

「とんだ破廉恥男なのよ、コイツは、ろくでなしなのよ～」

理由はどうであれ、とにかくカンカンに怒ったティティーナさんが再びバルコニーに登場、大声で旦那を罵った。すると野次馬の最前列に陣取ったおばさん数人が、声を合わせて奥さんに賛同。

〈♪そうよソイツはろくでなし。そうよソイツは恥知らず。鼻に一発お見舞いだ〉

なんて、素敵なコーラスにはなっていたはずはないけれど（これは僕の脚色です）、おばさんたちの声は呪文のようにティティーナに作用した。拳を振り上げると、いきなりヴィットーリオに飛びかかっていったのだ。ところがさっとかわされ、本人が食器棚に衝突。そこで今度は手当たりしだい皿を投げ始めた。ガッチャンガラガラ、ガッチャンガラガラ。投げるティティーナ、かわすヴィットーリオ。アンドローネの観客を前に時代劇さながらの大立ち回りが展開される。

「おっ、奥さん優勢、奥さん優勢、奥さん優勢であります」

門番のおっさんの実況中継まがいの解説が入る。

「アンタなんて大嫌い。もうこんな家出てってやる」

〈♪そうよティティーナその調子。あなたなしではソイツは飢え死に、万々歳！　おもいしらせろ　おもいしらせろ　おもいしらせろ〉

フェイドアウトしながら、またしてもティティーナを暗示にかけようとするおばさんコーラス陣に向かって、今度はヴィットーリオが窓から顔を出し、凄い形相で火を噴いた。

「ファーテヴィ　ファッティ　ヴォーストリ！（すっこんでやがれ！）」

そのままティティーナに向かって突進すると、彼女の髪をひっつかみ、ずるずると寝室に引っぱり込んだ。

「おや、静かになりましたなあ……、いや、殴っているようですな。うらむ、毎度のことですが、こりゃむごい」

すると突然、ヴィットーリオの「ギャアアアアア」という悲鳴。

門番のおっさんのわかりやすい解説つきで、夫婦げんかはどんどん泥沼状態に陥っていく。

「おっ、奥さん噛みつきました。毎度のことですが、こりゃむごい」

ヴィットーリオが七転八倒しているすきに、ティティーナは慌てて扉から外へ、転がるように階段を駆け下りた。すると、（皆さんは旧約聖書のモーゼが海を割る奇跡を行う件をご存じだろうか。あれそっくりの現象が僕の目前で起きてしまったのだ）アンドローネいっぱいに詰まっていた野次馬が、サーっと引いて道が開く。

「あっ、転んだ。これはヴィットーリオ危機一髪であります」と門番。ヴィットーリオは足がもつれてその場にどてんと転んでしまったのだ。顔を上げて振り返ると、すぐ後ろまで、包丁を手にしたティティーナが迫っている。

アンドローネじゅうに緊迫した空気が充満している。転んだままのヴィットーリオに、じりっじりっとにじり寄るティティーナ。門番のおっさんも、おばさんコーラス隊も固唾(かたず)を飲んで見守るばかり。

どれほど時間が経ったろうか、今は土下座姿勢のヴィットーリオと見つめ合っていたティティーナが、ぽとりと包丁を落とし、愛する夫に駆け寄るとワッと泣きついた。それを受けてヴィットーリオも、ぐいと妻を抱き締める。

なんとも感動的な結末ではありませんか。まず、始めから終わりまで火に油を注ぐコーラスで活躍していたおばさんたちが、「愛ねえ、愛ねえ」と口々につぶやき、もらい泣きまでしはじめた。すると大勢の野次馬のあいだから拍手が起こり、次第に割れるような喝采の渦となった。

「ティティーナがあんなに怒るのはな、ヴィットーリオを死ぬほど愛してるからてえわけなんだな。だってアンタ、いつも旦那のために料理してる包丁で、当の旦那を刺せる女房がどこにいるかね」

こう言ったのは、もちろん門番の解説爺さんだ。ふうむ、そんなもんかなあ。じゃあ僕の命も、家内が料理をしてくれてるあいだは無事ってことだろうか。

「さあ行った、行った、スペッターコロは終わりました」

門番のおっさんはそう言って、僕ら野次馬を追い出し、〃バターン〃と音を立ててパラッツォの大きな扉を閉めたのでした。

▼
D

▼それぞれのヴァニタ

ヴァニタ（自惚れ）があるということは、イタリアではかならずしも悪いことではない。日本語とイタリア語では、微妙なニュアンスの違いがあって、全部の言葉にぴったりとあてはまる訳が見つからないことがけっこうあるようだ。したがって、僕の家でもそんな食い違いが、時として家庭内戦争の引き金になったりするので、辛い。

しかし、ヴァニタの場合、たとえ家内が僕に悪意を込めて「あなたは救いようのないヴァニトーゾ（自惚れ屋）だ」と言ったとしても、僕のほうはちっとも傷つかない。かえって、ありがとうと言いたいくらいだ。というのは少々大げさだが、やっぱり人間なら少しは自分を自慢するくらいの気持ちがないと、幸せには生きていけないでしょう。ある意味では「プライド」と似ているかもしれない。もってなきゃおかしいけど、もち過ぎは笑っちゃう。

僕の友達のミケーレは、一昨年結婚した。相手はずいぶん長いあいだつき合っていたアントネッラだ。五年前、僕とミケーレは本当に久しぶりに再会し、そのときアントネッラを紹介された。彼女はミラネーゼ（ミラノ人）だが、両親がナポリ郊外のモイアーノの出身とかで、モイアーノにとても素敵な農園つきの家があり、夏になるとやって来るのだ。アントネッラは僕らにカフェをすすめながら、家内に聞いた。

「写真は好き？　今年ヴァカンスでパナレーアに行ったときの写真、見たい？」

表面的には質問の形をとっているが、これは明らか婉曲的な強制である。かならず相手は、「ハイ、是非」と答えなくては、今後のおつき合いは一切保証されない。アントネッラは、よく写真屋でくれるような小型のアルバムを山のように抱えてきた。

「ジローラモも見たい？」

「ハイ、是非」

僕は一冊とってめくった。各ページに一枚ずつ入るようになっていて、まず最初のページでは、岩の上に腰かけた水着姿のアントネッラがこちらを向いて微笑んでいる。次をめくる。今度は腰まで海に浸かって微笑むアントネッラとそれに応えて同じ微笑みを返す、少し向きを変えたアントネッラが向かい合っている。次はなんと、岩の上でかのマリリン・モンローを彷彿とさせる、片手は腰に、もう片手は後頭部においた悩殺ポーズで怪しげに微笑むアントネッラ。対のページはアントネッラの顔のどアップ。

ページをめくる手を少し早める。なにしろこれから二百枚以上見なくてはいけないのに、目の前にいる人物の写真なんてぐずぐず観賞してはいられない。しかし、この一冊はどうもアントネッラ特集だったようだ。まあ人物ごとにアルバムを替えるというのは、わりと一般的な写真整理の方法ではある。ところが、続く二冊目、三冊目もアントネッラ特集が組まれていた。

このころになると、僕は他の誰かが出ている写真を無性に欲している自分に気づいた。そしてページをめくり続けた。六冊目に入るころには、発狂寸前だった。

無い！　無い！　無い！　……あった！　とうとうあった！　ついに見つけた！

生理的自然の呼び声に応えられたときの、あの解放感にも似た爽やかさが僕を包みかけた瞬間、ミケーレの大親友ウンベルトの右後ろにあの怪しい微笑みを発見してしまった。ダニエラとウンベルト熱々のツーショットだと思い込んだ僕が馬鹿だった。そんなものが、このアルバムに収まることを許されるはずがないのである。

僕は十一冊目でギブアップした。うまくアントネッラのお父さんとの話に夢中になったふりをして逃れたのだ。しかし家内は律儀にもまだ見続けていて、信じがたいことに時おり、「あら、この水着とっても似合うわね」とか「この店はなに？」なんて質問までしている。

しかしよく見ると、どこかで見たような態度である。そう、車のサイドシートで船をこぎながら、突然「寝てないよ」と言って、すぐまた船をこぎ始める、あのときの態度にそっくりではないか。そしてついに、二十三冊全部クリアしたのだった。おまけに最後に「とっても綺麗だったわ。また見せてね」とまで言ってみせた。ご立派である。

僕の国では、子供はみんな蝶よ花よと育てられる。多少目鼻の位置がおかしくたって、「クアント　セイ　ベッラ（なんて綺麗な了でしょう）」「クアント　セイ　ベッラ」と言われて育つから、生まれつき単純であればあるほど、自分は美しいと信じ込んでしまう。それは男の子の場合でもほとんど同じである。僕だって自分が美男だとは思わないまでも、どっか可愛いとこがあるとばっかり思って育ってきた。

聞くところによると、日本では家庭内でも、ブス、デブ、ハゲと罵り合うそうだ。おたがい現実に目覚めてほしいという、家族ならではの思いやりからなんだろうが、そういう現実って、実はあんまり大切じゃあない。結局自分から不幸になって、不幸に死んでいくのが落ちだ。

それにひきかえ、アントネッラは幸せそうで羨ましいとは思いませんか？　ただ問題なのは、彼女の場合のヴァニタは、彼女にだけ価値があって、僕らには時々面倒なのを除けば、毒にも薬にもならないことくらいだろう。だけど皆さん、他人の毒にも薬にもなっちゃうヴァニタだってあるんですよ。

まだ小さくて汚れないころの僕、ジローラモはある夕方、階段の踊り場の窓から見てはいけないものを見てしまった。ベランダのカーテンを開けたまま着替えをする、大人の女性である。それ毒ッ毒ッ、毒ッ毒ッ。僕の心臓や身体じゅうの血管が忠告してくる。ええい、うるさい。それでも僕の心臓や身体じゅうの血管は、夜じゅう小言を言い続けた。毒ッ毒ッ、毒ッ毒ッ。

翌日、僕は共犯を志願してきたマッシモとジジーノとともに、今度は屋上に上がった。おめあての部屋は向かいのパラッツォの六階である。屋上のほうがずっと具合がいい。今度はみんなの心臓や身体じゅうの血管が、一斉に合唱し始めた。毒ッ毒ッ、毒ッ毒ッ、毒ッ毒ッ、毒ッ毒ッ。

それからはこれが僕らの欠かせない日課になった。やめようやめようと思っても、友を裏切るわけにはいかないし、一日に一度、身体じゅうの血を思いっきり流すことで、不思議なほどの活力が湧いてくることに気づいてからは、それをしないと身体に悪いような気がしたからだ。〝毒〟どころかこんなに効く〝薬〟は聞いたことがない。

僕らは彼女を「ラ　ビヨンダ（ブロンディー）」と呼んだ。僕の記憶では、たしか彼女は金髪ではなかった。とはいえ、すでに僕らにとって全女性のシンボルとなっていた彼女にはやっぱり「ラ　ビヨンダ」がふさわしかったのだ。

次第に観客も増えた。まず、セルジョとアンジェロが加わった。さらに僕らの奇妙な行動に気づいた、グーマさんも加わった。もちろんグーマさんは僕らとは別に、たまたま屋上に上がってきたんだよ、という顔をしてはいたが、それにしては急に頻繁に現れるようになった。でも、五人の子供と大人ひとりが向かいのパラッツォの屋上から頭を出したり引っ込めたりしていたら、気がつかないわけがないでしょう。無論、「ラ　ビヨンダ」は気がついていたのだ。だから服の脱ぎ方もより挑発的に、裸でいる時間もやや長めに、着るときだっていろいろ工夫を凝らして見せ場をつくってくれていたのだ。

ある日突然、「ラ　ビヨンダ」は魅力を失った。なぜかわからないが、こんなことがひどく馬鹿馬鹿しく思えてしまったのだ。そういえば、ちょっと前から心臓も「毒、毒」と注意するのを止めてしまっている。ひとりのそんな気分は、たちまちみんなに伝染した。結局、僕らは飽きちゃったのかもしれない。そして、自分たちが馬鹿に思えてくると、「ラ　ビヨンダ」はもっと馬鹿に思えてきた。

次の日も僕らは屋上に集合したが、馬鹿女のストリップを見るためなんかじゃあない。彼女が現れると僕らは、思いっきりからかった。顔を出したり引っ込めたり、踊ってみたり。声を出さずにできることはなんでもやってみた。いたたまれなくなった彼女が、ペルシアーノ（シャッター）を降ろすと、今度はそこめがけて小石を投げてやった。

その後も僕らは暇になると「ラ　ビヨンダ」をからかいに行った。毎日するほど楽しいことではなかったけど、なんだかわからないモヤモヤがふっと沸き上がってきたときには、もの凄く効果があったのだ。たった一度だけ「ビヨンダ」がパラッツォに怒鳴り込んでこようとしたことがあったが、運よく応対に出たのは、僕から聞いて一部始終を知っていた僕の祖父だった。祖父は、なんてったたって僕の第一の親友である。とりあうはずがない。

ある夜、パラッツォの前の坂道で車のボヤ騒ぎがあった。車のもち主は「ラ　ビヨンダ」だ。といっても誤解しては困る。僕らのうちの誰にだってそんな大それたことはできない。「ラ　ビヨンダ」は悪い奴だから、他の誰かからも恨みを買っているに違いない。これが僕ら全員の一致した見解だった。

「ああいうのが本当の〝ツォッコラ（どぶねずみ）〟っていうんだ」

マッシモが言った。

それから数日後、彼女の家にふたりのご婦人が訪ねてきた。チトーフォノ（インターフォン）で呼び出し、「ラ　ビョンダ」が出てくると、なんと突然殴りかかったではないか。猛烈なつかみ合いとなった。

「ツォッコラ！　プッターナ！（どぶねずみ！　売女！）」

なるほど、確かにマッシモの言う通りのようだ。だけどまさか、こんなおばさんたちにもストリップを見せていたわけじゃああるまい。初めはなんだかさっぱりわからなかったが、どうも「ラ　ビョンダ」はそのご婦人のうちのひとりの旦那の愛人で、そのうえプロの高級売女さんなのだという。なるほど、ストリップを見ていたのは旦那のほうだったわけか。

しばらくして、プロ売女さんは向かいのパラッツォから越していった。踏んだり蹴ったりの毎日にすっかり嫌気がさしてしまったのかもしれない。僕らにしても、あんなおかしな奴はどっかへ行ってくれてよかったくらいだった。

そして代わりに越してきたのは彼女の大家さんだった人で、向かいのパラッツォ全部のオーナーでもあるレシーニョ氏だ。通常、パラッツォは一軒一軒もち主が違うのだから、パラッツォ全部をもっているということは、かなりの資産家である。だからというわけではなかろうが、レシーニョ家の人びとはひどく高飛車で、なんの関係もないお向かいの僕らにまで威張ってみせた。

なかでも奥さんは口うるさい嫌な婆さんだ。彼女は、頼まれたって着替える姿なんて見たくないようなシワシワの年寄りで、それでもかつてはけっこう器量自慢だったらしい。今になっても昔のヴァニタがぬけず、やけにすましていた。でも彼女のそんなところだけは、僕らから見てもなかなか愛嬌があって憎めない。結局、こうるさい婆さんのただ一点愛すべき部分は、若い美しさが失われたあとにも最後まで残ったヴァニタだったわけなのだ。

▼A

▼ゲイの話

クリスマスの季節が来て、僕のもとにも数通のクリスマスカードが届いた。だいたいいつもの顔ぶれだ。そのなかのいちばん大きな封筒は、親友のファビオからだった。なんだ、またこんな巨大なカードを……、と笑いながら封を切ると、裏に「ブオン・ナターレ（クリスマスおめでとう）」と書かれた一枚の写真とともに憤慨（ふんがい）をあらわにした手紙が入っていた。

彼は、デザイナーのヒヨコである。二年ほどロンドンのカムデンタウンで店を開いていたが、一念発起してフィレンツェのデザイナー専門学校できちんと勉強しなおし、今はミラノのアルタモーダ（モード）の世界で働いている。

昨年の秋、それまでの努力とアピールが実って、ミラノの某大手民営テレビ局のファッション番組が彼の作品を紹介してくれる運びになった。ファビオは、まだまだ売り出し前の身だ。そんなにお金があるわけでもないが、自腹を切って、もっともアピールしたい問題「エイズ」をテーマにした作品を仕上げた。イタリア各地の友人たちにも、かならず見るように連絡した。ところが、放送の一日前になってテレビ局側がノーと言ってきたのだ。

「若い女性の身体を媒体にしてエイズについて語ることには同意できません」というのがテレ

ビ局の言い分だった。しかし、こんな「事なかれ主義」は、自己主張の塊みたいなファビオには到底納得できないことなのだ。同封されていたのは、そのとき番組のためにつくった彼の作品の写真だった。

ファビオと僕が知り合ったのはロンドンである。ヴァカンスを叔父の家で過ごしていた僕が、友人と待ち合わせをしたのはいいが、道に迷ってうろうろしていたときのことだった。僕はまだ十八で、英語だっていい加減なものだったから、偶然出会ったイタリア人と話すのは嬉しかったし、同年代ということですぐに意気投合した。おまけに彼は若いころから女の子にモテモテだった。背格好は僕と同じくらいだが、肌は浅黒くなぜか目にはいつも星がいっぱい輝いている、典型的な地中海風イイ男なのである。態度も自信満々、太くハスキーな声がまたいいらしい。

彼はロマーノ（ローマ人）で地理的にもナポリとは遠くなかったので、イタリアに帰ってからもおたがいの家を行き来するようになった。次の年には、一緒にロンドンに行った。そして僕が全然気がつかないうちに彼はゲイになっていたのだ。

おかげでロンドンに行っても僕らのまわりはゲイばっかり。なんでこの僕がこんな目に遭わなくちゃならないんだ。なにしろ、ゲイに囲まれ、たまに誘惑までされる。幸か不幸か、僕には全然効き目がなかった、というよりまっぴら御免だった。そんな僕にゲイの大ベテランのカルロが優しく言った。

「なに、ゲイなんてタンスにしまい込んである服みたいなもんさ。誰でもいつかは着ることになるんだよ」

ゾッとしませんか？　ヴェネツィア出身のカルロがロンドンに移ってきたのは、二十年前。当時のイタリアでは同性愛者は社会的に認められず、いたたまれなくなってのことらしい。

しかし、誤解してもらっては困るが、ファビオをはじめ僕の友達はオカマではない。僕の家族だって、家内を除いては誰ひとりファビオのことを気づいていない。いつだって気持ちいいほど男らしいからだ。姉のシシーナがファビオばっかりちやほやするから、亭主のジェンナーロがムッとするくらい、だあれも思ってもみないのだ。

一昨年の冬のことだ。僕はヴィーニイタリー（イタリアのワイン見本市）に行ったついでに、ミラノのファビオを訪ねた。三年前から彼は、パートナーのジャン・ピエロと猫のミチマウと同居している。僕はジャン・ピエロとも、ミチマウとも初対面だ。そのときは偶然、ファビオの妹のフランチェスカも遊びに来ていた。彼女に会うのも久しぶりだ。

日中、僕ら四人と一匹はとても楽しく過ごした。ところが夜になって大問題が発覚したのだ。ファビオの家には寝床がふたつしかない。普段使っているベッドと、ソファベッドだけ。僕は、当然ファビオはフランチェスカと一緒に、僕がジャン・ピエロと一緒のベッドで寝るんだと思っていた。いくら彼女が子供のころから知っているとはいえ、フランチェスカも今は年ごろの女の子だ。まさか僕と一緒のベッドで寝るわけにはいかないだろう。ところが、ファビオは僕とジャン・ピエロが一緒に寝るのもいまいち不安が残るらしい(⁉)。かといって、フランチェスカと僕を寝かせるわけには絶対いかん。僕ら、とくにファビオは究極の選択を迫られたのだ。

しかし、答えは意外に早く見つかった。なんのことはない、ファビオと僕が一緒に寝ればいいわけだ。おたがい変な気を起こすことなんて十パーセント以下である。フランチェスカとジャン・ピエロも同じようなもんだ。晴れて一件落着。

しかし、まるで僕が〝ひとつしかないボートで川を渡るクイズ〟に登場する人喰い人種かなにかのようなあの扱いは、いったいなんだったんだろうか。

▼娼婦たちの夜

前にお話しした「僕の第二の故郷」は山村だ。プロシュット（生ハム）やサラーメ（サラミ）、フォルマッジョ（チーズ）は実に旨いが、魚はない。トロータ（マス）なんかの川魚でも家庭ではめったに食卓に上らない。一度、もう少し麓のペスコランチャーノにある、村の友人たちお勧めの魚料理専門店リストランテに行ってみた。が、旨くない、どころか、とても食えない。とにかく、こと魚に関しては文字通り、ないない尽くし、なのである。そこで僕は時々、連中をナポリに呼んで、「ウナ　ベッラ　マンジャータ　ディ　ペッシェ（魚類食い尽くしお食事会）」を開く。残念ながら内陸育ちの僕の母は、魚については彼らと五十歩百歩。しかたがないので僕のお勧めレストランテに連れていく。

それはもう九年近く前の、第一回目の「お食事会」のときのことだ。このときの参加者をざっと紹介すると、僕のいちばんの仲よしのニコーラ、リビアのゲッダフィ（カダフィ）に似ていることからこう呼ばれているトリーポリ、村のてっぺんの城に住むドメーニコ、バールをやっているもうひとりのドメーニコの四人と僕だ。したがって、城のドメーニコをドメーニコ1、バールのドメーニコをドメーニコ2と呼ぶことにしたいと思う。

ここだから言うけど、やっぱり都会に来ると彼らは異質だ。優雅にセッティングされたテーブルに、どさりと置かれた掘りたて泥つきジャガイモのごとしである。僕が彼らを連れていったのは、ナポリでも穴場的な魚料理専門のリストランテ。客も普通の家族連れというより、こだわり人間のスノッブなインテリが多い。だから、なおのこと目立ってしまう。それでも「お食事会」は盛況のうちに幕を閉じ、大満足の一行はナポリナイトツアーへと出発した。

サンカルロ劇場の前を通りかかったとき、ドメーニコ1の息を飲む音。見ると、それは見目麗しいトラヴェスティート（オカマさん）ではないか。豊かなブロンドに黒いペリッチャ（毛皮のコート）を羽織り、山男たちの物欲しげな視線に気づくと、ペリッチャの前をパッと開いた。なんとそこには、公では口にできないほど淫らなスペクタクルが広がっていた。まあ早くいえば、丸裸だったわけである。

「早く車から降ろしてくれ！　大枚はたいたって、絶対あの子はのがせねえ」

こう叫んだのはドメーニコ2のほうだ。僕も他の三人も、最初は冗談だと思った。ところがドメーニコ2は本気らしい。彼だけトラヴェスティートだとわかってないのだ。まあ、彼だって大人だ、好きにさせてあげよう。僕らは彼を降ろし、もうひとまわりして来ることにした。

帰り道は、もうドメーニコ2の自慢話独演会になってしまった。ペッシェ（魚）を食べに来たくせに、別嬪さんにペッシェ（魚＝隠語でアソコのことです）を食われるという思わぬ展開に、ひとり異様に盛り上がっている。いっぽう僕らは内心、どうもドメーニコ2は相手がトラヴェスティートだったことに全然気づいていないようだが、どうしちゃったんだろう。こんな間がぬけた自慢なんて聞きたくないなあ。早くやめてくれないかなあ、とシラけきっていた。が、皆が黙っていると、ドメーニコ2は羨ましがっていると勘違いしたのか、

「ははあ、さてはナポリに戻りたいんでねえ?」

もう聞きたくないよ、やめてくれ。あまりに無邪気なはしゃぎぶりにだんだん胸焼けがしてきた。ついに耐えられなくなったドメーニコ1が言った。

「ありゃあ、トラヴェスティートだったぞい」

ドメーニコ2はニヤニヤして、まったく動じない。それどころか、哀れみ溢るる眼差しを向けた。

「まっ、次の機会があるさね」

勝手に言ってろ!

しかし、皆さんだって気をつけたほうがいい。ナポリ・チェントロ、それもとくにサンカルロ劇場付近やピアッツァ・カステッロもしくはピアッツァ・ヴィットーリアに立っていて、ショッキングな美人、しかも裸も同然の格好で誘惑してきたら、控えめに言っても八十パーセント以上の確率でトラヴェスティートである。彼女(?)らは、「金払うんだから不細工な女よか、男でもなんでもいいから夢のような美人でなきゃあ駄目だ」という現実逃避型の人びとの熱い要望に応えるべく存在する、いわば「夢売りびと」の役目をしているわけである。

しかしその反面、「金払うからには、本物の女じゃなきゃ駄目だ」という本物志向型の人びとも無視できないわけで、そういう人はもうちょっと郊外、とくにNATO軍の基地に向かうヴィアーレ・デイ・ジョーキ・メディテラーネオ（ジョーキ・メディテラーネオ通り）に行く。

ここは、ちょっとした「女人デパート」である。夏になるとこの道には、スイカの切り売り屋台が立つ。手ごろな大きさに切ったスイカを氷にのせて売っていて、その場で立ち食いさせている。その冷えたスイカの旨いこと……。

僕と家内は、夜のドライブで時たま屋台のスイカを食べに行くのだが、スイカを食べたついでに、女人デパートをぐるりとまわってみる。若いの、年増、老女、チビ、デブ、ノッポ、ヤセ、おまけにトラヴェスティート、よりどりみどりとはこのことだろう。ファッションもまたさまざまだ。チェントロのトラヴェスティートに負けない非日常的露出派もいるが、そうかと思うと田舎のおばはんが夕げの支度をすましてから来ましたよ風な、日常的カジュアル派も負けていない。しかしインパクトで勝負するなら、やっぱり露出派の老女に勝るものはいないだろう。はだけた懐からのぞくふやけた物体は、溺死したブルドッグの口もとを連想させ、今夜の悪夢が恐くて床につく気がしなくなる、覚醒作用抜群なのだ。

そういえばポルタ・カプアーナ（カプアーナ門）近くの成人映画専門映画館の前にも、どう見ても七十は下らないと思しきお婆ちゃんが立っている。

「お婆さん、あんなとこにいたら危ないよねえ」

とんだオトボケを言うのは僕の家内だ。実際は、あの婆さんもこのあたりを危ない場所にしている要因のひとつなのである。「誰がそんなお婆を」と僕に言われたって、皆さんがわからないように僕だってわかるはずがないでしょ。あれからずいぶん経った。彼女の安否が心配されるこのごろ、である。

僕の家からチェントロに出るときにはかならず通るヴィア・カラッチョロには、名物プッタ―ナ（娼婦）がいる。ナポリ湾の海岸線に沿ってぐるりとまわるヴィア・カラッチョロをチェントロ方面に、ちょうどヴィッラ・コムナーレ（コムーネ公園）が始まるあたり、朝は七時から早朝出勤している。年は四十半ばぐらい。アッボンダンツァ（豊かさ）の申し子みたいな身体を、きつきつのボディコンニットに押し込んで、ちょっと詰めすぎのサルシッチャ（ソーセージ）を思わせる。まあ、見方を変えれば、たいへんグラマーということになるのだろう。

真っ黒なニットにサングラス。一見、こんな明るい海辺には似合わないように思われるでしょう。ところが、輝く太陽を浴びた彼女は、ニキ・ド・サンファルのカラフルなオブジェの女そっくりな、弾けるような快活さと暖かさに満ちているのである。僕は、彼女のお客は、きっと彼女のそんなところが好きなんだろうなあ、と理解しようと努力はしてみるが、結局無駄に終わるのでした。

しかし、僕がこんなふうに娼婦の話をしているからといって、エキスパートだと思われては困る。僕は、いうなればサファリパークの運転手みたいなものだ。猛獣が闊歩（かっぽ）するパーク内を、興味津々のお客を乗せてご案内する役である。僕の家族や友人がまれにみる俗物集団なのかどうかはわからないが、みんなとても楽しんでくれる。だからといって、今だかつて車から降りたのは、ドメーニコ2だけだ。

「車を停めたり、窓から手を出すのは大変危険ですから、おやめください」

サファリパークのアナウンスも、確かこんなことを言っていたと思う。

プッターナがいるのはなにもナポリだけじゃない。イタリア中部の中世風の綺麗な町だって、郊外の道端には埃を被ってひとりやふたり、立っているものだ。

僕はスポレート（ウンブリア地方）の町が大好きだ。どれくらい好きかと言うと、毎年かならず行くほどである。ここは、夏に「フェスティヴァル・ディ・ドゥエ・モンディ（ふたつの世界フェスティバル）」という有名な国際芸術フェスティバルが開催されるほどだから、普段からかなり洗練された落ち着いた雰囲気が漂う。

二年ほど前だろうか。母の強い希望で、家内と三人で聖フランチェスコの故郷アッシージに行くことになった。そこまで行くんならスポレートに寄らなくちゃあ、損、損、と、まずスポレートに一泊する計画である。ローマを過ぎ、ナルニを過ぎたころから、空腹を感じ始めた。そういえば、また昼食をとり忘れてしまった。

というのは実はタテマエで、本音をいうと、実は運転中は昼食をとりたくないのだ。眠くなってしまうでしょう。だから僕は、アウトグリルでしっかりパニーノを食べておく。ところが、なんにも知らない母も家内も、昼食が食べられなくなるからと、僕がいくら勧めてもなんにも食べようとしない。こんなときの頑固さほど、百害あって一利なし、はないのですよ。人の勧めには素直に従うのが一番。だから僕が空腹を感じるころには、ふたりとも相当腹ペコであるわけだ。ところが、この道沿いには食事ができるようなところはほとんどない。あっても昼休み中である。次第に車内に満ちてくる沈黙のなかで、キューキューと誰かの腹の虫が悲鳴をあげている。

「あそこにポルケッタの車が！」

母が必死の形相で、前方右に停まっているバンを指さした。ポルケッタとは豚の丸焼きのことで、パンに挟むと馬鹿うまパニーノができあがる。よく町外れの道端なんかにバンを改造した屋台を停めて売っているのだ。やった！

車のスピードを落とし、近づいていく。が、どうも変だ。普通ポルケッタの車は、スタンド風に造られているのに、これはただの普通のバンのままである。母が怪訝そうにつぶやく。

「閉まっているの？」

閉まっているにしても、ずいぶんおかしなところに停まっている。なにしろ山合いの国道の道端だ。結局、ポルケッタの屋台ではなかったわけだ。残念。恨みがましく追い越し際に運転席を覗くと、なかには立派なスクローファ（雌豚）がふたり、座ってこっちをギロリと睨みつけていた。やっぱり営業中、だったのでありました。

▼A

▼愛の小径

僕は今でも、時間を見つけてジョッギングをする。これは十三歳のとき、学校で陸上の授業が始まったのに触発されてからだ。少々自慢させていただくと、当時校内では一位、イタリア全国でも七位になった僕である。それ以来、コンスタントにとはいえないまでも、なるべく走りつづけているのだ。

ナポリでの僕のジョッギングコースはフオリグロッタからバニョーリ、ポズィリポ経由でメルジェリーナ、サンタ・ルチーアまで。折り返してリヴィエラ・ディ・キアイアを戻り、途中のバール・リヴィエラで朝食をとり、あとはプルマン（バス）で家の前まで運んでもらう。これをベースに、体調によって増減する。まあ十キロといったところだろう。

このコースにも含まれている、カポ・ポズィリポ（ポズィリポ岬）には、早朝、新聞紙が道一面に落ちている。風に引きずられて街路樹の根もとにからまったり、塀のわきに小山をつくり、風が吹くたびにカサカサ、カサカサすすり泣きを漏らす。その運命を呪っているのであろう。昨日の朝だか、おとといの朝だか、とにかく新聞として刷られたときには、皆様のお役に立つ情報を満載して、まさかこんな辱めを受けようとは思ってもみなかったに違いない。この古新聞たちの身の上になにが起こったのか？「カーテン」である。「カーテン」。

日本には、ラブホテルなどという都合のいいホテルが、渋谷や新宿のような繁華街の裏や高速道路沿いにあって、人気を博しているようだ。ふたりきりになりたい若い恋人たちや、許されぬ愛に溺れている人たちにとっては、誠にありがたい存在だろう。ところが、カトリックの国、我がイタリアにはそんなものはない。

イタリアのホテルでは、まず身分証明書の提示が義務づけられている。警察が取り締まっているほどのシビアな規則だから、あえてそれを破ってホテル自体のイメージを落とそうとする人はいない。そのうえ未成年者は親の承諾がいる。そしてたぶんいちばんの問題は、かならず一泊以上しなくてはならないことだろう。

そこで「カーテン」の登場である。車の窓という窓を内側から新聞紙で被う。これであなたの愛車も素敵な愛の巣に早変わり。午後六、七時くらいから始まって、九時ごろのピークに達すると、カポ・ポズィリポをぐるりとまわる道の両脇はこんな車がずらりと並び、順番待ちまで出る始末なのだ。もう「カーテン」を張り終わっている車はまだいいが、ふたりでせっせとドアのあいだに新聞を挟んで準備をしている図や、用済みの新聞紙を荒々しくひっぱがしている図、なんていうのはなんとも健気、かつ生々しい。

こんなところでも金儲けのチャンスを見逃さない者がいるもので、路上に机を出し、窓のちょうどよい大きさに切った古新聞とガムテープのセットやティシューなんかを売っている。おまけに最近では熱心なＡＩＤＳ団体員が無料のコンドームを配ることもあるらしい。

　皆さんのなかには、よりにもよってこんな人通りのあるところで寄り集まってなんてことを、と思われた方もおいでだろうが、なにせ物騒な世の中である。そうでもしないと自分の身が危険にさらされる恐れだってある。「カーテン」をするのは、車のなかがまわりから見えないようにするためだけれども、当然のように、なかからもまわりがまったく見えなくなる。そのうえ、目的が目的だから五感すべてがふさがれて、図らずもこれ以上は無理というくらい完全な無防備状態に陥ってしまうわけだ。

　ところで皆さんは「モストロ・ディ・フィレンツェ（フィレンツェの怪物）」をご存じだろうか？　フィレンツェの郊外スカンディッチに現れて、人けのないロマンティックな森でふたりだけの時間を楽しんでいたカップルを次々に殺害していった殺人鬼である。彼は昨年の夏とうとう逮捕されたのだが、そんな異常者がどこにいるかもわからないし、ホールドアップ強盗となれば、実際に身近でも起こっていることだ。

　こんな諸々の理由があって、「カーテンするなら人前で」という「原則」がなんとなくできあがってしまったのだ。ナポリからポッツオリに続く高速道路タンジェンツィアーレでは、たまに路肩に「カーテン」を閉めて止まっている車がいる。僕にはどんな状況になると高速道路上で我慢ができなくなるのかさっぱり理解できないが、まあそんな人でも一応「原則」は踏まえているといえる。人によって生活のリズムや行動の時間帯が違うし、衝動だっていつやって来るかわからないのはしかたのないことで、当然カポ・ポズィリポにも時間差利用する人がけっこういる。

カポ・ポズィリポは眺めのよいきれいな場所だ。ここからの絶景は絵はがきにもなっており、日曜日には、結婚式の記念写真撮影のカップルが大勢訪れる。眼下、左にはナポリ湾が、右にはポッオリ湾がひろがって、ちょうどカポ・ポズィリポの下で交わる。なんとも象徴的ではないですか。実のところ、ナポリが今のように物騒な街になってしまうずーっと前から、ここは恋人たちのメッカだったのだ。即物的な時代であるから、その方法はやや露骨になったとしても、カポ・ポズィリポの木々のつくる木陰はナポレターニの永遠の「愛の小径（こみち）」なのである。

▼A

メルカート▼V

▼メルカティーノ

イタリアの主婦の朝に欠かせないもの三つ、それは、おはようのバチーノ（キス）にカフェ（コーヒー）にメルカート（市場）。というのは僕のこじつけだけれども、実際、メルカートはイタリアの毎日の生活には欠かせないものだ。

ご承知とは思うが、僕のいうメルカートは、市場といっても東京の巨大市場のような卸市場ではない。お客はみんな近隣の住民たちだ。並ぶ店は、その街、その地方によって違うだろうけど、ざっと、八百屋、魚屋、肉屋、サルミエリ（加工肉屋）、花屋、洋品屋、荒物屋、等々。

よく雑誌なんかに色とりどりの野菜がきれいに並べて売られている写真が出ているけど、まあ、あんな感じです。野菜にしろ、魚にしろ、その他もろもろにしろ、本当に写真を撮りたくなるくらいきれいに並べたり積んだりしているのは、なにも趣味でやってるんじゃあない。もちろん、なかにはほとんど楽しんでいるとしか思えないほど、凝りに凝ってる人もいるけど、あれは客寄せ戦術の一環なのだ。

そりゃあ一つのメルカートのなかに、何軒もの同業者が押し合いへし合いしてるんだから、おのずと商戦が激しくなるのは当然で、同じ品物でも店によって値段が違ったりする。これが、お客の僕らにとってはありがたいことで、いつでもなんでも揃ってるというわけにはいかないけど、鮮度や値段はかなりお得だし、交渉次第で値切ってくれることだってある。

そんなわけで、イタリアではメルカートが庶民の日常の強力な味方として君臨していて、ほとんどの街にメルカートが立つピアッツァ（広場）やヴィア（通り）がもうけられている。これは、警備、清掃の都合上、役所で決められた場所で、いくつか露天商が集まったからといって、勝手にメルカートなんかできないことになっている。

さて、現代のメルカートを外観から大きく分けると二種類。コペルト（屋根つき）とアペルト（青空＝屋根なし）、またはセミコペルト（半屋根つき）である。要するに屋内か屋外か、ということだ。

ちなみに、コペルトだったらフィレンツェのサン・ロレンツォやボローニャのエルベ、アペルトだったらローマのピアッツァ・ヴィットーリオなんかはかなり有名で、観光案内書でも紹介されていたりする。地方によっても、メルカートのスタイルにも好みの違いがあるようで、例えばミラノでは、二十七あるうちのすべてがメルカート・コペルトなのに対して、ローマではメルカート・アペルト、またはセミコペルトが主流なんだそうだ。

僕の町ナポリには、全部で四つのメルカートがある。僕らが親しみを込めて〝メルカティーノ〟と呼んでいる、フオリグロッタのメルカートもそのうちのひとつで、ナポリで唯一のメルカート・コペルトでもある。

毎朝、九時十時ともなると、近所じゅうから次々に奥さんがメルカティーノめざして繰り出してくる。メルカティーノは僕の家から坂を二つ下った、歩いてもものの十分もかからないところにある。ピチピチした若い奥さんからしなびかけてるお姑さん、子連れさんから未亡人さんまで、いろんな年代のおばさんたちが、ステップも軽やかに坂道を降りていく。

だけど〝行きはよいよい帰りは怖い〟とは、まさにメルカティーノのこと。帰りはそりゃあ大変だ。十一時近く、買い物を済ませた奥さんたちが、白色やくすんだ緑色のビニール袋を両手にいくつも下げて、眉間に皺を寄せ、ゆっくりゆっくりと坂を上がってくる。

「ああ、なんで私は、こんな坂の上に、住ん、で・る・の？　なんで、あんなに、子供、いっぱい、でき、ちゃったん・だ・ろ・う？　だけど、なんで、あんなに、すぐ、お腹が、す・く・の？　まーあ、たくさん食べてくれたら、それに越したことは、ないけど……でも……なんで、今日は、こんなに、暑い、ん・だ・ろ？」

こんな自問自答が幾度も幾度もくりかえされ、家の扉を開けた瞬間に跡形もなく消え去る。これは、歩くリズムに合わせて自然発生的に出てきてしまう、ナポリ主婦版ラップミュージックだからなのだ。

しかし、もちろん、奥さんたちはいつもこんなふうに孤独なラップを踏んでいるわけじゃあない。メルカートは大切な情報交換の場でもあり、フラストレーションの解消の場でもある。おたがい、それはそれは重要な近所の噂話にぺちゃくちゃ花を咲かせ、安売りテントの台に山と積まれた下着なんかかきまぜているうちに、ろくでもない亭主や子供たちへの愛情がムクムクと甦ってくる。とくに効果が著しいのは、片方ずつの靴下の山から、サイズも柄も同じ右と左とを見つけだす、神経衰弱靴下屋だ。とくに、旦那の好みに合った一足を見つけだした暁には、いとおしさがフツフツフツフツと湧き出して、これを履く姿を後ろからそっと見ていたい、とさえ思うのだ。

一方、奥さんたちが楽しそうにメルカティーノへの坂を降りていく姿を、無表情にジッとうかがっているのは、仕立て屋、靴修理屋、美容院に交じって坂の途中に店を構えている、肉屋や八百屋だ。一人ひとりの顔をしっかり覚えておいて、メルカートが立たない日に買いにでも来ようものなら、思いきってボッてやろうともくろんでいるのである。普段買ってくれない輩(やから)には、たっぷり仕返ししなくちゃあいかん。とはいうものの、当の彼らの奥さんたちだって、買い物にはメルカティーノを利用していたりもする。

ところで、真実を好む僕としては、ちょっとばかり皆さんに注意しておかなくてはならないことがある。それは皆さんが、よく見かける雑誌のグラビアや、その脇にチョロっと書いてある夢ふくらむコメントをお手本にして、フオリグロッタのメルカティーノを想い浮かべてるとしたら、かなり大幅な修正が必要になってくる、ということだ。

写真に撮られるような有名なメルカートが立つピアッツァ（広場）は、たいてい古くて美しい、もしくは、古くはないけど洒落た、建造物に囲まれていたりする。そこには教会まであったりする。おまけにいかにも庶民的なトラットリーアや、内臓の煮込みのパニーノの屋台なんかがあって、こんなコメントがついている。

「メルカートはグルメの天国」

フオリグロッタのメルカティーノには、グルメなチビッ子たちの味方、ドン・ヴィットーリオ爺さんがやってくる。爺さんと同じくらい古い三輪自転車には、青いビニール屋根の縁にプラスティック製の黄色いレモンをたわわにぶら下げた、カラフルなアイスボックスが取りつけてある。爺さん特製のジェラート・ディ・リモーネ（レモンアイスクリーム）が入っているのだ。アラビア寺院の屋根のような蓋を開けると、しゃかしゃかとジェラートをかき出して、コーンに盛ってくれる。普通のジェラテリーア（アイスクリーム屋）と違う氷混じりの、これぞ手作りの味だ。材料はメルカートの売れ残りのレモン。フオリグロッタのメルカートグルメは、これでおしまい。でもこれが、大人の僕にもなかなか旨い。

ああそれからもうひとつ。メルカティーノの入り口には、赤紫に咲き誇る見事なブーゲンビリアの大木のもとにテーブルを並べた、それは素敵なテラスがある。一見、穴場のオステリーア（庶民食堂）風だ。たしかに、かつてはオステリーアだったらしい。今でも簡単なパスタだったら、家族の食事を用意するついでにお客にも食べさせてくれるらしい。

でも、入ろうと思ったらまずカードの腕を磨き、そのうえで大酒飲みオヤジに変装して行かないと、入れてくれないことはないだろうが、かなり浮いてしまう。今では、大酒飲みのオヤ

ジさんたちが集まって、ビールを賭けてカードゲームを楽しむ場として、社会に貢献しているのだ。

フオリグロッタのメルカートグルメは、本当にこれでおしまい。もちろん、輝くように新鮮な野菜や果物、肉、魚。これぞ本物のモッツァレッラチーズやプロシュット（ハム）。なんでも揃っている。まあ、「グルメの天国」は奥さんの腕次第、といったところなんだな。

しかし、フオリグロッタのメルカティーノをイメージするとき、もっとも注意していただきたいのは周囲の環境だ。とくに、メルカートの立つピアッツァ。だいたいメルカティーノが立つところは、ピアッツァでさえもなければ、洒落た建造物や、まして教会なんて見あたらない。セメントの屏に囲まれた、アスファルトの、殺風景な、普通なら駅への近道だから通るんです程度の、そんなしいたげられた場所だ。他に使い道がないからメルカートになったようなとこなんだ。

灰色の荒涼とした、だだっぴろいだけが取り柄のアスファルトの空間。その端っこに建っている、やっぱり灰色の四角いカパンノーネ（倉庫風の建物）が、実はナポリ唯一のメルカート・コペルトの正体なんだ。

でも、はっきり言わせていただくと、世の中、いちばん大切なのは中身だ。そりゃあ外見だっていいに越したことはないけれど、美しい磁器の皿に華麗に盛りつけられたイマイチの料理と、ピクニック用のプラスティック皿のポルケッタ（豚の丸焼き）のパニーノだったら、僕はなんの迷いもなくプラスティック皿のポルケッタのパニーノをとる。冷えたスピーナ（生ビール）まであったら言うことなしだ。

残念ながらフオリグロッタのメルカティーノには、ポルケッタのパニーノは売ってないんだけど、そういう意味ではきわめて、スピーナつきポルケッタのパニーノ的ではあるのだ。

▼B

▼見えない右腕

僕が子供の頃、フオリグロッタのメルカティーノはまだメルカート・コペルトではなかった。メルカートのカパンノーネが建てられ、メルカート・コペルトとなったのは一九七一年、僕がまだエレメンターレ（小学校）に通っていた頃だ。したがって、また聞きではあるのだけれど、当時、どの店が新しいカパンノーネに入るのかをめぐってずいぶんともめたそうだ。それが原因で、いまだにいがみ合っている人たちもいるんだという。

なにしろ、メルカティーノはひどいところにある。夏は、ジリジリと照りつける太陽の熱をアスファルトが反射して、上と下からの二重攻撃。メルカティーノの終わってしまった昼過ぎともなると、ゆらゆら揺れる陽炎（かげろう）のなかを通る人もなく、西部のゴーストタウンと化す。行き倒れが出ないのが不思議なくらいだ。冬は冬でパラッツォ（建物）の間を吹き抜ける木枯らしが、かじかんだ指先や頬をひっかきながら、もろど真ん中を通過していく。

これじゃあ誰でも屋内に店をもちたいでしょ。でも、まずは衛生面を考慮して、肉、魚、加工食品の店が入ることになったのは、まあ当然。問題はその他だ。八百屋、洋品屋、荒物屋、雑貨屋、エトセトラ。誰かが入れば誰かが入れない。要するに、全部の店が入りきれるほどカパンノーネが広くないのだ。もとをただせばこの争い、お役所のケチな計画のせいなのである。

それはさておき、そんな競争率のなかを、僕の幼なじみのペッピーノの親父さん、ピラス氏はめでたく通過。果たして自分の店をもてることになった。しかし、ここで問題が生じた。他の皆はもともとメルカティーノに店を出していた者ばかり。一方、ピラス氏は違う。僕の家の隣のパラッツォにある自宅で、主に知り合い中心に洋服を売っていただけなのである。

ところがこの〝知り合い中心〟というのが、ナポリでは商い成功の秘訣なのだ。例えば、よく聞く〝パーティ商法〟。家庭でパーティを開いて、友人知人親戚を招き、鍋やその他の調理器具などを売りつける、というあれです。

実は、あの〝パーティ商法〟の売り上げがイタリア国内で一番なのがナポリなんだそうだ。僕らは、人のうちに招かれておいて、「これいいわよ」と勧められたものを、むげに断って帰るような無作法はできないたちなのである。

ピラス氏の自宅の店には看板はない。家のひと部屋がまるまる洋服の倉庫になっていて、近所の人が「服でも買おうかな」と思ったら、ブザーを押して「ごめんください」と訪ねていく仕組みだ。だから当然、何も買わないで出る、なんていう無作法はできない。

だいたいナポリでは、一般の商店にしたって、店に入っておきながら何も買わないで出るというのは、許されない行為だ。ナポリの店のウィンドウが美意識そっちのけで、なんでもかんでも詰め込んであるのは、店に足を踏み入れる前に自分の買いたいものくらいちゃんと決めと

け、という意思表示なのである。考えもなしにフラフラと入ってしまったら、仕方ない、入場料だと思ってボタン一個でも買うこと。人生、何ごとにも譲歩する姿勢が大切だ。

こんなこと言って、ピラス氏まで押しつけがましい強突張り商人だと思われては困る。彼はすらりと背筋の伸びた、ロマンスグレイで痩せ気味、もの静かなきちんとした感じのする紳士だ。眼鏡の奥のまなざしは優しいけれど、なかなか知的でもある。ナポリのオヤジ族なんてみんな大嫌いな僕の家内が、自分から声をかけて挨拶をする数少ないうちのひとりに数えられる。ただ、彼には右腕がない。肩のところから、ばっさりと腕全部がない。だけど、いつもパリッとしたシャツにジャケットを羽織り、さっそうとしているから、ちょっと見にはまったく気がつかないくらいだ。

若きピラス氏は、ある日、当時の悪ガキが皆していたように、トラム（路面電車）の外側後部のパイプにつかまって無賃乗車をしていた。ナポリでも少し前までは、どのバスやトラムにも車掌さんが同乗していて、今のように、誰でも気軽に、ゆっくり腰かけたり、窓の外の風景なんて見ながら無賃乗車ができる状況ではなかったのだ。

ここで「イタリアでは誰でも気軽に無賃乗車ができるの？」と思った、イタリア初心者のために、多少唐突ではあるけれども、現在のトラム及びバスの乗り方、についてちょっとだけ触れておいたほうがいいかもしれない。

トラム及びバスを利用する場合、まず前もって切符を買っておく。切符はバス停の切符売り場、タバッキ（煙草屋）、ジョルナラーイオ（新聞、雑誌屋）等で売っている。注意してほしいのだが、切符を買うついでに煙草も買おうと思っても、日本のキオスクとは違うんだから、ジョルナラーイオで煙草は売っていない。ローマのあるジョルナラーイオが、「なんで日本人はうちに煙草買いにくんのかねえ。アホかいな」と話してるのを聞いたことがある。煙草は、タバッキまたは、ヤミ煙草屋で買うものだ。

さて、切符を買ったら、停留所で待ち、トラムまたはバスが来たら最後部のドアから乗車する。乗車してすぐのところに、タイムカードの従兄弟（いとこ）みたいな機械がある。それに切符を差し込んで、ガチャンとやってもらう。目的地が近づいたらブザーで知らせ、トラムまたはバスが停まってから、前もしくは中央のドアから下車する。これがトラム及びバスを利用する際の正しいマニュアルなのだ。皆さん、きちんと守りましょう。

もうおわかりと思うが、切符のチェックが機械まかせ、すなわち、乗客次第なのだ。ということは、切符は買わないで乗ろう、と決心する人がかなりいる。しかしバス会社だって、無料奉仕するつもりは毛頭ないわけで、卑劣にも抜き打ち検札なんてものをする。途中の停留所から突然乗ってくるのだから、実にたちが悪い。

恥ずかしながらこの僕も、一度捕まったことがある。夜の十一時近く、家内と外に食事に行った帰りだった。しかし誰が、そんな時間に切符の抜き打ち検札が乗ってくるなんて想像するだろう。検札係も、その点はちょっと気の毒に思ったらしく、罰金は一人分で勘弁してくれた。

それでも、当時で罰金は一万五〇〇〇リラ。なんと普通の切符の二十五倍である。これは法外な高さではないか。家内の分は別としても、この僕が、他の二十三人もの無賃乗車をする不届き者のために運賃を払ったような、そんな嫌な気分になるには十分過ぎるほどの法外さだ。

さて、僕の罰金は悔しいながらもさておき、この辺で話をピラス氏に戻そう。

若きピラス氏は、ある日、トラムの外側後部のパイプにつかまって無賃乗車をしていた。今とちがって、ちゃんとした人間の車掌さんが切符を売っていた頃には、無賃乗車は少々無茶で身軽な若者の楽しい特権だったのだ。そしてピラス氏もかつては、少々無茶で身軽な若者だった。そのとき、前から気になっていた女の子が通りを歩いているのを見つけた。「チャオ！」と手を振った瞬間、若きピラス氏はバランスを失い、路上に転げ落ちた。そして、すれ違いに走ってきた反対車線のトラムに右腕をひかれ、すぐに病院に運ばれはしたが、切断を余儀なくされてしまったのだった。

右腕を失ったピラス氏のたったひとつの救いとなったのは、そのときの少女だった。図らずも、自身の右腕と引き換えに、生涯の伴侶を得たのだ。その少女というのが今のピラス夫人なのであ〜る。

このピラス氏が、メルカティーノに店をもてることになった。ただでさえもめていたところだ。ピラス氏に対するやっかみは相当なものだったという。彼が片腕なのをいいことに、どっかのアホが〝押し込み強盗〟をけしかけたことまであるらしい。これは卑劣だ。抜き打ち検札をするバス会社にも劣らぬほど卑劣である。

それはピラス氏が、店仕舞いをしているときだったという。ピストルを持った二人組が押し入ってきた。

「片腕さんよ、金出しな」

周りの店の者は誰も気がついてくれない。それとも、見て見ぬふりをしているんだろうか。ピラス氏は振り向きざわにつぶやいた。

「マドンナ、アイウータミ（聖母様、力を貸してください）」

そしてすかさず、足蹴り。左手でピストルを遠ざけつつ、頭突き。二人の強盗は思わぬ反撃に驚いたのか、わりにあっけなく退散した。噂によれば、片腕のピラス氏に二人がかりでかなわなかった強盗たちは、負け惜しみにこんなことを言っていたらしい。

「あいつには、ブラッチョ・インヴィズィービレ（見えない腕）がついてるんだ」

そんなピラス氏も今では一目置かれる、メルカティーノに欠かせない存在だ。自分の身体的障害に甘んじない彼の姿は、実に頼もしい。彼は毎朝、自分で車を運転して仕事に出る。もちろん、車はオートマチック車ではある。

実は今でも、イタリアではオートマチック車はあまり一般的ではないけど、当時はなおさらだった。僕らはピラス氏のオートマチック車を、きっとハンディキャッパー用の車なんだと信じ込んでいた。だから僕は日本に来て、みんながハンディキャッパー用車に乗ってるんでちょっと驚きました、実際。

ピラス氏は、そのハンディキャッパー用車でないオートマチック車を運転し、仕入れに行き、メルカティーノと自宅のふたつの店を切り盛りしている。どんなでっかい荷物だって、誰の手も借りずにひとりで運ぶ。

そんなピラス氏を見るにつけ、僕も時々、ピラス氏には本当にブラッチョ・インヴィズィービレがあるんじゃあないか、と思うことがある。店の奥の小さな豆電球に縁どられたマドンナ（聖母様）の像が、ピラス氏のブラッチョ・インヴィズィービレなのかもしれない、と。

▼B

▼ナポリ式バルコニーの利用法

確かにメルカートの野菜は、普通の八百屋なんかに比べると、値段は安いし鮮度もいい。でもやっぱり、自分で育てた野菜がいちばん。そんな頑固者はどこにでもいるものだ。

例えば、僕の家のあるパラッツォの、お向かいのパラッツォの三階に住むドン・アントーニオ爺がそれだ。八×一・七メートルくらいの、まあ標準的大きさのバルコーネ（バルコニー、ベランダ）で、これでもかってくらいいっぱいに、トマトだの、ナスだのの野菜を作っている。そのパッションたるや、すでに専業農家のそれである。

朝は日の出とともに起き出して、水やりと掃除をはじめる。おかげで僕のパラッツォの住民も全員、望むと望まざるとにかかわらず、五時半に目覚めることになっている。ドン・アントーニオ爺は作業の間じゅう、バルコーネに置いてある旧式ラジオのボリュームをめいっぱいにあげて、朝のラジオニュースと歌謡番組を聞くのが日課になっているからだ。

「ボリュームめいっぱいだなんて大げさな」という人、一度聞きに来てみるといい。明け方のまだなんとなくうす明るく、閑散としたパラッツォの間を、今日のニュースが響きわたる。当然、僕のパラッツォだけでなく、ドン・アントーニオ爺のパラッツォや、その斜め向かいのパラッツォの住人も同じ運命にある。でも、そうやって彼は彼なりに、朝の平和なひと時を満喫しているのだから、仕方ないのだ。

ところで話は変わるが、僕はよく、東京では一軒家にしろマンションにしろ、たいていの家にバルコーネがあるのに、ほとんど物置きか物干しみたいに使っているのは、なんかもったいないなって思う。もちろん、なかにはドン・アントーニオ爺みたいに野菜や花を栽培している家庭もあるだろうけど、だからといって天気のよい日に椅子を出して日光浴、というわけでもないでしょう。

それはきっと、周りの環境のせいだと思う。目の前に隣の家の窓があるのに、裸で日光浴や、まして食事なんてできないわ、というかもしれない。林に囲まれた別荘では、日本人でも、バルコーネに椅子を出したりして本を読んだり、食事をしたりする。

だけど、僕に言わせれば、問題は環境うんぬん以前、「バルコーネとはなんぞや」ということを正しく認識できていない点にあるのだ。

日本人にとってバルコーネとは、あたかも〝外〟＝パブリックな空間＝周囲を意識しなくてはいけない空間、のようだ。ところが僕らにとってバルコーネは、〝内〟＝プライベートな空間＝なんでも自分の好きなことをしていい空間、なのだ。

すなわち、窓の外でも家の中なのである。自分の家のなかに、空がある。オープンエアーな空間がある。なんて詩的な事実ではないですか。そんな空間を、今のところ用なしの道具とか、洗濯物だけに占領させておく手はない、とは思いませんか。

例えば、ドン・アントーニオ爺だって、野菜作りに精を出しはじめる前も、有効にバルコーネを活用していた。やっぱり朝っぱらから堂々と、息子にボルサヨーロ（スリ）の手ほどきをしていたのだ。なんでも、ドン・アントーニオは若かりし頃、「スクオーラ・ディ・ラードリ（泥棒養成学校）」のマエストロ（お師匠）をしていたらしいのだ。

四、五年前になるだろうか、ナポリの一般新聞「イル・マッティーノ」紙になかなか面白い記事を見つけた。ナポリの北側、カポディモンテの手前に位置するサニタ地区の、とあるパラッツォ（建物）の地下で三体のマネキンが見つかった、というものだ。マネキンにはそれぞれ、いくつもポケットがついている。そしてポケットに触れると、振動で「ブー」っとブザーが鳴り、マネキンの頭の上に取りつけられたランプがピカピカと点滅する仕組みになっている。

勘のいい人ならもうおわかりでしょう。そう、「ボルサヨーロ（スリ）養成マネキン」なのであります。「ブザーを鳴らさないでポケットの中の財布をいかに巧みにスルか」の訓練をする器具なのだ。

どうもここは、「ボルサヨーロ養成スクール」だったらしい、ということだった。

第二次大戦前からナポリには、「スクオーラ・ディ・ラードリ（泥棒養成学校）」なるものがあったという話は僕も耳にしていたけれど、いまだに存在していたとは、なかなか頼もしいじゃあないですか。

僕の知るかぎり、かつての「スクオーラ・ディ・ラードリ」でも、おんなじような「ボルサヨーロ養成マネキン」を使っていた。ただし、その旧式マネキンには、ブザーの代わりに、よく画廊なんかで扉に取りつけているようなカンパネリーナ（小さなベル）がついていて、強く触れるとチリリンチリリンと、可愛らしい音で注意してくれるようになっていた。

スクオーラ（学校）があって、マエストロ（お師匠）がいて、アップレンディスタ（弟子）がいる。これはもう立派な伝統技術のひとつといえるのではないだろうか。そして、我らがドン・アントーニオ爺も、この伝統技術のりっぱな継承者というわけだ。

さて、もうひとつ、バルコーネの模範的な利用法を紹介しよう。ドン・アントーニオ爺と同じお向かいのパラッツォに住む僕のサッカー友達、ロザーリオの一家だ。末の子以外はみんな男の八人兄弟という、なんともむさくるしい大家族である。

まあそれ自体は、人類の種の保存という観点からすれば、たいへんよいことだと思うし、見た目にも、兄弟全員まったくまともである。彼らの親父さんが亡くなって、かれこれ十数年になろうか。その十数年という歳月が、彼らを普通の人間へと立ち直らせてくれたためだろう。なにしろ、彼らの幼児期及び少年期教育は、親父さんのおかげで、多くの危険をはらんでいたのであった。

毎朝、六時。いちばん年下の女の了を除く兄弟七人、親父さんの号令にならって、バルコーネに整列する。もちろん起床は五時半のドン・アントーニオ爺のラジオが合図である。その後、三十分で支度をすませ、バルコーネに全員集合だ。

「番号！」

「いち！」「にい！」「さん！」「よん！」「ごう！」「ろく！」「なな！」

次は、身だしなみチェックだ。一人ひとりの頭のてっぺんから爪先まで、ポイントポイントを指さしてチェックしていく。

「髪の毛、よし！」「顔、よし！」「歯、よし！」

念のため言っておくと、この〝顔〟とか〝歯〟の「よし！」とは、顔がよい＝かっこいい、とか、歯がよい＝なんでもよく噛める、という意味ではない。ちゃんと顔を洗っているか、歯を磨いているか、すなわち身だしなみの基本中の基本を確認しているのである、当然。

こうして七人全員のチェックが済むと、今度は一人ひとりに質問する。

「本日の君の予定は！」

「ハイ！　学校に行くことであります！」

「学校での君の目標は！」

「ハイ！　算数の質問に答えることであります！」

そして仕上げは、ランニング。たいして広くもないバルコーネを、親父さんの後について、くるくると走りまわる。端から端へ行ったり来たり……。人呼んで「ファミーリア・ファッシスタ（ファシスト・ファミリー）」。

偶然にも、このロザーリオの家のすぐ下が、ドン・アントーニオ爺の家なのだ。したがって、当時、僕の家の台所の窓からは、上では親子八人が「イチ、ニ、イチ、ニ」と掛け声も高らかにランニングをしているその下で、別の親子がこれまた和気あいあいと、ボルサヨーロ（スリ）のレッスンをしている、というシュールな光景が楽しめた。

ドン・アントーニオ爺の息子は、「スコペッタ（細ほうき）」と呼ばれていた。ひょろひょろした、ほうきみたいな奴だからだ。僕より十以上も年上で、僕とは十三歳違いの兄のジーノとちょうど同じくらいの年齢だったけれど、ガリ勉のジーノとはほとんどつき合いがなかった。弟の僕がこんなこと言っちゃ悪いけど、ジーノよりスコペッタのほうがずっと男前だったし、僕らチビ助たちにも優しくって人気があった。映画のなかのヤクザ者とおんなじで、なかなか人を引きつける魅力があったんだと思う。

実際、スコペッタは、ドン・アントーニオ爺の熱心な教育のかいあって、二十歳の頃には立派に腹の座ったちんぴらに成長していた。スコペッタはドローガ（ドラッグ）の売人なんかもやっているというのが、もっぱらの噂だった。

二年前の夏、ヴァカンスを終えた僕が、そろそろ日本に帰らなくては、と準備をはじめた頃だったろう。スコペッタが殺されたというニュースが、近所に広まった。海辺でのヴァカンス中、砂浜で息子を抱いているところを撃たれたのだという。即死だった。ドローガがらみのもめごとが原因だったらしい。

今年の夏、ナポリに帰った僕はいつものように、ドン・アントーニオ爺のラジオの音で目を覚ました。ペルッシアーノ（シャッター）の隙間から覗くと、やっぱりいつものように、バルコーネの野菜の世話をするドン・アントーニオ爺の姿があった。そうやって、彼は彼なりに、朝の平和なひと時を満喫しているのだ。なにしろそれまでの人生、本当にいろんなことがあったのだから、仕方ないのだ。

▼B

▼メルカートの人びと

僕がフオリグロッタのちびっ子グルメ、ドン・ヴィットーリオ爺さんのジェラート・ディ・リモーネ（レモンアイスクリーム）について書いた後、姉のシシーナから、ショッキングな話を聞いた。もう数年前から、ドン・ヴィットーリオ爺さんの姿を見かけてない、というのだ。

そりゃあ僕が子供の頃から来ていたんだから、かなりいい年だったとは思うけど、なんだかまだいるのが当然のような気がしていた。売り声の代わりにじいさんが鳴らしていた、自転車のベルのチリチリという音を、メルカティーノを通りがかりに何度か聞いたような気がしていた。

しかし、ドン・ヴィットーリオ爺さんなしでは、フオリグロッタのメルカートグルメは全滅じゃあないか。でも僕は、何より次の世代のことが心配だ。お母さんたちの買い物につき合わされる小さな子供たちは、いったい何を楽しみにしてメルカティーノについて行けばいいんだろう。母と子の断絶の引き金にはならないだろうか。エレメンターレ（小学校）に通う子供たちは、ドン・ヴィットーリオ爺さんのジェラートなしで、通学時のエネルギー補給は大丈夫なんだろうか。

僕が子供の頃に通っていたエレメンターレは、ちょうどメルカティーノを抜けたヴィア・ジャコモ・レオパルディにある。メルカティーノは、僕らの毎日の通学路だったのだ。そしてスクオーラ・メディア（中学校）も、メルカティーノの入り口の脇を左に入ったところにある。僕はエレメンターレ、メディア時代をいつもメルカティーノの周辺で過ごしてきたというわけだ。

ところがメルカティーノには、そんな僕が最近まで正体を知らなかった、小さな四角いエディフィーチョ（建物）がある。問題のエディフィーチョは、メルカティーノのカパンノーネとは道路を隔てた向かいに、ヴィージレ（地方警察）の交番と並んで、カパンノーネが造られるずっと前から建っていた。

実は僕は数年前まで、それがメルカティーノの管理事務所だとばかり思い込んでいたのだ。謎のエディフィーチョの前には、よく学校で使うような木の机と椅子が置いてあって、グリエルモ・ア・ラトゥリーナ（下手っぴいのグリエルモ）と呼ばれる、これまた謎の人物が番をしていた。そして彼のきれい好きのおかげか、エディフィーチョの周囲一メートル四方は、メルカティーノのなかで、いつもいちばん念入りに掃除された清潔な場所だった。エディフィーチョの前の道にまで、掃除に使うおがくずが撒かれた形跡があり、いつもデテルスィーヴォ（洗剤）のさわやかな匂いが漂ってる。

かたや、メルカティーノは食品を扱っているところだ。不潔ということはないだろうが、肉屋に並べられた肉の血の色、魚から落ちる水だとか野菜の切れはしなんかが、空気中にまで散らばったような、市場独特の生々しい雰囲気がある。

フオリグロッタのメルカティーノは、クマーナ鉄道のフオリグロッタ駅のすぐ裏にある。僕の家から駅までの近道なのだ。僕はまだナポリに住んでいた頃、通勤通学でメルカティーノを通るときは、そんなわけで必ずグリエルモのエディフィーチョの脇を通っていた。誰だって、清潔な道を通りたいじゃないですか。

グリエルモは春夏秋冬、一年じゅう、いつも外の椅子に腰かけ、気むずかしい顔つきで新聞なんか読んでいた。冬にはストーブまで出してきて、外に座る。そしてその足もとには、彼の愛犬がいつも暇そうに寝そべっていた。典型的なナポリの雑種犬である。

ナポリでは、人も犬も自由だ。好き勝手にブラつくことができる。したがって、自然のなりゆきとして雑種犬が多い。そのなかでもとくに、ある二タイプの雑種犬が圧倒的多数を占めている。一種は、パストーレ・テデスコ（ジャーマンシェパード）の血統が明白なパストーレ・テデスコ・タイプ。身体の大きさはさまざまだが、独特な色合いが何よりもその気高い血筋を語る、比較的見た目のよい雑種だ。

そしてもう一種が、出目犬タイプ。いったいどんな犬がかけ合わされるとこんな結果になっちゃうのかは定かでないが、明らかに混血の失敗例である。チワワ犬をやや大柄にして太らせて足を短くしたような、丸太的容姿。小さな鼻に小さな口、それに似合わぬ飛び出したギョロ目。どちらかというと、犬よりカエルに近い容貌。僕は動物、特に犬と猫は大好きなんだが、この犬はちょっと遠慮しておきたい。

ところがこの出目犬、ナポリでは圧倒的な人気を誇っているのか、繁殖能力旺盛なのか、はたまた優性遺伝の集結なのか、とにかくよく見かける。グリエルモの犬もこの出目犬タイプだった。そして案の定、しょっちゅうポコポコ仔犬を産んで、父親がどんな犬かは知らないが、どれも母親にそっくりの出目ちゃんたちなのだ。

グリエルモはエディフィーチョの前で、そんな仔犬たちを売りに出していた。

「上質犬」

仔犬が入れられた段ボール箱にはこう書かれてあった。

ハムやチーズじゃあるまいし、いったい〝上質犬〟とはいかなるものか、それはグリエルモにしかわからないが、少なくとも謎のグリエルモが副業で〝上質犬〟のブリーダーもしている、という事実は明らかになった。

このグリエルモのエディフィーチョの脇を通り、フオリグロッタ駅に抜けるには、人が二人やっとすれちがえるほど狭いL字形の路地を通る。その路地のちょうどL字の角のところに、小さな机を出し乾燥オリーガノ（オレガノ）と〝サムライ印〟の楊枝を売っている老人がいた。日に焼けた皺だらけの、でも実に善良そうな小さな可愛いおじいさんだ。雨の日も風の日も、もちろん晴れの日も休むことなく、オリーガノの袋と楊枝のパックを並べた机の後ろにちょこんと腰をかけた彼は、その路地には欠かせないオーナメントになっていた。でも、彼がいった い誰なのかは誰も知らなかった。

ところが、八年前のある日の「イル・マッティーノ」紙（ナポリの新聞）の地方欄に、そのお爺さんの写真がでかでかと載っているではないか。

ルーカ・クピエッロ、八十歳。アレナッチャ地区在住。既婚。物売りをして三人の息子全員を大学まで出したという人物だ。おかげで今では物売りを続ける必要はない。でもそれが彼の人生だから、続けている。家族も協力的で、毎日フオリグロッタの駅まで送り迎えをしているという。誰もつき添ってこられないときは、タクシーを利用する。

いい人生ではないですか。いや、さっと大変な苦労をしたんだろうけど、実りのある人生だったことには間違いない。彼の顔が、実におだやかで平安に満ちているのには、こんな理由があったわけか。一躍有名人になってしまったおじいさんは、それでもやっぱり路地の隅っこにすわって乾燥オリーガノと〝サムライ印〟の楊枝を売っている。

ところがそれから数カ月後、ある日を境にぱったりと姿を見せなくなってしまった。でも、彼が誰なのかを誰も知らなかったように、なぜ来なくなったのか、誰も知らなかった。毎朝メルカティーノに買い物に行って、あちこちから情報を集めてくる姉のシシーナでさえ、おじいさんがどうなっちゃったのか、とうとうわからずじまいだった。

一昨年の夏、僕と家内はクマーナ鉄道に乗るためにフオリグロッタ駅に向かって、メルカティーノをいつもの順路で歩いていた。ちょうどグリエルモのエディフィーチョの前に差しかかろうとしたとき、ふたり揃ってただならぬ悪臭にフラリとしてしまった。

そして僕らは同時に悟った。そのエディフィーチョは、いちばんの悪臭のもととなってしかるべき場所、すなわち、便所だったのである。おかしなことに、それまで僕の家内も、そこはメルカティーノの管理局か何かだと思い込んでいたらしい。夫婦とはいえ、変なところで気が合ったものだ。

要するに、グリエルモは〝メルカティーノの〟ではなく〝メルカティーノの便所の〟管理をしていたのである。そして僕は、さらに大きな自分の勘違いに気づいた。彼のあだ名「グリエルモ・ア・ラトゥリーナ」の〝ラトゥリーナ〟は、僕が思い込んでいた〝下手っぴい〟の意味じゃあないんだ。単純に〝公衆便所〟の意味だったんだ。第一、僕が勘違いしてしまったのだって、元をただせばグリエルモが便所の掃除にかけて、絶対に〝下手っぴい〟なんかじゃあなかったせいだ。

こうしてある日突然、グリエルモとエディフィーチョに関する、数十年来の僕の誤解が解けた。なのに、グリエルモはもう二度と僕らの前には帰ってこなかった。その年の春に、すでにこの世を去っていたからだ。

こうして、幼い日を過ごしたお馴染みのメルカティーノから、僕がナポリを留守にしている間にも、ひとり、ふたりと懐かしい名物人間が姿を消していく。こんなのはとてもやるせないことだけど、僕が年をとっていくのと同じで、仕方のないことなんだ。

グリエルモのいなくなったメルカティーノの便所は、臭いまま残った。オリーガノと楊枝を売っていた老人のいたL字の路地の角では、十七、八歳の青年がロールになった黒いビニールのゴミ袋を売っている。これが新しいメルカティーノの顔なんだ。なんの文句のつけようがあるだろう。

誰よりも元気に叫ぶ青年の売り声が、今日も駅に向かう人々の背中に活を入れる。

「安くて丈夫なゴミ袋だよ！　いらんかね！」

▼B

▼「ちょっとお使い頼まれて」

日本の奥さんのなかには、毎日の買い物にまで車に乗って出かけ、素敵なスーパーマーケットの前にスーっと止めて、買い物を済ませ、またスーっと走らせて家に帰る、などという楽ちんな生活をしていながら、運動不足だのなんだのと不満を漏らす人がいる。

実は僕の家にも約一名そんな輩が潜んでいるのだが、はっきりいってこういう人は、ナポリで主婦なんてできないだろう。ナポリでは、相当辺境の地に住んでいるのでなければ、わざわざ車で毎日のお惣菜の買い物に行く主婦なんて、ほとんど異端者扱いだ。なぜなら、ナポリの主婦たちはある種、苦行僧にも似たピューリタンだからなのだ。ナポリ女としてこの世に生まれたからには、自分でできることはすべて自分でしないと気がすまないように、最初っからできてしまっている。

でも勘違いしてもらっては困る。これは何も、男があてにならないからではけっしてない。お気楽に生まれてくる僕ら男と補い合っていくための、持ちつ持たれつの自然の定義が働いているだけなのだ。

ご機嫌を取りながらも、すべておまかせする。これがナポリの主婦とうまくおつき合いをしていくコツだ。所詮僕ら男は、きれいに咲く花の雄しべのようなもの。後に実となり種を宿すべく、力強い花の中心となる雌しべの周りを縁どって、受粉が終わると花びらと一緒にはらはらと散ってしまう運命なのだ。おまけに雄しべが散ったことなんて、だあれも気がついてくれやしない。

でもこんなこと言ったからって、僕がペシミストやフェミニストだなんて思わないでほしい。雄しべがなければ、花も実もできないんだし、何よりそれに雄しべの生活のほうがずっと楽しい。蜂と戯れ……風と戯れ……蝶と戯れ……。

一方、ピューリタンな主婦たちの最大の喜びは、なんでも一手に引き受けること。例えば、買い物に行っても、持ちきれないほど物を買っておいて、これが私の定めよ、っとばかりにえっちらおっちら抱えてきてこそ、真の主婦としての満足感が得られるのだ。

とはいえ、それが毎日だと、ちと辛い。たまには楽したい人だって、私は荷物運びが苦手なのという人だって、見捨てないのが僕の街のいいところである。

フオリグロッタのメルカティーノの入り口の角には、数軒の店屋が並んでいる。そのなかの写真屋と仕立て屋の間の一軒は、オーナーが貸す気がないのか、他の用途で使っているのか、僕が物心ついた頃からずっと開かずの扉で、シャッターがきっちり降りたままになっている。午前中、メルカティーノの開く時間になると、でかでかと張り紙が張られる。

「お宅まで荷物運びます」

前には古い木のテーブルが置かれ、数人の子供たちがその周りでじゃれ合っている。実はその向かいの路地を入ったところにある、かつて僕も通った中学校の生徒たちが、暇な時間に小遣い稼ぎをしているのだ。

普通、イタリアの小中学校は一時頃までだ。昼食が自由と束縛の境目、家でマンマの心のこもった食事を食べて、すっきり気分を一新することができるようになっているわけだ。ところが、フオグロッタでは子供の数に対して学校が少ないうえ、学校自体のスペースも大きくない。そこで、生徒を午前組と午後組に分けてあり、〝荷物運び〟は午後組の子供たちのなかの、ごく限られた商魂逞しい者によって、運営されているのだ。

ところで、僕は日本に来て、小さな小学生や中学生が夕方近くまで学校に缶詰めになっているのには驚いた。いったいどんなハードな時間割をこなしているのやら。いったい何を詰め込もうというのやら。おまけにその後また塾とやらに行くらしい。

見方によっちゃあ恵まれてて、なんとも羨ましいかぎりですね。僕らなんて学校は午後一時まで、後はサッカーするなり、海に行って泳ぐなり、好きなことができたんだけど、皆さんが子供だったら、どっちを選びますか?

自由を愛する僕は、絶対、何がなんでもイタリア式時間割を選んでしまう。それに、例え午後組になったとしてもメルカティーノで小遣い稼ぎなんてしない。ちなみに〝荷物運び〟の料金だが、運ぶ距離によって多少の増減はあるにしても、お客の奥さんたちがサービスに満足してくれたら二〇〇〇リラから三〇〇〇リラ、プラスおやつのお菓子かなにか。不満が残った場合でも一〇〇〇リラは必ず支払うことになっている。子供の小遣いとしたら、まあなかなかのものだ。でも僕は、自由な時間を費やしてまで金儲けをするほど生活力のある子供じゃあなかったし、すすんでお手伝いをするほど殊勝な子供でもなかった。

ところがそんな僕だって、フィラルディ夫人のためなら、遊びの途中でも、お駄賃なしでも、自分のほうから使い走りを買って出た。同じ年頃のジジーノやマッシモにしても右に同じ。

僕らパルコ・デリ・オレアンドリ（僕の家のパラッツォの名前）の悪ガキトリオは、フィラルディ夫人からお呼びがかかるのを、いつも心待ちにしていたのである。フィラルディ夫人は、今でもパラッツォの三階に住む、少々大柄なのをのぞけば、ごく普通の奥さんなのだけど、二十数年前には当然もっと若くて、もっと悩ましげな、僕らの注目の的だった。

だって普段家にいるときは、短くてスケスケの下着姿なのだ。そんな格好でバルコーネ（バルコニー）に出て、人声で僕らを呼ぶのである。

「ジローラモ！　マッシモ！　ジジーノ！　誰か！」

僕らはどこにいても、ご主人様に呼ばれた愛玩犬のごとく、ひとっ飛びでバルコーネの下に集合。しっぽと舌をヒラヒラさせて、ご主人様からの命令を待つ。フィラルディ夫人はサービス精神旺盛にもバルコーネの手摺りぎりぎりに身を乗り出している。僕らは、キラキラと素直な大使の眼差しで夫人を見つめてはいるけれど、実はひと皮むくと全員口さけ狼予備軍だ。

皆さんだって、下着姿の女性を下から見るとは、どんなにモヤモヤする光景だか想像がつくでしょう。

フィラルディ夫人は、「ちょっと、煙草買ってきてね」と小銭をぽーんと投げる。僕らは先を争って煙草を買いに行き、超特急で帰ってくると、フィラルディ家の扉の前に三人整列。またしてもしっぽと舌をヒラヒラ、目をキラキラさせて、ご主人様のお出ましを待つ。扉を開けて出てくるフィラルディ夫人には絶対、色っぽいバックミュージックがお似合いだった。可愛い仔犬の僕らは、今度は炎天下のチョコレートに変身。でろでろに溶けてしまう。フィラルディ夫人が煙草を受け取って、バタンと扉を閉めた後もしばらくは幽体離脱が解けずに、僕ら三人、扉の前をピョピョとただよっていた。

しかし、過ぎゆく年月とはまったく無情なものではないですか。成長するにしたがって僕らは壁に身長を刻んでいったけれど、フィラルディ夫人は顔にその年を刻んでいった。僕ら可愛い仔犬たちは、そんなご主人様をさっさと見捨て、向かいのパラッツォにもっと刺激的なお姉さんを見つけていた。それからは、フィラルディ夫人がどんなに呼んでも、みんな知らんぷりどころか、彼女に見つからないように、こそこそと隠れる始末だった。フィラルディ夫人もしばらくするとそんな状況を把握したようで、僕らを呼びつけることもなくなった。

ところで、このフィラルディ夫人の娘、アンナは、今ちょうど二十歳くらいの乙女盛り。それはそれは美しいお嬢さんだ。僕は、界隈一といってもいいんじゃあないかとさえ思っている。

金髪、青い瞳、褐色の肌。草原のそよ風を身にまとっているようなさわやかさ。すらりと長身で、モデルなんかも十分やっていけるだろう。目鼻が小振りで品がいい分、母親よりずっと優っている。

最近、フィラルディ家では、ボクサー犬を飼いはじめた。まだ仔犬でひょろひょろしてて、とても愛らしい。ボクサーなのに耳も尾も切っていないから、呼ぶと思いっきりしっぽを振りながら近寄ってくる。僕がパラッツォの前庭で、仔犬を散歩させていたアンナと立ち話をしていると、姉のシシーナと僕の奥さんがニヤニヤしながら窓から顔を出している。アンナに挨拶をして、彼女たちのほうへ歩いていくと、シシーナが窓越しに言った。

「あら、アンナがもう一匹仔犬を飼ったのかと思ったら、あなただったの」

皆さん、どうぞ僕のこと気の毒がってください。まったく僕の家の女どもはろくなことを言わない。僕は女性にしっぽを振るのなんて、とっくの昔に卒業したつもりなのに……。

▼
B

正真正銘のピッツァ ▼ Ⅵ

▼ナポリ式ピッツァの定義

なんでも日本では、〝名物に旨いものなし〟などというらしい。そんな気の毒な日本の皆さんにはたいへん申し訳ないが、イタリアの名物は旨いものだらけなのである。

ご存じとは思うが、イタリアは、つい一世紀ほど前に共和国として統一されるまでは、それぞれ別々の歴史、文化をもつ複数の都市国家だった。そのうえ、南北に細長い半島国で、産物のバラエティーが豊か。おのずと料理も地方によってかなり違ってくる。ということはすなわち、どこに行っても名物料理のオンパレード。実にイタリアは、旨い名物料理の宝庫であったのだ。

とはいうものの、どの地方へ行こうとピッツァやスパゲッティ・アッレ・ヴォンゴレばっかり食べたがる、わからんちんの旅行者（国内外両方の）のせいで、なんとなく境界線がぼやけて、とくに観光都市では、万国共通イタリア料理とでも呼びたくなるものが氾濫している。しかし当然その料理も、もとはどこかの地方料理だったわけだ。何を隠そう、世界じゅうどこに行っても食べられるお手軽料理の代表みたいになってしまったピッツァは、実は正真正銘ナポリの名物なのだ。そして今でも、正真正銘本物のピッツァはナポリで、それもごく限られたピッツェリーア（ピッツァ屋）でしか食べられないのである。

では、皆さんが普段口にしているピッツァはいったい何なのか？　そんなこと、僕は知らない。ただ僕に言えるのは、ナポレターノ（ナポリ人）はナポリ以外でピッツァを作ることはあっても、ナポリ以外でピッツァを食べることはない、ということだけだ。事実、ナポリ以外の都市でもピッツァヨーロ（ピッツァ職人）はナポレターノであることが多い。でも、どんな腕のいいナポリのピッツァヨーロでも、不思議にナポリで作っていたようなピッツァは作れないという。

それを知っている僕らナポレターノがナポリでしかピッツァを食べないのは、まあ当然の判断なのだ。

といっている僕だが、本当言うとローマや東京でもピッツァを口にすることがあるし、それはそれなりに悪くはない。でもはっきり言って、ナポリのピッツァとは別物だ。こんなことを誰かが言っているのを聞いた。

「大きくて薄くてサクサクパリパリしたイタリアン・ピッツァ」

これでは絶望的である。ピッツァは象の耳のミイラじゃあないんだ。こんなの喜んで食べてる人に、僕の愛するナポリのピッツァの旨さなんて、失礼ですけど、わかってもらえないと思う。だって、旨いピッツァの定義が、すでに百八十度違っているからです。

僕が柄にもなく気むずかしくなって（僕は真剣なのだ）、ゴチャゴチャ言ってってもなんの解決にもならないので、まず皆さんのために、正真正銘ナポリの旨いピッツァの定義を具体的に挙げてみたいと思う。それでもなんの解決にもならないのは一緒だけど、まあ聞くだけ聞いてください。

①ピッツァはベンコット（よく焼けている）でなければならない……トマトソースが乗っているからって、ピッツァ台がぐにゃぐにゃなのは完全に落第だ。

②ピッツァは柔らかくなければならない……といってもフワフワという意味ではない。例えば、ひとりぼっちのとき、ひとりピッツェリーアに座るのは寂しい。それなら立って食べることもナポリではマナー違反ではないが、ただしちょっとしたポイントがある。ピッツァを〝本のように綴じ、目ではなく、口で読む〟のだ。立ち食いという山猿にでもできる行為ゆえに、これくらいのインテリジェンスを忘れてはならない。

まあ早くいえば、四つ折りにして食べる。ということは、四つ折りにできるくらい柔らかくなければならないのが、おわかりいただけるだろう。ピッツァにサクサクパリパリを要求するなんて、根本から間違っているんだ。

③とはいえ、適当な歯応えと歯切れのよさがなければならない……お口でとろけるようなのはちょっと違う。とくに大切なのは歯切れのよさ。食べ終わった後に、「ブォーナ（おいしい）」という言葉が言えないほど顎が硬直してしまうようなゴムまがいの代物では、結局、「ブォー

ナ」とはいえないだろう。

④適当な厚みがなくてはならない……③の二つの条件は、とりわけ他の土地では実現不可能らしい。それではと知恵をしぼったすえ、生地を限りなく薄くしてカバーしようとした結果が、例の薄くてパリパリなのだ、と僕はにらんでいる。皆さんはそれにまんまとひっかかっているだけだ。無論、厚すぎるのもピッツェリーアのピッツァとしては、失格である。バールや、パニフィーチョ（パン屋）のピッツァとは、ここで大きく境界線が引かれるのだ。

⑤ボッレンテ（熱々）でなければならない……イタリアの初代大統領のエンリコ・デ・ニコーラはナポレターノだ。当然ピッツァにはうるさい。彼は竈（かまど）にいちばん近いテーブルにしか座らないことで知られていた。他の席では、運んでいるうちにピッツァが冷めてしまう、とおっしゃる。初代大統領という地位にもかかわらず、ボッレンテのピッツァを食べるためには順番待ちまでした、ピッツァ愛好家の鑑（かがみ）ともいうべき人物なのである。事実、美しい花の命は短いように、ピッツァがおいしく食べられる時間も短いのであります。

⑥適当な大きさでなければならない……これは⑤に関係がある。あんまり大きすぎては半分も食べないうちに冷めきってしまうではないか。ピッツァは皿にちゃんと行儀よくおさまっているべきで、それで量的に物足りなければ、ビス（おかわり）するのが〝通〟なのだ。

⑦ややふくらんだ縁で囲まれていなければならない……ナポリではピッツァの縁を、謹んで〝コルニチョーネ（額縁）〟と呼ぶ。縁なんて一見大切ではないかのようだが、この縁に香ばし

い焦げ目がつき、〝コルニチョーネ〟となってはじめて、ただの食べ物＝ピッツァがひとつの〝絵画〟となり、芸術作品にまでなり得る。ふっくりとふくれ、黄金色のさまざまなグラデーションを見せる〝コルニチョーネ〟は、視覚的に中の具の織りなす色模様をしっかりと引き締めるのみならず、機能的にはそれらの具の流出を防ぐ。そしてさらに味のうえでも、濃厚な具との絶妙なコントラストを成しているのだ。

⑧もちろん、食欲を誘う素晴らしい香りがなければならない……粉、水、イースト、薪（まき）、トマト、オリーブオイル、モッツァレッラ等々、すべてが渾然一体となって、ピッツァ独特の素晴らしい香りを作り出す。

ちょっとイタリアの物産事情に詳しい人なら、材料のなかに、ナポリ以外ではナポリレベルが入手不可能なものが多々含まれているのにお気づきだろう。他所（よそ）のピッツァとは差が出ても、まあ、しょうがないことではある。

以上が僕が今思い浮かぶ、本物のピッツァの条件だけれども、これらが実際ピッツァの味にどれくらいかかわってくるのか、きっと皆さんにはよくわかってもらえないだろうなあ、と覚悟はしている。

だいいち、話を聞いたくらいでわかることじゃあないのだ。何年も何年もナポリで旨いピッツァを食べて、ある日どこか他の土地に行って、ピッツァを食べて「ギャッ、なんじゃこりゃ」っていう経験をした人にしかわからないことなのである。

▼B

▼正真正銘ナポリピッツァ協会

しつこいようだが、ピッツァの本場はナポリだ。ナポリのピッツァは旨い。とはいっても、ナポリのピッツェリーア（ピッツァ屋）ならどこでもいいのかといったら、全然そんなことはない、残念ながら。

僕の家からいちばん近いヴィア・コンサルヴォ（コンサルヴォ通り）のピッツェリーアなんて、最悪だ。中央部がビチャビチャで、すくうのにスプーンくらい用意して行かないことにはどうにもならん。メルジェリーナの駅の近くのピアッツァ・サンナッツァーロ（サンナッツァーロ広場）には、ピアッツァに面してピッツェリーアが四軒もくっつき合って建っている。いつもお客でいっぱいで、もしかしたらバカ旨では、と期待して僕らも一度行ってみた。

あそこもひどい。チューインガム代わりにピッツァを食べたい人向き。だから、もし皆さんがこんなところでピッツァを食べて、ナポリのピッツァはああだこうだなんて文句を言ったって、それは自分の選択眼が悪いと自覚してほしい。僕ら地元民だって、どこで食べるか暗中模索しながら、ちゃんと自分の好みのピッツェリーアを見つけていくのですよ。

でも僕は、日本で皆さんにはいろいろお世話になっているし、ご恩返しの意味もかねて、安心していいピッツェリーアを選ぶ目安をお教えしようと思う。もっとも簡単なのは、「アッソチアツィオーネ・ヴェーラ・ピッツァ・ナポレターナ（正真正銘ナポリピッツァ協会）」会員のピッツェリーアを見つけることだ。ピッツァを持ったプルチネッラと「ヴェーラ・ピッツァ・ナポレターナ」の文字マークが目印だ。

この協会はヴェーラ・ピッツァ（正真正銘ピッツァ）を守るために、メンバーには次のことを守るよう義務づけている、真に真面目な集まりなのだ。

①薪（まき）の竈（かまど）を利用すること。
②竈は煉瓦製であること。
③薪には木の丸太または木っ端を利用すること。
④生地は0タイプ小麦粉（中強力小麦粉、ちなみに0タイプは、一般的にお菓子に使われる）、自然酵母またはビール酵母、水、塩で作ること。この際、油脂は一切加えないこと。
⑤生地を練る作業は、手または協会の承認を受けた機械のみで行うこと。
⑥生地を伸ばす際、麺棒及びその他の器具は一切使用しないこと。

そのうえに、マルゲリータにはこれこれ、リピエーノまたはカルツォーネ（詰め物をしたピッツァ）にはこれこれの材料を使うこと、という細かい決まりがある。

昔ながらのピッツェリーアは、壁は白壁に半分タイル張り、竈もタイルか煉瓦でできている。余計な装飾なんてないほうが好ましい。こんなシンプルでさりげないピッツェリーアにでくわすと、僕はグッときちゃう。そこに、普通のおっさんに白い服と帽子を被せたようなピッツァヨーロ。変に品があったり、ハンサムだったりしては興醒めだ。なにしろ、ピッツァ作りは職人芸だから、いかにも職人て顔をしていてほしいわけだ。ピッツェリーアはもちろんレストランでだって、きちんとした本物ピッツァは、ピッツァヨーロが作るものだ。クォーコ（料理人）とピッツァヨーロはまた違う職業なのである。

本物のピッツァヨーロの仕事ぶりは一見の価値がある。

まずはピッツァを伸ばす作業。ピッツァ一枚分の生地を、おもむろに専用の引き出しから取り出す。生地は昼のうちに練って発酵させた生地を一枚分ずつの大きさにまるめ、打ち粉を敷いた引き出しのなかにきちんと並べて準備してあるのだ。もちろんこんな下準備作業だって、ピッツァヨーロが自分でしているはずだ。実はこんな目立たない練る作業、焼く作業こそが、ピッツァの良し悪しを決めるもっとも大切な行程だという。

とはいわれても、やっぱり見て面白いのは伸ばす作業だ。手のひらの元の部分で、上から体重をかけてぐいぐいと押して、生地をひらたくつぶす。麺棒ではピッツァの生地に無理な負担がかかってしまうからだ。ある程度ひらたくなったら、今度は片手を生地の下に滑り込ませ、両手でくるくると回しはじめる。一度回すごとに、生地は手の間で少しずつ少しずつ大きく成長し、やがて自我が芽ばえ、最後には軌道を外れた円盤さながらに好き勝手に旋回をはじめる。

ピッツァヨーロの真剣な表情、こんな大道芸も顔負けアトラクションだって、べつにお客様サービスの見せ物でやっているんじゃあない。生地に余分な圧力をかけないで、ほどよい厚さに伸ばしていく理想的な方法なのだ。

こうして伸ばされたピッツァに、具がのせられると、長ーい柄のついた木のへらで赤く燃え盛る竈のなかに入れられる。ここからは焼き担当のピッツァヨーロにバトンタッチ。木のへらと鉄のへらを使い分け、熱の加減によって、ピッツァを方向転換したり、真っ赤に焼けた炭を移動させたりして、一枚一枚細心の注意を払って焼きあげる。さあお待ちかね、ピッツァのできあがりだ。旨そうな香りに刺激されて、僕らの鼻がつんととんがってくる。

そろそろ少しはおわかりいただけてきたと思うけれど、ナポリにおけるピッツァは、日本の人がなんとなく思い込んでいるような、お子ちゃま向けのスナックフードではない。ひとつ間違えば台なしな、大人のためのピアットゥーニコ（たった一枚の皿）なのだ。このピアットゥーニコというのは、たった一枚の皿に、いろんな栄養、いろんな満足、が満載していること、すなわちプリモとセコンド両方を平らげただけの効き目と威力がありますよ、という意味だ。したがって、僕らはピッツァを夕食として食べる。ナポリのナポレターノ相手のピッツェリーアでは、竈の火の都合などもあるのだろうが、ピッツァはたいてい夜しか出さない。

とはいっても、みんなのためのピッツァだ。例外もある。大学の近くとか観光地では、昼からピッツァが食べられるようにしているピッツェリーアも多い。もちろんそういうところだからって、味が落ちるということではない。

かと思うと、正直な話、〝アッソチアツィオーネ・ヴェーラ・ピッツァ・ナポレターナ〟のマークがあるから、すなわち正しい作り方をしているから、必ずしも旨いというわけでもない。僕の好きなピッツァリーアすべてには〝アッソチアツィオーネ・ヴェーラ・ピッツァ・ナポレターナ〟のマークがあるけれど、〝アッソチアツィオーネ・ヴェーラ・ピッツァ・ナポレターナ〟のマークのあるすべてのピッツァリーアが僕の好きなピッツェリーアではない、ということだ。では職人の腕ひとつかといえば、同じ職人でもナポリ以外では同じものは作れない。

結局、ピッツァもやっぱり渾然としたナポリのミステリーの一部ってわけだ。僕は、ナポリのピッツァさえ健全であれば、この不可解なフェノーメノ（現象）を解明する必要はまったく感じないので、Xファイルのなかにでも勝手にしまっておいてもらってかまわない。

どちらにしろ、真実はナポリにあるのだ。日本人である皆さんは、別段ナポリのピッツァに執着する理由もないわけだし、こんな僕の話なんてすぐに忘れて、以前のように楽しくピッツァを召し上がってください。僕は僕で以前のように楽しく、正真正銘のナポリのピッツァを、

「いただきま〜す！」

▼B

▼空飛ぶピッツァ職人

僕の母は、実はナポリの出身ではない。同じカンパーニャ州ではあるけれど、もっと内陸の、ちょうどプーリア州との境のあたりの小さな町が、彼女の生まれ故郷だ。それが、僕の父と結婚してナポリに住むようになった。だから彼女の味覚は、まあ頑固な性格のせいでもあるだろうが、いまだに昔のままの田舎風だ。料理にしても港町ナポリの料理というより、カンパーニャの田舎料理がお得意だ。そんな彼女が大好きな〝ピッツァ〟は、僕が先ほどまで力説していたピッツァとはまったく違うものなのだ。

一昨年あたりからだろうか、いろいろな事情が重なって、母はナポリから自分の故郷にひっこんでしまった。けれどナポリに住んでいた頃も、少なくとも月に一度の帰郷は欠かさなかった。ご先祖の墓参りや古い友人に会うため、そして貸している土地と家の代金代わりの自家製チーズ、小麦粉、その他もろもろの農産物を受け取りに行くためだ。そのとき母が必ず立ち寄るのが、町のはずれのフォルノ（竈焼きのパン屋）。そこでパネッラと呼ばれる馬鹿でかい昔風のパンと、ピッツァを買う。

このピッツァが〝問題〟のピッツァだ。きっと皆さんの描くピッツァのイメージともかけ離れていると思う。天板いっぱいに焼かれた切り売りピッツァで、厚さ四、五センチはあるだろうか、堅くて狐色の歯応えのしっかりしたピッツァだ。普通のパンの残り生地を伸ばして、刷毛でオリーブオイルをぬり、小さくて甘い生のプーリアのトマトを切ってのせて焼いてある。表面のトマトが焼けて乾燥し、真っ赤なかたまりになって張りついている。トマト、オリーブオイル、小麦……それにかすかなオレガノの香り。噛めば噛むほどいろいろな味と香りが混ざり合い、ひきたて合って、なんともいえない相乗効果を生む。

歯を食いしばって生きる貧しい農民の顎の力に合わせて作ってあるらしく、僕みたいになまっちょろい街育ちには、ひと切れ食べただけで、丘ひとつ耕したくらいの満足感がある。でも母にとっては、こんなに素朴で田舎っぽいピッツァが、ナポリのピッツァよりもピッツァらしいピッツァなんだ。

ひと口にピッツァといっても、その歴史はとても古い。ものの本によれば、なんでも千年ほど前のナポリには〝ピチェア〟なる、円形の生地に具をのせて竈で焼く、ピッツァの原形らしきものがあったという。その〝ピチェア〟が〝ピツァ〟になり、最終的に〝ピッツァ〟になったと考えられているそうだ。長い歴史を経てきたものだ。いくつにも枝分かれしていてまったく不思議ではないわけで、南イタリアでは、〝ピッツァ〟という名の、ピッツァ・ナポレターノとは違うピッツァが他にもいろいろあると聞く。僕の母のピッツァも、そのなかの一つなのだろう。

ナポリのピッツァがナポリのピッツァらしくなったのは、一七〇〇年代初期、コロンブスがアメリカから持ち帰ったトマトが、食べ物として普及しはじめてかららしい。そりゃあ、ピッツァとトマトは切っても切り離したくない仲だ。なのにそれ以前は、なんと観賞用植物扱いだったというからもったいない。

今やトマトはナポリの台所には欠かせない素材だ。イタリア語の〝ポモドーロ（トマト）〟は、〝金のリンゴ〟という意味だけど、まさに〝金〟の名に恥じないもてはやされぶりではないですか。ただ僕には、どんな関係で〝リンゴ〟なのかよくわからないけど、多分赤いからかもしれないし（だとしたらずいぶん発想が貧困だなあ）、アダムのリンゴに関係しているのかもしれない。

そういえば、トマトと金とピッツァにかかわる、あることを思い出した。ナポリのガッレリーアの横の老舗（しにせ）ピッツェリーア「ダ・チーロ・ア・サンタ・ブリージダ」では、〝ゴールド〟というピッツァがある。正確にはピッツァの名前ではなくて、ピッツァ・マリナーラ（船乗りのピッツァ）を、裏ごししたトマトの代わりに生のトマトをのせて作ったものだ。実際に質問したことはないけど、きっとポモドーロの〝金〟だから〝ゴールド〟なのだろうな。

ところで、このピッツァ・マリナーラ、ピッツァのなかではいちばんの長老だそうだ。具はオリーブオイル、トマト、ニンニク、オレガノ、塩だけ。朝早く漁から帰った漁師が、港からの帰り道、同じく朝早くから働いているフォルノ（パン屋）で手早く作ってもらい、仕事帰りの空きっ腹を満たしたのがこのピッツァだったのでありました。

だけど僕には、ピッツァといったらマルゲリータ。一〇〇パーセント＋二パーセント－二パーセントの割で、マルゲリータしか食べない。マイナスの二パーセントは、たまにちょっと魔がさしたときだ。他のものもものすごく美味しいのだけど、注文した後にやっぱりマルゲリータがよかったかなと思い、もう一枚追加してしまうのでプラス二パーセント。真のピッツァ愛好家にはそういう人が、ものすごく多い。一方、パイナップルとゴルゴンツォーラのピッツァをたのむ人はマイナス一〇〇パーセントくらいだろうか。

マルゲリータの具は、イタリア国旗の赤と緑と白。といったら、ピンと来る人もいるだろう。そう、赤いトマト、緑のバジリコ、白いモッツァレッラの定番ピッツァである。

一八八九年、時の王ウンベルト一世の妻、レジーナ・マルゲリータ（マルゲリータ女王）がナポリはカポディモンテ王宮にヴァカンスに訪れた際、三種類のピッツァが献上された。なかでも女王がいちばん気に入ったのがこのピッツァだった、というエピソードはあまりにも有名だ。そこで献上ピッツァを作ったピッツァコーロ（ピッツァ職人）、ドン・ラッファエッレ・エスポーズィトは、すかさずこんなふうに答えたという。

「さすが女王陛下はお目が高い。これこそは女王陛下ピッツァ初お召し上がりを記念いたしまして、私めが溢るる愛国心を込めつつ、ない知恵をギュッギュッと絞りまして、考え出したものでございますです、ハイ。ご覧のように我がイタリアの国旗の三色を配してござりまするです、ハイハイハイ。実は本日、この記念すべき日を、我がナポリの民衆にも広く知らしめるためにも、このピッツァのニューフェイスにマルゲリータと名づけたい、などと愚かな考えを持っておりましてございますのですが……」

そしてその翌日から、彼のピッツェリーア（ピッツァ屋）〝ピエトロ・イル・ピッツァヨーロ〟またの名〝ピエトロ・バースタ・コスィー（ピエトロだけで結構＝他の奴なんていらん）〟では、その三色ピッツァを〝マルゲリータ風ピッツァ〟と名づけて大々的に売り出し、ご承知のように大々的な成功を収めたのでありました。が、いつでも成功者は、妬み嫉み族の陰口の恰好の標的になる。

「本当は三色ピッツァなんて、四十年以上前からもうあったわよ」

でもそんなこと、今さら誰が気にとめるだろう。ただの三色ピッツァを、ピッツァ界の花形〝マルゲリータ〟に仕立てたのは、結局彼の知恵なのだ。ピッツェリーアは、今では〝ブランディ〟と名を変えて、あいかわらずの盛況ぶりだ。ピッツァヨーロ・ドン・ラッファエッレが生きていたらこう言ったかもしれない。

「マルゲリータ・バースタ・コスィー（マルゲリータさえあればOK）」

ナポリにおけるピッツェリーア史は、一八三〇年頃、ナポリ・チェントロ（中央）のとあるピッツェリーアにて、夜明けを迎えた。その名も、わざとらしいほどふさわしい〝ポルタァルバ（夜明けの門）〟。ピッツェリーアの第一号店である。その後、ピッツァの人気とともにピッツェリーアは増え続け、現在では専門店だけでも約二百七十軒を数えるらしい。もちろんピンからキリまであるのは、前にもお話しした通りだ。

でも、その二百七十軒には数えられていないのに、とても無視できないピッツァヨーロたちがいる。人呼んで〝ピッツァヨーロ・ヴォランテ（空飛ぶピッツァ職人）〟。街じゅうどこにでも神出鬼没。ここかと思えばまたあちら。気ままに飛んで歩いては、あっという間にピッツァ屋台を組み立てる。ピッツァヨーロ・ヴォランテの屋台のテントの下には、小さくまるめたピッツァ生地が、きちんと並べられた木箱が幾段にも重ねられている。その向こうには、いろんな具の入った大小の蓋つきガラス容器。

実はピッツァヨーロ・ヴォランテのピッツァの種類は一種類しかない。マルゲリータに次ぐ人気者、リピエーノである。リピエーノは、半月形の詰め物入りピッツァだ。日本の人には、カルツォーネといったほうがわかりやすいのかもしれない。中身はリコッタ、モッツァレッラ、チッチョリ（豚脂クズ）、サラーメ（サラミ）等、ボリュームたっぷり。気むずかしいピッツァ通より、腹ペコ欠食児童向けのピッツァだ。ど真ん中にでんと置かれた打ち台のうえでは、次々に具入りの腹ぼて半月が折られ、隣の鍋で煮え立ったオイルのなかに落とされていく。ピチパチ、ピチパチ、油が跳ねる。〝ピッツァヨーロ・ヴォランテ〟はしょせん屋台である。薪の竈なんてあるはずもない。彼らのピッツァはピッツァ・フリッタ（揚げたピッツァ）なのだ。

僕の姉のシシーナのお手製ピッツァもピッツァ・フリッタだ。彼女の夫、つまり僕の義兄のジェンナーロは由緒正しいナポレターノだし、甥っ子のロレンツォだって負けてはいない。つまり、みんなナポリ式ピッツァの愛好家なのである。

早いもので、ロレンツォももう十九歳だ。最近は、ガールフレンドとピッツェリーアに行ったりもするらしい。だけど、毎土曜日の夜は、恒例シシーナのピッツァ・フリッタ、愛称ピッツェッタの出番だ。シシーナ流は、リコッタチーズとモッツァレッラチーズのミックスが中に入る。そのチーズが溶け出して、熱々の揚げたてはそりゃあ旨い。手や口のまわりを油だらけにして、皆なぜか立ったまま、家の中をうろうろ歩いたりしながらピッツェッタを食べる。ピッツァヨーロ・ヴォランテの屋台を思い出す揚げ油の匂いによる、ある種の条件反射なのかもしれない。次から次に揚がってくる僕の両手ほどもある巨大ピッツェッタは、皿に盛られるひまもなく僕らの腹のなかに収まっていく。

家庭で作るピッツァは、ピッツァリーアのピッツァとは生地からして違う。どちらかというとパンの生地に近いのだろうか。焼くとふんわりとなって、ちょうどバールのピッツァに似ている。それはそれで悪くはないのだが、やっぱり家庭なら、僕は揚げたほうが好きだ。

そういえば〝ピッツァヨーロ・ヴォランテ〟のピッツァ・フリッタとシシーナのピッツェッタの生地も、少し感じが違う。しかしどちらもそれなりに美味しいのだから、まあ問題にすることはないだろう。

僕が欠食児童なみの食欲を持っていた頃、すなわち、高校、大学時代にお世話になっていた

〃ピッツァヨーロ・ヴォランテ〃は、ドン・リボーリオという頑固親父だ。ドン・リボーリオは自分のピッツァのことを〃ア・オッジャ・オット（今日で八日目）〃と呼んでいた。

なんでも、彼が昔ピッツェリーアで働いていた時代の名残りなんだそうだ。彼はピッツェリーアにピッツァヨーロとして雇われていた頃も、週一度の休みの日には〃ピッツァヨーロ・ヴォランテ〃として街に出ていた。例えば、月曜が休みならば毎週月曜。月曜当日も入れて数えると、次の月曜はちょうど八日目に当たる。当時は世の中もっと貧しくて、ピッツァ・フリッタを食べるのにも金がなく、翌週までのツケで食べる人が結構いたんだそうだ。もとをただせば、「ア・オッジャ・オット（今日で八日目だぞ）」とはピッツァ代催促の台詞だったのだ。それが、お客たちに「今日も〃ア・オッジャ・オット〃で頼むよ」と使われるようになり、ピッツァ・フリッタの代名詞になったわけだ。

昔気質のドン・リボーリオは、ピッツァといっしょに飲む飲み物にもすっごくうるさかった。当然二十歳そこそこの僕らは、コカコーラやビールを飲みたいわけだ。ところがそれがドン・リボーリオにバレようものなら、始まってしまうのだ。

「今どきの若いもんは、ものごとの価値てーもんが、ちーともわかっとらん。腹のふくれる野蛮人の飲み物なんつーのは、重要じゃあない食べ物にでも合わせておればよろしい。あんたら、それでナポレターノだってんだから、泣けてくるね。ナポリもこれじゃあお先真っ暗てーもんだ。ぐちぐち……」

ちなみにドン・リボーリオのお勧めは、アスプリーノ、レッテレ、グランニャーノ、ファランキーナといった南イタリア産の軽やかなヴィーノビアンコ（白ワイン）である。僕はその頃から比較的素直な青年だったから、「フーン、そんなもんかな」と感心しながら、コーラを飲んでいた。でも今、大人になって外国に住むようになり、ドン・リボーリオの言ってたことがなんとなくわかってきた。

「いいか、ピッツァはな、ナポリそのものなんだ。あんたらがナポリに生まれたその日から、死ぬまでずーっと、まあ一生ってーこったな。そのあんたらのナポレターノとしての一生をホショウしてくれる重要なものなんだ。いっちまえば、そう、親父さんやお袋さんみたいなもんさ。それがピッツァてーもんなんだ」

▼B

▼モッツァレッラ・スキャンダル

ナポリ湾の両隣、サレルノ湾とガイエータ湾を望む平地は、じめじめした湿地で、夏には蚊が多くて、けっしていいところとはいえない。

僕は高校にあがるとすぐ、当時すでに他界していた父が生前、共同経営していた建設会社に、ヴァカンスの最初の二、三週間だけ、見習いに行くことにした。誰から強制されたわけでもなかったけれど、僕より十三歳年上の兄はとっくに大学を卒業して建築家としてひとり立ちしていたし、僕としては、ある種の焦り（あせ）と競争心混じりの、早く仕事を覚えたいという欲求にかられてのことだった。十四歳のときに父を亡くした僕には、なぜか父の仕事を継ぐのが当たり前のような気がしていたのだ。

そんな僕の気持ちを察したのか、社長のデサンティス氏が「エンジェニエレ（エンジニア）についで現場をまわってみるといい」と誘ってくれたのだ。ローマ、ナポリの湾岸を結ぶスーペルストラーダ（高速道路）、ドミツィアーナの拡張工事である。その現場というのが、ガイエータ湾に沿った平野だったのだ。

僕は初めて大人の仲間入りをする嬉しさで、いささか興奮気味だったし、初仕事の場所への思い入れもあったけど、それでもとても好きになれるような場所じゃあなかった。まるで無愛想を絵に描いたような、楽しくもきれいでもなく、おまけに辺鄙(へんぴ)なところなのだ。

そのうえ、一歩道路から出ると一面に高く茂る葦(あし)で、自分の真上の空以外はなんにも見えなくなってしまう。僕はエンジェニエレやジオーメトラ（測量技師）について茂みや沼地に入り、ズブズブと膝まで泥にはまり込んで測量を教わった。このズブズブが人間だけならまだいい。地盤がひどく柔らかくて、アスファルトを敷いても、道路ごとズブズブ沈んでしまうのだという。「おかげで何度もアスファルトを敷き直したよ」。エンジェニエレがぼやいていた。

ところが、世の中というのはよくできている。〝捨てる神あらば拾う神あり〟とはこのことか。こんなズブズブでなきゃいや、という動物もいるのだ。ブーファロ（水牛）君たちである。実は何を隠そう、このブーファロ君たちこそ、ナポリ、ピッツァ・マルゲリータの立役者、モッツァレッラの産みの親なのである。モッツァレッラはブーファロの乳で作られているのだ。

ということは、ブーファロなし、もといブーファロの好むこのズブズブのブスな土地なしには、ピッツァ・ナポレターノは現在の評価を勝ち得なかったとも考えられるではないか。ナポリは、イタリアきってのブスな土地を持つサルレノ湾とガイエータ湾沿いの平地にはさまれている。この両平野それぞれの中心となる街が、カセルタとサレルノ、そう、泣く子も黙るイタリアきってのモッツァレッラの産地なのである。そしてさらに、この二地方を含むナポリ周辺一帯は、トマトの主要産地でもある。スターは生まれるべくして生まれてくるもの。ナポリで生まれ育ったピッツァにトマトとモッツァレッラがのせられたのは、けっして偶然の成せる業ではなかったのでありました。

ここでちょっと「こいつはさっきからモッツァレッラ、モッツァレッラ、って騒いでるが、モッツァレッラっていったいなんだ?」と疑問に思っている人のために説明しておこう。

まず、もうだいたい想像はついているとは思うけれど、モッツァレッラとはチーズの一種だ。でも、チーズといっても熟成させないチーズだから、チーズといって想い浮かべる靴下臭はまったくない。いかにも、ミルクからできているんですよ、という優しい香りがする。そのうえ、見た目もとても愛らしい。白くてまん丸でプチッと弾けそうなのに、触ってみると柔らかい。新鮮さが何よりのモッツァレッラは、表面を乾燥させないように、液体に浸けて売っている。

というと、日本の人は豆腐を想像するかもしれない。そりゃあモッツァレッラはチーズだし、細菌の働きでできているものだから、本質的に全然違うものなのだけど、新鮮でなくっちゃ嫌だ、という食べる側の気持ちはまったく同じだといえる。

最近では、日本でもモッツァレッラという名前でそれらしきものを売っている。だけどこの際だからはっきり言うが、僕はあんなものはとても受け入れられない。皆さんが外国に住んだとしよう。いくら豆腐が好きだといったって、いや豆腐が好きなら好きなほど、一、二週間前に作られてパック詰めになった豆腐なんて嫌でしょう? たとえ防腐剤なんかたっぷり入れてあって、腐ってはいないとしても……。

料理の都合上、僕の家内もたまに買っているようだが、まあ、味の濃いナスのパルミッジャーナ（ナスの重ね焼き）とか、ラザーニャに使うんだったら仕方ない、我慢しよう。なんでも、本場ナポリのピッツェリーアでも、ピッツァの具にするモッツァレッラは、一日おいてから使うらしい。こうすると、締まりがなくなってピッツァのうえでトロリと溶けてくれるようになる。このトロリと溶けて、つーっと糸をひくところが、実はモッツァレッラのチーズとしてのもうひとつの特徴なのだ。とはいっても一、二週間はおき過ぎだし、まして生なんて絶対にお断りだ。

以前僕は、モッツアレッラを欲するあまりに、僕の家内をイタリアのドドド田舎の村の小さなラッテリーア（乳製品屋）に、一カ月ほど修業に送り込んだことがある。後で説明するけど、モッツァレッラはブーファロの乳の代わりに牛の乳でも作ることができる。このラッテリーアで使っていたのは一〇〇パーセント牛の乳なのだが、僕が満足するには十分なくらい旨いモッツァレッラだし、どうせ日本では牛の乳しか手に入らないだろうし、作業しているのは二十四、五歳の青年ひとりっきりだけど、オーナーの獣医バジーリオは僕の友人だからちゃんと面倒見てくれるだろう、といったもろもろの理由からここを選んだのだ。

修業は万事うまくいった。東京に帰ってきた妻は、実は先祖はイタリアの田舎っぺだったのか、と僕まで疑うほどの馴染みようだった。

彼女の手のひらは、グローブのように厚ぼったくなっていた。モッツァレッラを作る際、仕上げの過程で熱湯のなかにチーズ生地を入れて、素手でちぎる。あの可愛いコロンとした形はこんな作り方のためだ。モッツァレッラとはイタリア語のモッツァーレ＝ちぎる、という言葉に由来しているのだ。

だけど、僕らは結局、モッツァレッラを作るのをやめた。できるにはできたし、僕には市販のものより美味しかった。でも、果てしなくセンチメンタルな部分で、僕は日本で自分のために偽のモッツァレッラを作って食べるイタリア人にはなりたくないと思ってしまったのだ。まがりなりにも、僕だってナポレターノなんだ。僕の気持ち、ワカリマスカ？

さて先ほどもちょっと触れたように、モッツァレッラは牛の乳でも作ることができる。厳密には前者をモッツァレッラ・ディ・ブーファロ（水牛のモッツァレッラ）、後者をモッツァレッラ・ディ・ムッカ（牛のモッツァレッラ）という。しかし僕は、後者はフィオリ・ディ・ラッテと呼びたい。もともとフィオリ・ディ・ラッテは、一九四〇年代、開墾と戦禍によって数が減ってしまったブーファロの乳の代わりに牛の乳で作られるようになった、モッツァレッラの代用品だったと聞く。ここはやっぱり区別をつけておくのが順当ではないか。単純に考えてもブーファロと牛では明らかに違う生き物なのだ。そして実際、数年前までは、イタリア全土でも原則として、フィオリ・ディ・ラッテとブーファロのモッツァレッラとは区別することになっていたのだ。

確かにフィオリ・ディ・ラッテはモッツァレッラにそっくりだ。本物のモッツァレッラは青く見えるほど白いが、フィオリ・ディ・ラッテは磁器のような白さだ、とか、モッツァレッラのほうが肌目がすべすべしている、とか、いろんなことがいわれるけど、実際に見分けるのはとてもむずかしい。それにモッツァレッラの本場のカンパーニャ州なら、フィオリ・ディ・ラッテだってまずいはずがない。それなのに値段はうんと違う。ちなみに僕の実家の近くのメルカート（市場）では、モッツァレッラ・ディ・ブーファロはモッツァレッラ・ディ・ムッカの約二倍の値段である。

僕はかねてから、いつどんな理由からフィオリ・ディ・ラッテをモッツァレッラ・ディ・ムッカなどという紛らわしい呼び方をするようになったのかなあ、と疑問に思っていた。フィオリ・ディ・ラッテはフィオリ・ディ・ラッテでいいじゃあないか。フィオリ・ディ・ラッテ自身だって、モッツァレッラの代用品然とした名前よりちゃんとしたオリジナルの名前で呼んでほしいだろうに。フィオリ・ディ・ラッテ＝牛乳の花。なんともメルヘンティックな、いい名前じゃあないですか。

それが数カ月前、家内の古い（一九八七年）イタリアの料理雑誌を読むともなくめくっていて、なかなか興味深い記事を見つけた。フィオリ・ディ・ラッテもモッツァレッラと呼ぶように改正されたのは、その前年、すなわち一九八六年からで、それによって何かが解決するどころか、新たな混乱を招いた、というものだった。

実は、このモッツァレッラ産業の年間収入は、八七年当時で一五〇〇億リラにも上ったという。安価なフィオリ・ディ・ラッテを高価なモッツァレッラと同じ名称で呼べるようになると、なぜかどこかでニンマリとする人間がいるらしいのだ。モッツァレッラは、ほとんどが南イタリアで作られている。ところが、フィオリ・ディ・ラッテとなると、今では北イタリアでもかなり作っている。今までのフィオリ・ディ・ラッテの産地は、一躍モッツァレッラの産地に格上げになるのだろうか。

皆さんもよくご存じのパルミジャーノチーズ。パルミジャーノ・レッジャーノと呼んでいいのは北イタリアのごくごく限られた一部の地域で作られたものだけだという、厳しい決まりがある。他の地域で、同じように牛の乳を使って同じ工程で作っても、駄目なのである。パルミジャーノは駄目で、モッツァレッラはよい。しかしこれは、果てしなくバランスの悪いおかしな話だと思いませんか。

一九八六年には、こんな馬鹿げた決まりを作っておきながら、もっと大切な問題はあっさりと無視してしまった。モッツァレッラ・ディ・ブーファロと呼ぶには何パーセント以上ブーファロの乳を含んでいなくてはならないか、という問題だ。これではもうめちゃくちゃ。

僕の目にはさっきから、どこかでニンマリしている誰かの顔がチラチラ、チラチラ浮かんで、目障りでしょうがない。牛の乳のほうが多く含まれているような代物でも、ひどいのは粉ミルク入りの代物まで、ブーファロの乳がちょこっと入っていれば、みーんなモッツァレッラ・ディ・ブーファロです、と断言しちゃってよいということらしい。

実は、僕の手もとにすごい数字があるのだ。市場に出回っているモッツァレッラ・ディ・ブーファロから逆算すると、イタリアには約十七万頭のブーファロがいることになる。ところが実際には、七万頭程度しかいないというのである。あとの十万頭は、体じゅう黒く塗ってブーファロを装い、生産者をだましている変装牛なのだろうか。それとも、黒いのは生産者の誰かの腹なのだろうか。

ナポリ近郊のブーファロ飼育場で買ってくるホンマモンのモッツァレッラは、本当に素晴らしい。ピッツァはもちろんだが、新鮮な本物はやっぱり生で味わいたい。レストランならアンティパストでもいいけれど、自分の家でならばセコンドで食べる。白くてまあるいモッツァレッラにそっとナイフをいれる。と、皿にジワっと白いミルクが広がる。なにものにも代え難い深い味わいと、なにものにも例えられない微妙な歯応え。とはいえ僕は、メルカートのサルミエレ（加工食品屋）で買ってきたフィオリ・ディ・ラッテでも、同じ食べ方をしてしまう。感想もやっぱり同じ。たいへん申し訳ないが、僕にはどっちも美味しいのだ。

僕の目の前に並んだ、双子のようなモッツァレッラとフィオリ・ディ・ラッテ。そのテーブルを囲み、彼らをめぐって、あれやこれやの論議が交わされ、裏では策がめぐらされ、カチカチと電卓が打たれる。

どこかちょっと、昔読んだおとぎ話に似ている。顔がそっくりな王子とこじきの話だ。生まれ育ちが違っても、結局ふたりとも無邪気で素直な少年だった。このままあるいご両人だって、どう見ても無邪気で素直な顔をしているじゃあないか。周囲のつまらない思惑なんて、どこ吹く風って顔をしてるじゃないか。

▼
B

甘い生活▼Ⅶ

▼ジェラートの達人

さて、ピッツァの後のデザートはどうしようか。僕らはいつも悩む。夏なら、そのままピッツェリーアでアングーリア（すいか）を食べてもいいだろう。冬だったら仕方ない、帰りにバールに寄ってカフェだけで我慢しようか。

でもちょっと待てよ。僕らにはオールシーズン万能選手の強い味方、ジェラート（アイスクリーム）があるではないか。といっても、ピッツェリーアで食べるのではない。高級リストランテならまだしも、普通のピッツェリーアではオリジナルのジェラートや、ましてデザートなんてない。カフェさえもないところが結構あるのだから、当然といえば当然だ。ピッツェリーアは〝なんでも食堂〟とは違うのだ。

それではということで、僕らはたいてい「アンディアーモ　ア　ファルチ　ウン　ジェラート（ジェラートしに行こうよ）」となる。実はこのイタリア語、言葉としては正しくない。本当なら「アンディアーモ　ア　マンジャーレ　ウン　ジェラート（ジェラートを食べに行こうよ）」でなくてはならない。

ところが、ピッツァの本場のナポリでは、「ピッツァを食べに行こう」というときに限って、

「アンディアーモ　ア　ファルチ　ウナ　ピッツァ（ピッツァしに行こうよ）」と言う。少々理屈っぽくなってしまって興醒めだけど、ジェラートの大好きな僕ら夫婦は、ジェラートについても同じ言い方をしているわけなのだ。

もちろん、僕らが〝ジェラートしに行く〟のは、ピッツァの後だけとは限らない。家で夕食を済ませたときだって、面白そうなテレビ番組もないし、散歩がてら〝ジェラートしようか〟ということになる。とくに日曜の昼下がり、家族そろってゆっくりたっぷりの昼食の後は、腹ごなしに散歩に出て、そのまま夕食はパス、ジェラートだけということも多い。要するに僕らにとって散歩にジェラートはつきものなのだ。

試しに皆さんも、ナポリで日曜を過ごす機会に恵まれた際には、ピアッツァ・プレビシート（プレビシート広場）からヴィア・コムナーレ（コムナーレ通り）沿いを散歩してみてください。のらりくらりとそぞろ歩きする人々のなかに、必ず数人、ジェラートを食べている人を見つけることができるはずだ。数人×常時。かなりの数であることには間違いないが、そのなかにもしかしたら、「ああ、私もこんなジェラート食べてみたいわ」と思わせるようなブループリンス・ジェラートがあるかもしれない。

でも、すぐに最寄りのバールに駆けこむような、早まった真似はいけません。バールのジェラートにだってピンからキリまであるし、ジェラテリーア（ジェラート屋）という実力派の存在だって無視できようはずがない。そんなときはやっぱり、あなたが気に入ったジェラートを食べている人に直接尋ねるのが、もっとも確かな方法だとは思いませんか。でも見も知らずの人に、そんなこと突然聞けないでしょ？

では特別に、僕らが子供の頃よく使っていた、恥ずかしくないジェラートの出所の尋ね方、教えて差しあげよう。

「スクーズィ、ケ　オレ　ソーノ？　クエスト　ジェラート　ドヴェ　ラヴェテ　コンプラート？（すみません、今何時ですか？　そのジェラートはどこで買ったんですか？）」

これでばっちりである。まず、万人にとって共通な〝時間〟についての質問から導入することによって、自分自身と相手、双方のウォーミングアップを済ますことができるため、唐突かつややプライベートな質問も、不思議なほどなんでもないものに聞こえるのだ。

実はこの「スクーズィ、ケ　オレ　ソーノ？」はとても利用範囲が広い。例えば、「こんなに暑いのに、どうしてそんなカッコつけの厚着をしているんですか？」とか、「こちらは本当にお宅のお嬢さんですか？　あんまり似てませんけど……」といった、かなり立ち入った質問まで可能にしてしまうのだ。皆さんも是非活用して、あなた好みのジェラテーリアに巡り合ってください。

僕がもっと小さい頃には、子供だけで人込みに出ることもまれで、こんな質問をしてみる機会もなかった。それでも小さい頃には小さい頃なりのジェラートの思い出は多い。

なかでもいちばん楽しみだったのは、毎週日曜日に母から六〇〇リラもらって、友人のマッシモと一緒に教会の了供映画会に行き、帰りにバル・フランコで買うドゥエ・グースティ・コン・パンナ（二色ジェラートの生クリームのせ）。僕らふたりは、毎週違う二色ジェラートをなめなめ、長いヴィアーレ・アウグストをわざとゆっくり散歩した。その頃は、小さな子供がそんな大金（もちろん子供にとってはの話）を持ち、遠くのバールまでジェラートを買いにいくなんて、日曜ぐらいにしか許してもらえなかったのだ。だから普段は、近くのバル・マリーアで売っている一〇〇リラの〝アルコバレーノ（虹の七色アイス）〟なる袋入りの凍った着色料のかたまりを、結構喜んで食べていた。まだまだジェラート道を極めるにいたってなかったのである。とはいうものの、今でも僕は人にものを言えるほど、〝ジェラートの達人〟ではないのだけど。

　僕としては、現在も僕のパラッツォのB階段の最上階に住んでいるマリーノ氏の奥さんの実父、故カップチョ・パスクアーレ氏のような人物こそ、ジェラート道を極めた達人と呼びたい。当時もう七十歳を超えていただろう。七人の子供たちは全員、すでに自分の所帯を持っており、パスクアーレ氏は愛妻ドンナ・ティティーナとともに、僕の家の向こう隣のパラッツォで静かな隠居生活を送っていた。中肉中背、いつも小粋なスーツに身を包み、頭にはちょこんと中折れ帽。べっこうの丸めがねに懐中時計、靴もピカピカ。いわゆるエレガンスの権化とでもいおうか。バスクアーレ氏は、何かの道を極める人にふさわしく、何に関してもきちんと自分の好みを持った人なのである。

毎朝九時に、いつものようにめかしこんで散歩に出るのが、我らがパスクアーレ氏の日課だ。でも、その前にまず、ご近所への挨拶と本日のコーディネイトのお披露目を欠かさない。五階の彼の家から階段を降りてくる途中の、すべての家のブザーを押す。でも、家の人の返事を待たず地上階まで直行。さらに、パラッツォじゅうの家のチトーフォノ（インターフォン）を押す。そしてパラッツォの裏正面の中央に立ち、待つことしばし。ブザーの相手が誰か確かめようと、奥さんたちが次々と台所の窓から顔を出す（実は彼女たちはもう、誰だか承知してはいるのだが）。

「ブォンジョ〜ルノ　ア　トゥットィ　シニョ〜リ！（皆さんお早うございます）」

まんべんなく全員に笑みを向けながら、パスクアーレ氏はゆーっくりとスローモーションで中折れ帽をかしげる。

「ブォンジョールノ　ドン・パスクアーレ！」

声をそろえて奥さんたちが応えるのを聞くと、くるりときびすを返し、いざ散歩に出発。大通りまで坂道を下ってゆく間も、大通りに出てからも、右、左、と人びとの視線を確認しながら、帽子をかしげ、挨拶をして歩く。

「ブォンジョ〜ルノ　ア　トゥットィ　シニョ〜リ！」

なんでもないことのようだけれど、これだけ多くの人に挨拶を返されるっていうのは、なかなか偉大なことなのだ。なにしろ僕ら悪チビグループは、すでに実証済みなのである。

ある晴れた日の午前中、僕らもパスクアーレ氏の真似をしてパラッツォじゅうのチトーフォノを押し、パラッツォの裏正面に立って、奥さんたちが窓から顔を出すのを待っていた。ひとり、またひとりと顔を出すには出した。

僕らは顔いっぱいに笑みをつっぱらせて、帽子をかしげる動作をしながら一斉に叫んだ。

「ブォンジョ～ルノ　ア　トゥットィ　シニョ～リ！」

と、どうだろう、温かい返事が返ってくると思いきや、いろんな種類の罵声が、僕らめがけて一斉に飛んできたではないか。種類がいろいろでも、言いたいことはおんなじだった。

「あんたたち、いい加減にしなさいよ！」

パスクアーレ氏の朝の散歩の目的には、当然ジェラートも含まれている。しかし彼の場合、すぐにジェラテリーアには行かない。まずは、焼き立てブリオッシュの美味しいパスティッチェリーア（菓子屋）で、ほかほかのブリオッシュを冷めないように包んでもらう。それからわざわざバスに乗り、トンネルを抜け、お気に入りのジェラテリーアに行くのだ。

皆さんはご存じだろうか。イタリアでジェラートを注文するとき、〝コーン〟と〝カップ〟以外に、〝ブリオッシュ〟というのがあることを。ブリオッシュを半分に切ってジェラートを詰めた、いってみればジェラートのブリオッシュサンドだ。僕の知るかぎり、これは多分シチリアかどこかの食べ方なのだが、実はパスクアーレ氏は兵役でシチリアに滞在していたことがある。このとき覚えた本当に美味しい〝ジェラート・コン・ラ・ブリオッシュ（ジェラートのブリオッシュサンド）〃への追求が、彼をこの道に引き込むきっかけだったらしいのだ。

丁寧に包んだブリオッシュを手にしたパスクアーレ氏がジェラテリーアに到着すると、ジェラテリーアの店員たちは、待ってましたとばかりに顔を見合わせる。毎朝やって来るお馴染み客だ。茶、緑、ピンク、オレンジ、紫。ややパステル調のいろんな色のジェラートが二列にずらりと勢揃いして、〃王様のおなり〃よろしく、本日も一番乗りのパスクアーレ氏を迎える。

「ブォンジョ～ルノ　ア　トゥットィ！」

パスクアーレ氏は満足げにうなずきながら、中折れ帽をかしげる。

「ジェラート・コン・ラ・ブリオッシュを……」

と言いかけて、ちらりと不満そうな視線を、ウィンドウのうえに置かれたプラスティック容器のなかのブリオッシュに投げかける。

「どうも今日のブリオッシュはパサついておるようじゃな。偶然にも我が輩、焼き立てブリオッシュを買ったところでなあ。そうじゃ！　このブリオッシュにジェラートを挟んでくれたまえ」

これが毎日である。毎日、偶然ブリオッシュを買ってきたばかりなのだ。しかし、パスクアーレ氏だってとんまではない。一応、毎日違う理由を考えて来る。

「今日のブリオッシュは冷め切っておる」「今日のブリオッシュは焼きが甘い」「今日のブリオッシュは生気に欠ける」等々。

まあジェラテリーアのほうもとっくに慣れっこになっている、というより今日はいったいどんな文句をつけるのか、楽しみにしているくらいなのだ。僕は試したことはないが、まだ温かいブリオッシュで作ったジェラート・コン・ラ・ブリオッシュは、それはおいしそうだ。ブリオッシュに触れた部分がトロ〜リと溶けて、卵とバターが香るふわふわのブリオッシュにじわじわと染みていく。これぞ、真のジェラート・コン・ラ・ブリオッシュの醍醐(だいご)味なのだろう。

僕の家内などは、僕から見れば外国人まるだしで、たまにまったく嫌になってしまう。ジェラート・コン・ラ・ブリオッシュみたいな素敵な逸品にあまり好意的ではないのだ。

「パンにジェラートを挟むなんて……」

まさか皆さんも同じことを考えていたんじゃあないでしょうね。それではっきり言わせてもらおう。僕には焼きソバやスパゲッティを挟んだパンのほうがずっと気持ち悪い。

まあ、それはさておき、そんな家内でも大好きなジェラートのサンドイッチがある。パスクアーレ氏ご用達のジェラテリーア〝レミジェーロ〟のオリジナル、〝プルチネッラ〟だ。

プルチネッラというのは、白装束に白い帽子、黒いマスケラ（覆面）をつけたナポリ芝居の登場人物で、ナポリのシンボルとして、昔も今も変わらぬ人気者だ。実はこの僕も、最近プルチネッラ人形のコレクションを始めた。皆さん、ご協力ください。

ところで、ジェラートのプルチネッラは長方形のビスケットにバニラのジェラートを挟み、半分だけチョコレートコーティングしてある。このチョコレートコーティングが、プルチネッラのマスケラを連想させるところから、この名がついたのだろう、きっと。なんでもない組み合わせだけど、この地味さが、味も色のカラフルなイタリアのジェラートと対照をなして、捨てがたい魅力なのだ。

さて、めでたくお望みのジェラート・コン・ラ・ブリオッシュを食べ終わったパスクアーレ氏は、満足げに水を一杯飲んでから、散歩を再開する。これから一時半の昼食まで、時間はまだまだたっぷりある。

ジェラテリーアを出て右に真っすぐ行けば、すぐ前に、今日も変わらずナポリ湾が広がっているはずだ。名人級の口笛を吹き吹き、さっそうと路地を歩きはじめる。おや、あの曲は、僕も好きな〝レジネッラ〟ではないか。

▼助平のジジーノのスタンド

夏は湿気があろうとなかろうと、どこにいても喉が渇くものだ。そんなときはアングーリア（すいか）が旨い。

この夏、僕と家内は北イタリア、スロヴェニアとの境のゴリッツィアから、トレンティーノ・アルト・アディジェ州経由でヴェネト州、エミリア・ロマーニャ州、リグーリア州、トスカーナ州と南下する、僕らにしては画期的な北部中部イタリアツアーを敢行した。

北イタリアとはいえ、夏はやっぱり暑い。旅行の間じゅう、僕の家内はアングーリアが食べたい、と言い続けていた。実は僕が禁止していたのである。以前、スコットランドを旅行したときも、彼女がアングーリアを食べたいと言いだして、僕まで味もそっけもない代物を食べさせられたことがあるからだ。

いくら食べたくたって、場所を考えるべきなのだ。ひ弱なお日様が照る地方のアングーリアと、かたやすべてを焼きつくすほどの太陽に鍛えられてできるアングーリアとでは違って当然。南イタリアから来た人間を満足させるアングーリアが、このあたりでできると思いますか。

彼女は我慢して我慢して、唯一希望の地であったリグーリア州インペーリアでは、香しいフラゴリーネ・ディ・ボスコ（ワイルドストロベリー）の誘惑に負け、再びアングーリアを食べそこなった。そして旅行最後の地、ウンブリア州のスポレートでとうとう禁断症状をきたした。明々後日はナポリなのだが、僕だって鬼ではないし、まあウンブリアまで来れば大丈夫だろうと、夕食のデザートにアングーリアを注文することにした。

「メローネ（メロン）ふたつね」

最初に言い訳させてもらうと、ナポリではメローネ・ロッソ（赤いメロン＝スイカ）という呼び名のほうが、アングーリアよりポピュラーなのだ。この他にイタリア語では、ココーメロという呼び方もある。でも例えば、僕の母に「ココーメロ買ってきて」と頼んでみよう。きっとわけがわからず、ココッツァ（ズッカ＝カボチャの方言）なんかぶら下げて帰るのがおちだ。だから、僕が同じようなミスをナポリのレストランでしたとしても、カメリエレ（給仕）はきっと「ロッソ　オ　ジャッロ？（赤、それとも黄色？）」と尋ねてくれていたはずなのだ。

しかし現実は、いつももっとシビアだ。スポレートはナポリではない。結果は、皆さんのご想像通り。黄色い普通のメロンが運ばれてきた。ふくれっ面で黄色いメロンをつっつく家内は、赤くなるほど怒っていて、彼女のほうこそアングーリアみたいだった。赤黄メローネの共食いである。

それはさておき、アングーリアはあれだけ大きなものだから、やっぱり大家族向けの果物だ。ひとりぼっちで、でっかいアングーリアに小さな三角形の穴をあけて、毎日少しずつ拡張作業を進めていくのもそれなりの楽しさはあるんだろうが、なんとなくキリギリスになったような寂しさは否めない。おまけにイタリアのアングーリアは、日本のスイカよりさらに大きい。

日本では半分や四分の一に切ってラップで包んで売っているけど、イタリアであんな細やかな配慮は期待できない。でもその代わりといってはなんだが、僕らにはメッロナーロ（スイカ売り）がある。皆さんも、道路脇でアングーリアを小山のように積み上げて売っているテントを見たことがあるんじゃあないだろうか。傍らにガラスのショウケースがしつらえてあって、なかの大きな氷の板の上には、一人分の大きさに切ったアングーリアがきれいに並べられている。はたして、冷たーくひえたアングーリアに勝る清涼剤があるだろうか。僕らはアングーリアに顔をつっこんで、ばしゃばしゃと食らいつく。

ちなみにこういうのを「ラヴァーレ　ラ　フォッチャ　コン　ラングーリア（スイカで顔を洗う）」という。無論、野外だから、皆さんもお得意の種飛ばし競争だって心おきなく楽しめる。まあ上品な僕は、そんな品のない遊びはしたことありませんが。

ところで僕は、かねてから、東京での果物の売り方にはささやかな疑問を感じている。一個のアングーリアは半分にも四分の一にも切ってくれるのに、四個パックのりんごやももは、なぜ、一個や二個に分けて売ってはくれないのだろうか。ばら売りしているのは、たった一個で四〇〇円も五〇〇円もする果物界の超エリートたちだけで、凡人はいつも十把一からげの扱いなのである。こういう社会は哀しい。凡人でも一人前に扱ってくれる、そんな世の中であってほしいと望むのは、僕だけではあるまい。

果物に目がない僕らは、メッロナーロとローテーションで、その他の新鮮な果物で作ったフルッラート（フルーツ生ジュース）やマチェドーニア（フルーツカクテル）を求めて、しばしばメルジェリーナのジジーノ・ツォッツォーゾ（助平のジジーノ）のスタンドまで車を飛ばす。

実は、このジジーノ・ツォッツォーゾ、界隈でも名の知れた男色家なのである。だから、ツォッツォーゾ（助平）とは呼ばれているものの、女の子はまったく心配しなくて大丈夫だ。一度、男色家の都ロンドンで、お尻に弾丸を一発くらってタイムス紙に報道されたことがある国際人でもある。

まさかタイムス紙のおかげじゃあないだろうが、スタンドは毎年大きくなって、いつ行っても、元気いっぱいの若者たちでごった返している。ジジーノ・ツォッツォーゾも、いろんな意味でほくほくだ。

ありがたいことに、このスタンドは深夜一、二時くらいまで開いている。楽しみにしていた夜のテレビ映画を見終えてから、ふらりと散歩に出たついでに立ち寄ることだって可能なのだ。ウィンドウいっぱいに並んだマチェドーニア（フルーツカクテル）が、東京の夜を彩るネオンサインよりも華やかにまたたく。四角いホイル製の使い捨てパックに、思いつく限りの新鮮な果物が一人前ずつ分けてあって、注文すると好みに合わせてグラニュー糖やレモン汁をかけてくれる。

季節によって当然内容は違うのだけど、例えば夏だったら、黄桃、すもも、プルーン、いちじく、メロン、すいか、フィーキ・ディ・インディア（サボテンの実）、ココナッツに加えて、四季を通して入っているりんご、バナナ、オレンジ、キウイ……。四角いパックのなかで、いろんな色や形が重なり合って、今にも踊りだしそうなにぎやかさだ。一つひとつがかなり大振りにカットしてあるから、いわゆる〝マチェドーニア〟の、果物のミックスした味はしないけれど、欲張っていろんな果物を食べたい僕らにはぴったりだ。

しかし皆さん、時おり他所（よそ）で遭遇する、りんごだらけのマチェドーニア。あれはどうにかならないものかなあ。果物をやたら細かく切って、リキュールなんかぶっかけてひたひたにしては、高い値段をふっかけてくる。ところが、ひと口食べるとたちまち安価なりんごの国に迷い込んでしまうのだ。どこを見まわしても、りんご、りんご、りんご。とうとう桃を発見しても、すっかりりんご国の住人になりきり、りんごの香りを吸って桃らしさを失ってしまっている。当のりんごでさえ、たがいに切磋琢磨しすぎてモロモロぶよぶよに変身している始末だ。

マチェドーニアの名は、いろんな人種の集まっていた多民族国家、マケドニア王国に由来するという。いろんな種類の果物が交ざっているからこそなのだ。それなら、りんごの間にちょっとばかり果物が見え隠れしているこんなものは、マチェドーニアではなくて〝東京〟とか〝ナポリ〟にでも改名しなくちゃあいけないだろう。

ジジーノ・ツォッツォーゾのスタンドでは、マチェドーニアのほか、フルッラート（フルーッ生ジュース）も美味しい。実のところ僕は、どちらかというとマチェドーニアよりフルッラート党である。東京でも、デパートの地下で生ジュースを売っているし、味だって悪くないのだけど、なにせ融通が利かない。いちごだの、メロンだのみんなすでに作ってあって、お客はただそこから選ぶ権利しか与えられていないのだ。なんかオリジナリティーに欠けるなあ。

皆さんは、「柿とバナナといちじくを牛乳で、砂糖はぬき」とか、「いちごとオレンジとメロンを水で、砂糖は少なめ」とか、自分の思いつくままの組み合わせのフルッラートを試してみたいとは思いませんか。

ジジーノ・ツォッツォーゾは、こんなふうに気紛れなお客の注文で、いろんな果物をあらゆる組み合わせでミキサーにかけているうちに、自分の性別までごっちゃになって、わからなくなっちゃったのかもしれない。男色もある種の職業病なのだ。

オリジナルのフルッラートは、なにもわざわざナポリのジジーノ・ツォッツォーゾのスタンドまで行かなくても、フルッラートを扱っているバールならどこでも作ってくれる。

先日、ローマのバールでフルッラートを注文したときのこと。今日はバナナとりんごしかないという。では、バナナとりんごを砂糖ぬきで作ってもらうことにする。なんでもない素材だけど、暑い夏にぴったりのさわやかな味に仕上がった。皆さんも、どうぞいろいろお試しください。

▼B

▼幻のムンマレッレ

今年の夏のある日、ナポリチェントロ周辺をドライブしていた僕は、ふとムンマレッレのことを思い出した。助手席でさっきから喉の渇きを訴えている家内も、ムンマレッレは未経験のはずだ。ピアッツァ・トリエステ・エ・トレントに出ているキオスコ（飲み物の売店）に寄って聞いてみる。

「アクア・ムンマレッレはまだあるの？」

答えは案の定、「ノー」。アクア・ムンマレッレとは、ナポリはサンタ・ルチーア地区のキアタモーネから湧き出す硫黄水の呼び名だ。実際は、その水を入れる陶器の壷の名が〝ムンマレッレ〟なのである。昔からナポリのキオスコは、屋根のぐるりに派手に巻きついたプラスティック製レモンの枝と、その間に吊るされたムンマレッレの壷がトレードマークになっている。

僕がまだ子供の頃、今は亡き父に連れられて散歩に出ると、かならずヴィア・リヴィエラのキオスコに寄って、アクア・ムンマレッレを飲んだ。本当を言えば、僕はジェラートのほうがよかったのだけど、古典的頑固親父の標本のような父は、そんな女々しいものには目もくれなかった。

とはいえ、アクア・ムンマレッレだって、なかなか楽しい飲み物だ。キオスコのアクアイオーロ（水売り）のお兄さんは、まずコップのなかにアクア・ムンマレッレとレモンの搾り汁を入れて、長ーいスプーンでクルクルクルクルクルとよく混ぜる。そして、僕を上目使いにじっと見つめる。

「坊主、用意はいいか！」

「スィー！」

コップのなかにビカルボナート（重曹）の粒々をぱっと放つ。シュワシュワシュワ、シュワシュワワ、シュワシュワワ。途端にコップのなかに小さな泡粒が大発生して、我先にと出口に向かって跳ね上がり、ついには水の表面張力をうち破ってコップの外まであふれ出す。

こうなったら僕だって負けちゃいられない。すかさずコップの縁に口を持っていく。硫黄とレモンの混じった独特の匂いを放つ無数の小さな泡が、僕の鼻先で弾け、目のなかにまで飛び込んでくる。シュワッパチッ、シュワッパチッ。思いっきり波しぶきをあげ、風切る自家用モーターボートで、レモンのたわわに実るカプリの邸宅に帰るところ。そんなリッチで素敵な気分だ。

この他にも、オレンジの搾り汁とで作る、オレンジのたわわに実るシチリアの別荘でヴァカンス気分アクア・ムンマレッレと、キノット（柑橘類）のシロップとで作るナポリ版コカコーラ風〝スプモーネ〟があった。

ところが一九八〇年代初め、相次いで南イタリアを襲った大震災で、キアタモーネの湧き水は汚染され、ついにはフォンターナ（給水場）ごと取り壊されてしまった。そしてその後には、たいそうご立派なホテルが建てられた。なんとオーナーは元イタリア大統領である。

皆が囁きはじめた。本当に湧き水は汚染されていたのだろうか。なぜフォンターナは取り壊されなければならなかったのか。

ヴィア・キアタモーネは、何を隠そう、ナポリ一の観光のメッカ、サンタ・ルチーア地区にある。それも、グランデ・アルベルゴ・ヴェスーヴィオ、エクチェルシオール、サンタ・ルチーア等、ハイクラスのホテルが軒を連ねる海沿いのヴィア・パルテーノペを、たった一本内側に入ったところなのだ。要するにヴィア・キアタモーネに面して、それらのホテルの裏口が並んでいると考えてほしい。ヴィア・パルテーノペに新しいホテルを建てるには、ヴィア・キアタモーネのフォンターナが邪魔になるというわけだ。

青く広がる海。手前にはぽっかりと、今も中世の姿を残してたたずむカステル・デッローヴォ（卵城）が浮かんでいる。その遥か向こうにはソレント半島が横たわり、半島に沿って左に目を移せば、壮大なヴェスーヴィオ（ヴェスヴィオス火山）が静かな仮面をかぶり、すやすやと居眠りをしている。ヴィア・パルテーノペからの眺めは、ナポリの絵はがきそのものだ。

それもそのはず、実はここサンタ・ルチーアこそ、ナポリ発祥の地なのである。それは、ティレニア海を渡ってきたギリシャ人が、その美しさに魅せられて、長い船旅の疲れを癒すのはここしかない、と上陸した日にまで遡る。

長い歴史を持つナポリの、もっとも古い地区には、さまざまな言い伝えが残っている。そのなかでも僕のお気に入りは、カステル・デッローヴォ（卵城）の名前の由来だ。かなり有名な言い伝えなので、皆さんもガイドブックなんかで読んだことがあるかもしれない。

カステル・デッローヴォの城の下には、偉大な詩人であり魔術師でもあったヴィルジーリオが隠した卵があり、その卵が城とナポリを守っている、というのである。すなわち、その卵が壊れると、城もナポリの街も崩れ去ってしまうわけだ。

父に連れられてカステル・デッローヴォ見物に行ったまだ子供だった僕は、カステッロのなかには入らず、周りばかりをぐるぐる回りして、問題の卵を捜したことがある。言うまでもなく、この捜索は無駄に終わった。なぜなら、カステル・デッローヴォに卵を隠したのがローマ時代のヴィルジーリオだとすると、フランス植民地時代にカステッロが今の姿に改築されるずっと前のことだからだ。カステッロは改築前は僧院、さらにその前、ちょうどローマ時代にはルーチョ・リチニオ・ルクッロという人の屋敷だったらしい。

しかし、このルクッロさんとはいったい何者なんだろう。あのロケーションに屋敷を構えるほどの人物だ、ただ者ではあるまいと思いきや、はて、このルクッロという言葉どこかで聞いたことがあるぞ。ナポリではたっぷり豊かな食事のことを〝ウン　プランツォ　ルクリアーノ（ルクッロ風お食事）〟という。あのルクリアーノがこのルクッロだったのだ。

なんでもこのルクッロ、客にふるまう料理の量と豪華さで名を馳せた御仁なのだという。それでなくても、飽食の饗宴として知られるローマ時代だ。二千年近く経った今も語り伝えられている食事とはいったいどんなものだったのだろうか。

僕が最後にカステル・デッローヴォのなかに入ったのはもう九年ほど前、「拷問の道具展」が開催されたときだ。カステッロの表に張られた垂れ幕を見て、僕の家内（当時はまだ家内ではなかったが）がちょっと見てみようと言い出した。

カステッロに続く堤防を渡り、まず入り口で切符を買う。カステッロのなかは、高い天井と凝石灰の壁に囲まれ、うす暗くひんやりとしている。どうやら最上階が展示室になっているらしい。長い傾斜を上り、長い階段を上るうちに、中世にタイムスリップしたような気になってくる。カステッロというと、きらびやかな内装を思い浮かべる人もあるだろうが、ここはカステッロといってもフォルテッツァ（要塞）として用いられていたところだ。鎧兜に身を固め、槍と盾で武装した中世の兵士たちが闊歩していたところなのだ。今にもそんな兵士のひとりが、ゆるやかにカーブした階段をカシャッ、カシャッ、と降りてきそうな気配だ。分厚い壁を斜めに切り抜いた四角錘の明かり取りの奥には、青い初夏の空がのぞいている。

階段を上りきると、そこは海に臨む広いテラッツァ（テラス）になっていた。早速、「ベンヴェヌート（熱烈歓迎）」とばかりに、いかにも使い古された、すなわち、何人もの首を落としてきたであろうギリオッティーノ（ギロチン）が僕らを迎えてくれていた。それを見た途端、家内が「私はもう帰る」と空しい呪文を唱えはじめた。ここまで来たからには、そんなことは許されないのだぞ。

血染めのギリオッティーノを遠巻きに横ぎり、屋内へ入る。ふと頭上を見上げると、宙吊りにされた巨大鳥籠を思わせる檻のなかから、お馴染み骸骨君が「飲まず食わずで吊り下げられて、こんなんなっちゃいました」と訴えてくる。僕の横では、家内も負けじと「私はもう帰る」と訴えている。手かせ、足かせをぎりぎりとローラーでひっぱって体を引きちぎる道具。背もたれにするどい針の並んだ椅子。居並ぶ拷問道具は、見物客がすぐにでも使えるように、わかりやすい図版解説つきだ。横から幽霊のような声が囁く。

「これ全部本物でしょ?」

「まさか。みんな偽物なんだよ。レプリカだよ」

無論、全部本物だろう。こんなおどろおどろしい染みや傷を、誰がここまで再現できるだろうか。でも家内は、本当に怯えきっていて気の毒なほどなのだ。

確かにここには、異様な空気がただよっている。果たしてそれが拷問に遭った人々の怨念でも、そりゃごもっともな話である。よくぞここまで残酷なことを考えました、と表彰でもしないことには気が済まないほどの、邪悪に満ちた創意工夫のオンパレードなのだ。

展示はまだまだ続く。おや、こんな残忍な道具のなかに、僕にも懐かしい物が紛れ込んでいるではないか。その名も「マスケラ・ディンファーミア(破廉恥仮面)」。

僕の小学校のディ・リッロ先生は、行儀の悪い子やおしゃべりな子には、ろばの耳つきの「アージノ（ろば＝お馬鹿）」と書かれた、先生お手製の紙の三角帽をかぶせるという、むごい刑罰を行っていた。展示されている「マスケラ・ディンファーミア」の二つあるうちの一つにも、ろばの耳がついていて先生の三角帽にそっくりだ。

オリジナルはさらに凝っている。ろばの耳はおかしなぎょろ目やベロリと出た舌が、もう片方は昆虫のようにとんがった口と耳の脇に花飾りがついた金属製のマスケラで、外せないように首の部分にカギまで締まるようになっている。くだらない噂を立てたり、権力者の悪口を言うと、この「マスケラ・ディンファーミア」の刑に処せられたらしい。

皆さんのなかにも、現在まだこのマスケラが使われていたら、危ないところだった人がいるんじゃあないだろうか。まったく口は災いの元だ。しかし、卑しくも小学校の教師ともあろう人間が、こんなところからアイデアを拝借していたとは驚きだ。確かにあの帽子は精神的拷問だったものなあ（皆さんのご期待に反して申し訳ないが、僕はかぶらされたことはありません）。

展示はまだまだ続く。女性のおっぱいを挟む枷（かせ）や、乳首を切り取るはさみ。高さ一メートルはあろうかという太い円錐は、ここに尻の穴を当てて重りを持たせた人を乗せると、重みで穴が広がっていくというものだ。

いやはや、ここまで来ると病的ですね。僕でさえ胸が悪くなってくる。実際、処刑された人より、処刑した人たちのほうが、処刑されるに値していたんではないだろうか。少なくとも、監禁ぐらいはしておかないと、危なくてしょうがない。

展示の最後は、とがった板のうえに仰向けに寝かされ、口から漏斗（じょうご）で水を飲まされるという、フォアグラの飼育にも似た、水責め拷問の道具だった。海老反りにされているので、少しの水でも窒息してしまう仕組みになっている。

水といえば、話はとてつもなく飛躍するけれど、日本人には、イタリアで水道水を飲むのを極度に恐れている人が多いが、どうしちゃったんだろう。まさか、漏斗で飲まされるわけではあるまいし、水道の水くらいで死んだりしない。

ヨーロッパでは水は買うものなんて、いったい誰が言ったんだろうか。多分、ヴァレンタインデーには愛する人にチョコレートを贈ります、と言った人の親戚か誰かだろうと思うが、この一族こそ、「マスケラ・ディンファーミア（破廉恥仮面）」の刑に処すべきだ。イタリアだって一応先進国なのだ。飲めないような水道なんて、今さら使っているわけない。みんながみんな、どこかの首相と同じ体質だ、というのならまあ話は別だが。

日本人を含む旅行者のなかには、ミネラルウォーターの瓶を後生大事に抱えて歩いている人がよくいるけれど、ローマやフィレンツェはゴビ砂漠じゃあない。肌身離さず重たい水なんて持っていなくても、干からびたりしないでしょ。バールに寄ったついでに「水道水ちょうだい」と言えば、ちゃんとコップについで飲ませてくれる。もちろん無料だ。だいいち街角の水飲み場だって、なにも鳩や犬のためにあるわけではないのですよ。

六、七年前になるだろうか、サンタ・ルチーア地区、キアタモーネのある排水溝から、きれいな澄んだ水が湧き出した。このニュースは、ローカル紙にも大きく取り上げられ、すでに幻となっていたアクア・ムンマレッレを求めて、たくさんの人びとが水汲みに走った。生き埋めにされた僕らの湧き水は、今でも元気に生き延びていたのである。

数日後、結局湧き水はふさがれてしまった。しかし自分の利益のために、勝手に市民のフォンターナ（給水場）を取り壊したりするような奴こそ、漏斗で水責めに処してやるべきだとは思いませんか。もちろん水は、ナポリのキケンな水道水を使う。念には念を入れたほうがいいだろう。

▼B

▼祖父の遺言

僕が日本に住むようになって、最初に里帰りしたときのことだった。家族の者たちとの挨拶とキスの交換、それぞれへの日本土産ご披露、キスでお返し、おたがいの近況報告、ひさびさの我が家での食事、のんびり団欒（だんらん）、と、今ではお決まりとなったコースが全部終了し、兄や姉の家族は自分たちの家に帰っていった。

旅の疲れもあったのか、妻が先に寝てしまうと、僕と母は二人っきりになった。しばらく僕が日本の様子など話していると、母が何か思い出したように立ち上がり、隣の寝室に歩いていった。寝室の奥の古い箪笥（たんす）をなにやらごそごそやっているのが、扉越しに、テレビの前に腰かけた僕からも見える。箪笥のうえには、ポトスを水栽培している花瓶を中心にして、僕の父や祖父母、甥や姪、そして僕ら兄弟の写真が並べられる限りいっぱいに飾ってある。この箪笥は母の嫁入り道具なのだ。右上の引き出しにはいろんな書類が詰め込まれ、我が家の金庫の役割をしている。しばらくすると、端っこが黄ばんだ封筒を出してきた。

「ノンノ・ルイージ（ルイージお祖父さん）からよ」

僕の父方の祖父ノンノ・ルイージは僕が七歳のとき、この家で息を引き取った。三人兄弟の末っ子で、すぐ上の姉とも五歳年の離れた僕には、生まれたときからいつも祖父がいちばんの親友だった。しかし、今頃になっていったいなぜ……。

この手紙は逝く数日前に、祖父が僕へのテスタメント（遺言）として書いたものだという。僕が大人になったら渡すようにと母が預かったのだけれども、あまりに月日が長すぎて忘れてしまっていたらしい。それが、僕が家を出てとうとうひとり暮らしになってしまった母が、大掃除をしているときにひょっこり出てきたのだ。

でもいったいなんだろう……。封を切ると、一通の手紙が出てきた。四つに折った白い紙の真ん中に堂々と、鉛筆でこう書いてあった。

「カリッシモ（親愛なる）ジローラモ。マッキネッタ（コーヒーメーカー）のベックッチョ（注ぎ口）には、コッペティエッロを忘れざるべし」

僕は思わず笑ってしまった。それからジ〜ンとしてしまった。祖父は本当に死の間際まで、カフェのことばかり考えていたんだなあ。

前にもお話ししたことだが、祖父は生前、ものすごくカフェにうるさい人だったのだ。毎日かならず自分専用のカフェブレンドで、自分流の方法に従って、カフェを淹れる。それが何よりの楽しみだったのだ。横で僕は、祖父のする一部始終をじっと観察していた。祖父のカフェセレモニーは、僕にとってもなかなか楽しいことだった。

母が言うには、祖父はそんな僕を、彼のカフェ道の後継者として大いに嘱望していたらしい。

ところが祖父は、僕がカフェを飲める年齢に達する前に床に伏せるようになってしまい、彼流のカフェの淹れ方を僕に伝授する前に、この世を去ってしまったのだった。

それにしても、コッペティエッロとは祖父らしい。僕はすっかり忘れていたが、そういえば確かに祖父はコッペティエッロを使っていた。親指をぺろりとなめ、昨日の新聞の端っこをつまんでピリッと破く。破いた指はそのままで、両手をくるくると動かすと、祖父の指の間で新聞紙がうまくまるまって、ちょうど親指が入るほどの三角形の筒ができる。もう一度親指をぺろりとやると、筒のとがった先をギュとねじって閉じる。これでコッペティエッロの出来上がりだ。マッキネッタを火にかけているとき、これをベックッチョ（注ぎ口）にすっぽりとかぶせる。コッペティエッロとは、カフェの香りを外に逃がさないためのマッキネッタの小さな帽子のことなのである。

このコッペティエッロにはもうひとつ意味がある。八百屋や魚屋が、デリケートなものや小振りの品を包むとき作る、紙の筒のことだ。新聞紙や厚手の藁半紙をくるっとまるめて、ぶどうやいちご、青菜類、魚屋ならあさりやえび、しこいわしなんかを包んでくれるあれだ。日本ではやたら発泡スチロールパックとラップを駆使しているけど、もちろんそれはそれでメリットもあるとは思うが、たまにちょっと温かみに欠ける気もする。

僕がこの話をすると、家内が昔は東京でもそうだったの、と懐かしそうな目をした。きっと彼女と同じ気持ちの人は多いんだろうに、なぜこんなに無機質なものが氾濫しているのか。僕の家の近くのポッラーイオ（鶏肉専門店）で卵を買うと、やっぱり新聞紙をまるめたコッペティエッロに包んでくれる。注意しないと小さいのばっかり入れられてしまう。

日本に来たばかりの頃、日本のにわとりは、どうやってこんなに同じ大きさの卵ばかり生むのかと不思議に思っていた。お尻の穴に何か細工でもするんだろうか。家内が買ってくるパック入りの卵は、どれも定規で測ったようにぴったり同じ大きさなのだ。

イタリア、少なくともナポリの卵は、大あり小あり中もあれば、中の大や、小の大もある。要するにそれぞれ好き勝手なサイズで生まれてくる。ある日、家内に質問してまったく嫌になってしまった。後でわざわざ仕分けするというのだ。でも、なんのために？

しかし新聞紙って便利なものですね。カフェのコッペティエッロになるかと思えば、商店のコッペティエッロにもなる。東京の我が家では、鳥籠の下に敷かれて、それを鳥たちがちぎっては巣を作っている。ガラス拭きにも使う。

だけど、新聞の本当の役目は、なんといっても、全世界のあらゆる情報をいち早く皆様にお届けすることである。ところが数年前のテレビニュースの情報では、イタリアの新聞購読量はヨーロッパ先進国ではほとんど最低。日本の足もとにも及ばないほどなのだ。そこですかさず、当時僕の義理の姉だったアンナレッラが的を射たことを言った。

「だって私たちは、みんなで回し読みをするんだもの」

おっしゃる通りである。僕が兄の建築事務所にいたときだって、毎朝、エンジェニエレ（エンジニア）のサンゾーネが買ってきた新聞を事務所じゅうで回し読みしていた。

僕の記憶によると、祖父は、同じパラッツォ内にナポリ支所を構えている建設会社「デサンティス」の、新聞回し読みのしんがりを務めていた。午前十一時頃、オフィスの皆が仕事はじめのカフェと、本日の話題収集のための新聞回し読みが終わると、建築大学から来ている見習いの学生がわざわざ届けに来てくれていた。その日二度めのカフェを飲み終えると、祖父はテレビの前の椅子に腰かけ、じっくりと新聞を読みはじめるのだ。そしてその新聞は、明日の新聞を読む前に淹れるカフェのコッペティエッロに生まれ変わる運命なのである。

ところが皆さん、僕の愛用しているマッキネッタ「モカ」には、コッペティエッロをかぶせたくても、かぶせるベックッチョ（注ぎ口）がない。祖父の使っていたマッキネッタは、実はマッキネッタ・ナポレターノなのだ。ナポレターノには、にゅっとつき出た立派なベックッチョがある。だからせっかく優しい祖父が、可愛い孫に旨いカフェを味わわせようとテスタメント（遺書）まで遺してくれたって、僕は困っちゃうのだ。だって、祖父のそんな気持ちを無駄にしたくはないでしょう。

でも、ちょっと待ってください。コッペティエッロのモカ版、カッペリーノ・ディ・アッチャーイオ（鉄のお帽子）があるじゃあないですか。モカの蓋を開けると、つんとすまして立っているカフェの噴出口。あそこのための帽子である。しかしカフェに直接触れる部分だ。まさか新聞紙でできるはずがない。名前の通り、鉄製の小さな丸いキャップで、カフェの香りを逃がさないと同時に、出てきたカフェが周りに飛び散るのも防ぐ寸法だ。

ところで皆さんは、マッキネッタは一生ものだって知っていらっしゃいましたか。たまにしか使わないから一生もつのではなくて、毎日使いながら一生使い切るものなのだ。実際そのために、上下の接合部分のゴムのパッキング、中のひらたいフィルターや漏斗型のフィルターはもちろん、黒い持ち手や蓋の摘みまで、すべて交換用が市販されている。火を強くしすぎて、持ち手の部分を焦がしてしまうこと、あるでしょう。本体さえしっかりしていれば、フランケンシュタイン顔負けの部品交換が可能という具合なのだ。

使い込んだマッキネッタは、なんともいえない味があるものだ。例えば僕の母のマッキネッタは、それは素敵に渋いいぶし銀だ。イタリアでいちばんポピュラーなモカは、僕も使っている、天を指さすちょび髭おじさんマークの「ビアレッティ」のマッキネッタなのだが、新品のビアレッティの色といったらそれはひどい。「安ピカ」の語源はこれだったか、と思うような安っぽいピカピカカラーだ。

この「安ピカ」をいぶし銀にするには、ただただ使い込むしか道はないのだ。ローマは一日にしてならず。皆さんもマッキネッタで、自分のローマ帝国を再建しようではないか。

もし僕が祖父に倣（なら）って、孫にテスタメント（遺言）を遺すようなことにでもなったら、コッペティエッロのことにも、カッペリーノ・ディ・アッチャーイオのことにも、触れないだろうと思う。まだまだ使えるマッキネッタが、蒸気でふにゃっとしてしまった古新聞製のコッペティエッロと同じように、ポイっと捨てられてしまう現代だ。もっとストレートに、「マッキネッタとは一生を共にすべし」とでも書こうと思う。きっと祖父も納得してくれる。なにしろ、棺のなかにまで愛用のマッキネッタを持っていった祖父なのだから。

▼B

▼オ・ババ・アメリカーノ

僕の幼なじみのジジーノ・フェランテは、高校在学中からおかしな仕事を転々とし、僕らはその都度、新しいあだ名を進呈してきた。

まずはじめはヴィナーイオ（酒屋）の配達小僧で、これは現在に至る彼の経歴のなかでも、もっとも一般的で受け入れやすい仕事である。当時は、彼の親父さんがポンピエレ（消防士）だという他愛ない理由で〝ポンピエレ〟と呼んでいた。彼の親父さんは、火事になって家に消火に行くと、かならず記念に何かしら頂戴してくる。この前はすごい銀の燭台を持って帰ってきたぞ、なんてジジーノがいつも自慢するほどである。どんなに辛い仕事でも、楽しみは見いだせるものなのだ。

親父さんがポンピエレだからというわけではないだろうが、ジジーノには葬儀社をやっている叔父さんがいる。そこで高校を卒業すると、ジジーノはその叔父さんのところで働くことに決め、あだ名も「スキアッタ・モルト（墓掘り人夫）」と改名された。しかし、彼の仕事の内容は、本物のスキアッタ・モルトよりさらにグレードが高い。

近年になってもナポリでは、昔ながらの埋葬法が残っている地域がある。それはこんな方法だ。人が死んで葬式が済むと土葬にする。そして二年後くらいに掘り起こし、棚状タイプ（ロークロ）または個室タイプ（カベッラ）の墓に移され、ここが死者の安眠の地となる。

ジジーノの仕事は、埋葬して二年後に掘り起こした死体の掃除だった。きれいに掃除をしてバーラ（お棺）に納める作業である。ジジーノは「スキアッタ・モルト」の名に恥じない壁のような頑丈な身体のうえに、「スキアッタ・モルト」らしからぬテカテカ光る童顔を乗せて、おまけに、その顔にはいつも本気の表情がへばりついている、という怪人だ。笑うときも、怒るときも、なにしろ本気でないときはない。こういう人を、世の中では〝単純〟と呼ぶのだろうか。

なんでも本気の彼は、二年後の死体のなれの果ての掃除にもかなりパッションを注いでいた。ただ、パッションを注ぐあまりに、他人とは思えなくなるらしく、時々装身具を記念に失敬してきて自慢して見せるのはいいが、僕にはなんとなく気味悪かった。記念品好きはきっと父親譲りなのだろう。

ところがある日突然、今度はアメリカに行くと言い出した。なんでも、彼のおじさん（母方の祖父の兄弟）がアメリカンマフィアのメンバーで、このままナポリでくすぶってても埒があかないから、自分も向こうへ行ってひと花咲かせてくる、というのだ。そして本当に発ってしまった。

今だから言うが、僕はそのとき、泣いた。なんだか、もう絶対会えないと、違う世界に住む人間になってしまうと思い込んでしまったからだ。当時、僕はもう二十四で、ジジーノは二十歳だった。僕もジジーノに負けないくらい〝単純〟なのだ、結局。

そして二年後、なんのことはない、ジジーノは堅気のまんまナポリに帰ってきた。彼がアメリカに着いたとき、肝心のおじさんは獄中だった。それでもしばらくすれば出所できるから、残されたおばさんの面倒を見てくれと頼まれて、一年間はおばさんのお買い物のお伴をし、おしゃべりのお相手をしながら待っていたんだそうだ。ところがやっと出てきたおじさんは彼に、おじさんの建設会社でムラトーレ（左官工）をやって待ってろ、という。我慢してムラトーレをしてはいたが、親類の七光りを浴びようとやって来た彼への同僚たちの風当たりは強かった。どうもジジーノはアメリカに行きさえすれば、すぐにマフィアっぽい極道仕事ができるもんだと思っていたらしい。

それから一年、とうとう嫌気がさして、とっととナポリに帰ってきてしまったのだ。そして以後、ジジーノは「アメリカーノ」と呼ばれるようになった。

現在、ジジーノは新しい仕事に就いている。ネズミ退治だ。彼の仕事がどうしても死に関係があるというのはきっと運命的なことなんだろう。だけどあだ名は「オ　ババ　アメリカーノ（アメリカン・ババ＝アメリカ仕込みのチョイアホ）」。ババというのはリキュールのシロップをたっぷり染ませた甘いナポリお菓子のことだ。なぜって、彼がやっと見つけたガールフレンドは、パスティチェリーア（お菓子屋）の娘で、ネズミ退治のないときには、ずーっとそこに入り浸っているからなんだ。

しかし真面目な話、ジジーノがマフィアにならなくってよかった。僕らは映画やテレビのなかで、アル・パチーノやマーロン・ブラントなんかの格好いい、男の哀愁たっぷりのマフィアばっかり見てるから、マフィアの恐ろしさが実感として湧かないんだと思う。ところが実際には、彼らは恐ろしい犯罪地下組織なのである。今ではマフィアの名前ですっかり有名になってしまったけど、本当は「コーサ・ノーストラ」というらしい。まあこれも有名な話である。

イタリアにはシチリアのコーサ・ノーストラの他に、ナポリ周辺の「カモッラ」とカラブリアの「ンドランケタ」の三つの大犯罪組織がある。後者二つはコーサ・ノーストラのお子様版だ、なんて言う人がいるが、どんな根拠があってそんな戯言(たわごと)を言うんだろう。どれもこれも、僕には全部怖い。

・

ナポリは大人の街だ。おもちゃ屋にでも行かなければ、お子様版やお子様向けなんてものは見つからない。マフィアはおろか、ジジーノのガールフレンドのパスティチェリーアにだって、お子様向けに作っているお菓子なんてない。大人のために作ったのを、何でも欲しがる子供に分けてやってるだけなのだ。

僕がこんなことを言うのには、無論ちゃんとした根拠がある。ナポリの伝統的なお菓子には、子供のとき嫌いだったフルッティ・カンディーティ（果物の砂糖漬け）が、やたらに駆使されているからだ。スフォリアテッレ然り。カンノーリとカッサータのシチリアコンビ然り。ストゥルッフォッリ然り。ナポリの代表的なお菓子が勢揃いではないか。そういえば、皆さんもよくご存じのパネットーネにもたっぷり入ってますね。

実は子供の頃、僕はフルッティ・カンディーティはプラスティックみたいな化学物質でできているんだとばかり思っていた。硬くも軟らかくもない不気味な歯触り。得体の知れない複雑怪奇な匂い。半透明で、やけにけばけばしい色。こんなものが、神の自然の創造物であるはずがない。皆さんのなかにも子供の頃、僕と同じことを思っていた人、多いんじゃあないだろうか。

ところがこのフルッティ・カンディーティ、大昔はたいへんなご馳走だったらしい。現代のように季節はずれにいろんな果物が見つかるはずもなかったから、当然かもしれない。伝統的なお菓子にフルッティ・カンディーティが使われているのも、贅沢品だったからだ。

聞くところによると、かのノストラダムスも、実はフルッティ・カンディーティに目がなくて、フルッティ・カンディーティについての論文まで遺しているという。人騒がせな予言をしておきながら、結構無邪気なもんだ。

そんな僕も、成長するうち、知らない間にフルッティ・カンディーティが好きになっていた。というよりむしろ、フルッティ・カンディーティ入りの大人向け菓子に美味しさを発見した、と言ったほうがいいかもしれない。それなのに、すぐ子供受けを狙う製菓会社は、フルッティ・カンディーティ抜きのパネットーネを続々と売り出している。チョコレート入り、カスタード入り、オレンジ風味。どれも胸が悪くなるような代物ばかりだ。

ところが感心なことに、子供の頃からフルッティ・カンディーティが大好きだったおかしな奴がいる。またしてもジジーノだ。ナポリのクリスマス菓子ストゥルッフォッリは、油で揚げた粒々クッキーを、飴でドーナツ型にまとめ、仕上げにフルッティ・カンディーティやカラースプレー、アラザンで飾る。普通の子供がいる家庭では、最後、皿にはフルッティ・カンディーティが残る。ジジーノ家では、ストゥルッフォッリ本体が残る。デコレーション部分をつまんでは、すぐジジーノが平らげてしまうからだ。おかげで彼の小さな妹たちは、デコレーションを施したストゥルッフォッリは、お菓子屋のウィンドウでしか見たことがなかったらしい。

果たして、フルッティ・カンディーティの何がジジーノを引きつけるのか。僕はある日、ある程度の予想を立てたうえで、実験に及んだ。その予想というのは、もちろん、あの色である。

オレンジ、ピンク、グリーン、イエロー。キンキラのあのビニールカラーが、シンプル・ジジーノを引きつけているに違いない。前もってお願いしておくけど、僕を「危険な遊び」のマコーレー・カルキンみたいな悪魔っ子だなんて思わないでください。これはあくまで、子供らしく無邪気で可愛い好奇心から出た、他愛ない〝人・体・実・験〟なのです。

小さく切ったカラフルな鑞(ろう)の粘土を「フルッティ・カンディーティ、食べる」と勧めてみる。僕の予想は見事的中。ほんとにパクパク食べちゃったのだ。それどころか、シンプル・ジジーノは、鑞粘土製フルッティ・カンディーティがことのほかお気に召したとみえて、その後、粘土を見ると食ってしまうようになった。一応、ジジーノにもプライドってものがあるだろうから断っておくと、それは彼が四、五歳の頃だ。少なくとも、食べ物かそうじゃないかの判断はつく年じゃあないですか。怪人は、子供の頃は怪児だったのだ。

甘いものから辛いものまで、口に入るものならなんでもこい、のジジーノは、パスティチェリーアの娘を恋人にもって幸せいっぱいだ。つやつやの赤ら顔は、甘いシロップにどっぷり漬かったババそっくりで、ベタベタに甘い。

このまま行くと、結婚にゴールインしそうだけど、もしそうなってジジーノがパスティチェリーアを継ぐようなことになったら、僕は限りなく心配だ。だって、ジジーノの仕事が死に関係あるというのは、きっと運命的なことだからだ。

海辺から ▼ Ⅷ

▼おすそわけ文化

前にもお話ししたように、僕の母はナポレターナ（ナポリ人）ではない。だから、僕は港町ナポリの出身で、魚料理をたらふく食って育ってきた、と思われると大間違いである。

我が家のおふくろの味は、肉野菜料理に限られている。かといって、ナポリに住んでいれば、内陸の人びとに比べ、魚を食べる機会にも、無論内容的にも恵まれていないはずがない。街を歩けば、活きのいい鮮魚の跳ねる魚屋がある。そんな魚屋ではたいてい、当の魚以上に元気のいい親父が大声を張り上げて客を呼んでいる。僕自身も、友人と誘い合ってよく釣りに出かけた。そして極めつき、僕らの隣人には、漁業をなりわいとしている人、すなわち漁師の一家までいたくらいなのだ。B階段四階に住む、エスポーズィト一家のことだ。

まあそんなこと、ナポリだから当たり前、と思った方もあるだろうが、実は結構意外なことなのだ。僕の家のあるフオリグロッタ地区はナポリといっても、海沿いではない。おまけに住人は勤め人や商人のごく平凡な家庭が大部分で、なかには銀行勤めのカタラーノ氏のようにエリート意識が強くて、ヘッ漁師なんて、と思っている人も交じっている。

でも、実のところ、こういう人だって何代か前はメルジェリーナの漁師だったりするわけだ。

漁師といえば第一次産業。ナポリの歴史の根本を担ってきた職業である。にもかかわらず、こんなアンポンタンはどこにでもいるもので、彼ら漁師が住みやすい環境とは言えなくしているのだ。

この漁師一家、エスポーズィト家は、職業柄パラッツォの他の住人とは少々毛色が変わっていた。べつに変なことをするわけじゃあない。かつて周り全員が漁師の環境に住んでいたときと同じことをするものだから、なんだか浮いてしまうのだ。エスポーズィト家の長、故サルヴァトーレ・エスポーズィト氏も、いつまで経っても魚料理の上手くならない僕の母と同じくらい順応力に欠ける頑固者だったというだけのことなのだ。

皆さんのなかにはナポリというと、パラッツォの間にはためく洗濯物をイメージする人がかなりいると思うけど、それはナポリチェントロの一部の地域の話で、例えば僕のパラッツォではそんなことは禁じられている。洗濯物はどこどこに干すとか、ゴミはいついつ出すとか、いろいろ厳しい約束ごとがある。

それなのにエスポーズィト氏は、仕事から帰ると、パラッツォの前庭に漁の網を広げて乾かしたりするのだ。そのうえ、たまに小さな木の椅子を出してきて、ほつれを繕ったりしている。これはまさに、古きよきナポリの漁村の情景ではないか。カモメの一羽や二羽、バックに飛ばしたくなってしまう。

パラッツォの他の住民にしてみれば、前庭の屏に沿って美しく咲く夾竹桃の小枝に、おやレースのカーテンが、と思いきや、海草がチロチロと絡みつき、磯の香りがこれでもかというくらい染みついた魚網なのである。これは顰蹙(ひんしゅく)ものだ。海辺ではあれほど心地好い磯の香りも、陸(おか)にあがればただの悪臭、と感じる人だっている。

ところがそれとは裏腹に、エスポーズィト家の台所からただよってくる香りは、パラッツォの皆を魅了していた。もちろん魚料理である。漁師の家の魚料理。本物中の本物。とくにスパゲッティ・アッレ・ヴォンゴレ（アサリのスパゲッティ）のような、なんでもないシンプルな料理にその差が顕著だ。

皆さんはもうご存じだろうが、スパゲッティ等の乾燥パスタは、もともとナポリがいちばん旨いといわれている。現在のようにイタリア全国に乾燥パスタ工場が広がって、全国同じ乾燥パスタを食べていても、やっぱりナポリがいちばん旨い。これは今年の夏、北部中部イタリアをまわった僕らが実体験から得た結論なので、自信を持って言いきらせていただく。

今は亡きエスポーズィト夫人のスパゲッティ・アッレ・ヴォンゴレは、そんなナポリにあっても一番星のごとく輝いていたのである。

ところで、スパゲッティ・アッレ・ヴォンゴレには、ロッソ（赤）とビアンコ（白）の二種類があるのは知ってますか。ビアンコはオリーブオイルとヴォンゴレが主役。一方、ロッソはここにトマトが加わる。

とはいっても、まるでヴォンゴレが吐血したような真っ赤かの代物は、僕の言うスパゲッティ・アッレ・ヴォンゴレ・ロッソとは違う。僕のスパゲッティ・アッレ・ヴォンゴレ・ロッソの皿のなかでは、小さくてそれは可愛いポモドリーニ（小さなトマト）たちがパクっと口を開けて笑い転げている。だからスパゲッティ自体は血みどろのどろどろにはならないんだ。

エスポーズィト夫人はもちろん、ロッソ、ビアンコのどちらを作っても一級品だったけれど、とくにロッソを作っているときのあの香りは、どう表現すればいいだろう。ちょうど、磯の潮風吹くトマト畑でうっかりオリーブを踏み潰してしまったときのあの香り。手に持った買い物袋のなかでは、さっき買ったばかりのパセリの小枝とニンニク、舶来の白胡椒が擦れ合っている。

皆さんも目をつぶって、こんな情景を想い描いてください。さあこれがエスポーズィト夫人のスパゲッティ・アッレ・ボンゴレ・ロッソの香りですよ。

エスポーズィト氏が仕事帰りに袋いっぱいのヴォンゴレを持ってくるのを見ると、エスポーズィト家とは親戚でもなんでもない僕らまで、なんだかわくわくしてしまう。もうすぐエスポーズィト家の台所からは、鍋のなかの肉体から焙り出されたヴォンゴレの幽霊たちが、ふわふわ行列して僕らを誘惑しにやってくる。

とくに、エスポーズィト家のお向かいのリゴーリさんは尋常ではない。階段をはさんで隣り合っている台所の窓から、せっせと料理に励んでいるエスポーズィト夫人に大声で話しかける。

「やあ、今日はまたいい日和（ひより）ですなあ。こう、なんと言うか、まさにポモドリーニのスパゲッティなど食べたくなりますなあ、こんな日には……。ところで、さっきお宅のご亭主がヴォンゴレを山ほどもって帰宅なされましたなあ。あれはそのー、料理用ですかな？」

こんな人のために、エスポーズィト夫人はおすそわけの分も、最初っから準備しているのだ。

僕の街では、いまだにこのおすそわけ文化が盛んである。例えば僕の母が故郷の田舎に行って、サラーメだのフォルマッジョ（チーズ）だのたくさん持ってきても、それは自宅用にとっておく。近所にふるまわれるのは、田舎の粉で作るピッツァ・ディ・ヴェルドゥーラ（ゆでた青菜を挟んだタルト）であり、田舎のナスで作ったマッケローニ・アッラ・シチリアーナ（ナスとモッツァレッラ入りトマトソース和えマカロニのオーブン焼き）である。

よそからもらうものだって、親類のいるベネヴェントから持ち帰ったくるみで作った焼き菓子とか、自分の店で売っているバッカラ（干だら）のイン・ビアンコ（ゆでてオリーブオイル、ニンニク、パセリで和えた）とか、要するにおすそわけには、自慢料理お披露目という重要な役目がある。普段は夫の陰で、見えない大黒柱として家族を支えている奥さんたちが自己アピールできる唯一の場なのである。

おすそわけをして、皆から誉められる。

「とても美味しかったわ」

でも、彼女たちにはこれがこう聞こえる。

「いい女房を持ったお宅のご亭主は幸せ者だこと」

天下泰平、夫婦円満、一家安泰の秘訣、実はそれはおすそわけ文化に深くかかわっているのである。

エスポーズィト夫人の数多いおすそわけ魚料理のレパートリーのなかから、僕がもうひとつ挙げるとしたら、迷わず「スコルファノ・アックアクア・パッツァ」だ。アクア・パッツァはタイやスズキを、ポモドリーニ、パセリ、ニンニク、生トウガラシ等と水とヴィーノビアンコ、オリーブオイルでゆでた料理だ。これをエスポーズィト夫人は、ナポリでも高級魚に入るスコルファノ（かさご）で作る。軟らかいスコルファノの身に、材料すべてが渾然一体となったソースが、じんわりとしみている。思い出しただけで、頬の内側の唾液腺がこそばゆい。

ただ残念なことに、エスポーズィト夫人がいくらおすそわけ用に多めに作っても、人にあげるのは半分半身が精々だ。それを当時、七人家族だった我が家で食べるとしたら、一人分はいったいどれくらいだと思いますか。僕はスコルファノのやけにでかい頭を呪ったものだ。

港町ナポリでも高級魚扱いのスコルファノ。でもスコルファノにはもうひとつ意味がある。

″ブス″のことだ。スコルファノの顔って、どう見ても可愛くはないから仕方ないだろうけど、でも食べると味は最高だ。そうすると不思議に、醜い顔も、いかにも食欲をそそる美貌に見えてくる。世の中、皆が幸せでいられるように、うまくできているものですね。

▼B

▼漁師とセイウチの物語

僕の住むフォリグロッタ地区とトンネルを境にして、ナポリチェントロ側には、メルジェリーナ地区がある。このメルジェリーナ地区からサンタ・ルチーア地区は、ナポリが「ナポリを見た人はもう死んでも結構」とまで言われた、ナポリたる本領を発揮するいちばんの景勝地で、したがって観光の中心地になっている。ナポリで二番目に大きな国鉄の駅があって交通の便もよいし、治安もまずまずだ。

僕はナポリ観光に列車で行こうという友人には、かならずナポリ・メルジェリーナの駅を利用するように勧めている。ナポリ・スタツィオーネ・チェントラーレ（ナポリ中央駅）なんて通らなくていいのなら、通らないに越したことはない。キケン・キタナイ・観光名所ナシの3Kスポットだ。さらに、メルジェリーナ、サン・ナッツァーロ港からはカプリ島やイスキア島に向かうアーリスカーフィ（連絡船）も出ている。観光客にとっては、まさに至れり尽くせりの便利なところなのである。

このサン・ナッツァーロ港の海沿いには、ナポリの名物を語るに、絶対忘れることのできないタラッリ・カルディ（ホット・タラッリ）の屋台が並んでいる。秋風が吹きはじめ、夏のヴァカンスと暑さでだれきった身体が快復してくると、次第に食欲も戻ってくる。日が暮れてからメルジェリーナを、ビール片手にタフッリ・カルディをモグモグやりながら散歩するのは、なかなかおつなものだ。青黒く広がる海をバックに、煌々と灯る裸電球が、オンボロ屋台にレースの縁をほどこしている。

しかし、暗闇っていうのは便利なものだ。日中あんなにごちゃついているピアッツァ（広場）を、にぎやかだけどムードたっぷりの社交場に様変わりさせてしまうのだから。

タラッリ・カルディというのは、ドーナツ型の塩味クッキーで、たっぷり入った胡椒とラードの香りが食欲をそそる。かなり塩けがきついのだけど、温かくてサクサクとした生地と途中に入っているカリッとした丸ごとアーモンドのコンビーネションが絶妙で、どんどんいけてしまう。潮風のせいで、身体じゅうの塩分飽和量が高くなるのかもしれない。それでも三、四個も食べると喉はからから。タラッリの屋台のおばはんは、そんなこと百も承知だから、いろんな飲み物を少々割高で売っている。

しかし、屋台のこのおばはんたちの生命力はたいしたもんなのだ。実はこの屋台、数年前まではヤミ商売だった。なのに立派な小屋まで建てちゃって、そのうえナポリ名物としてあんまり有名になったものだから、とうとう正式な商売として認められることになった。確かにタラッリ屋台のないメルジェリーナなんて、僕のいない僕の人生みたいに味気ない。

だからといって、こんな甘い処置にはとても賛成できない。お役所の連中には、本当に大きな危険をはらんでいるのがわからないのだろうか。

というのも、屋台の裏に続く砂浜は、すっかり彼らのファミリールームとなっている。テレビまで持ち込んで、あられもない裸体をさらしてゴロリゴロリ。そんな姿は、すでにホモサピエンスの範疇ではない。そのうち絶対、砂浜が、そして海までが乗っ取られる日が来ることはまず間違いない。サルデーニャのアザラシは絶滅が危ぶまれているけれど、メルジェリーナにはセイウチ化したナポレターニがゴロゴロと群れをなして棲息しているのである。

セイウチはセイウチ。僕ら人間とは道徳観念が少々異なっている。だから僕が子供の頃は、メルジェリーナの海辺にいる子供たちとはつき合わないようにきつく注意されていた。普段はほとんど口を出さない僕の親が言うことだ、きっと本当のことだろう。

ところで、前にもお話しした、我がパラッツォの漁師サルヴァトーレ・エスポーズィト氏は、このメルジェリーナ港の〝セイウチが浜〟から船を出し、漁に出ていた。エスポーズィト家のひとり息子パオルッチョは、僕より八歳年上だったろうか、スクオーラ・メディア（中学校、十三歳まで）を出た後は、父のお伴をして浜まで行き、そこで長い時間を過ごしていた。

ぺろんとした粘土細工人形顔の彼は、セイウチの間に入っても違和感なく溶け込める。海辺の住人たちと深く友好関係を結ぶようになったパオルッチョは、観光客の多い週末には彼らに交じって、観光客相手にちょっと気の利いた小遣い稼ぎまでしているという。観光客が投げる硬貨を、海底まで素潜りして取ってくる、まさにセイウチならではの素人アトラクションだ。

取ってきた硬貨は、まんま懐入りだ。イタリアの硬貨といったら今ではほとんど価値がなくなってしまったけど、その頃はまだ一応は健在だったのだ。

しかし硬貨が健在でも、世の中はすでに健在とはいえなくなっていた。今でもイタリアの田舎町では、家や車にロックもせずに平気で暮らしている。こんなことナポリでしたら、たちまち丸裸だ。

僕が十歳になっていない当時ですら、パラッツォは、外の大きな門、階段の扉、そして自宅の扉と、三重にカギがついていて、がっちりガードされていた。まだチトーフォノ（インターフォン）も自動ロックもついていなかったので、門番が仕事を終わった後にパラッツォに帰ってきた人は、例え家族の誰かが家にいても、外の大きな門とパラッツォの階段の扉の二カ所の錠を自分のキーで開けてからでなければ、自分の家の扉の前にはたどり着けなかったのだ。したがって、キーを持たせてもらえない僕ら子供は、門の前から思いっきり「マンマ！」と叫んで扉を開けてもらうほかなかった。

それはある週末の、そう夜の九時か十時頃だったろう。「ミ　アープリ！（開けてくれ！）」門の外でジーノが怒鳴っている。僕よりずっと年上のジーノは、自分のキーを持っているはずなのにしょっちゅう忘れるのだ。ソファに腰かけていた父がむっくりと立ち上がり、僕も一緒について外の門を開けに行った。

と、そのとき、パラッツォのいちばん奥の最上階に住むディマリーリノさんの悲鳴が聞こえた。

「アル　ラードロ！　アル　ラードロ！（泥棒！　泥棒！）」

同時にパラッツォの奥の扉から、三人の男たちが飛び出してきた。前庭をこちらに向かって思いっきり突っ切ってくる。パラッツォの裏は切り立った崖で、出口は表の門だけなのだ。

ヒャー。相手はみんなジーノくらいの年格好の若者ばっかりで、暗闇でそんなのが向かってきたら、それは怖いもんだ。

彼らは一斉に門に飛びついた。門の高さは少なくても二・五メートルはある。よじ登ろうったって、そう簡単にはいかない。そこを父が後ろからむんずと抱え込む。右手でひとりの足を、左腕でもうひとりの胴を捕まえたその姿は、ギリシャの勇者の像そのものだ。なにしろ父は、若い頃はボクシングをたしなんでいた強者である。いっぺんにふたりを地面に引きずり降ろしてしまった。

ところがそのひとりは、僕が開けた門から入ってこようとしたジーノを突き飛ばして逃げてしまった。残念。逃げたふたりを追っかけようとしたジーノも、父に呼ばれて加勢し、残ったひとりを取り押さえた。

なーんだ、ひとりだけか、なんて言わないでくださいね。ひとりだって必死で抵抗している人間を素手で取り押さえるのは大変なことなのだ。まして相手はいちばん血の気の多い年頃のならず者である。

騒ぎを聞きつけたパラッツォじゅうの住人が、次々に前庭に集まって、捕らわれの身となった泥棒を寄ってたかって殴り、罵った。あまりのひどさに、僕は泥棒が可哀相になってしまったくらいである。こういうのを集団心理っていうのだろうか。

そのとき僕は、どんなことがあっても、将来泥棒みたいに割の合わない仕事は絶対するまいと心に誓ったのであった。

集まってきたパラッツォの住人（はば全員なのだが）のなかに、心熱き海の男、故サルヴァトーレ・エスポーズィト氏がいた。怒りをあらわにした彼が腰のベルトを抜き、その若きならず者を鞭打とうとしたとき、ならず者が言った。

「あんた、俺にそんなことしたら、自分の息子にも同じことしなきゃなんないんだぜ」

このパラッツォのキーを渡したのも、僕らが盗みに入ろうとした女性が留守だということを教えたのも、みんなパオルッチョなのだという。振り上げていた腕を下ろしたサルヴァトーレ・エスポーズィト氏の顔からは血の気が失せ、唇はこわばり震えていた。そして、何も言わずに肩を落とし、その場を立ち去った。

警察は、その男と一緒にパオルッチョも連行していった。それからしばらくの間、エスポーズィト氏は誰とも口を利こうとしなかった。それどころか、家からも出てこなかった。ただでさえ、パラッツォの一部の似非（えせ）エリートたちとは敵対していたのだ。気持ちはよくわかる。

だけど、実際は僕らの誰ひとりとしてエスポーズィト氏が悪いなんて思っていなかったのだ。

悪かったのは、息子の〝出来〟なのである。エスポーズィト氏は、うかつにもたったひとりの息子をセイウチに洗脳されてしまった、哀れな漁師なのである。

パオルッチョは親の気も知らず、その後幾度も刑務所を出たり入ったりしていた。それが、今ではすっかり更正し、奥さんをもらい、可愛い子供もできて、現在も僕らのパラッツォに住んでいる。セイウチ時代の名残りか、はたまた父親の血のせいか、スブ（スキューバ）に凝って、捕ってきた魚をみんなに売ったりして、なかなか楽しそうに暮らしている。めでたしめでたし。

まったく余談ではありますが、泥棒たちが押し入ろうとしたのは、当時売れっ子だったモデルさんの家で、ショーのために留守にしていたところだった。僕と友達のジジーノ・フェランテは、その麗しいお姉さんの大ファンで、駐車場で彼女が帰るのを待っていては、お願いしたものだ。

「シニョリーナ　ミ　プオイ　ダーレ　ウン　バチェット？（お嬢さん、キスしていただけますか？）」

もちろん、小さな僕らの無邪気なお願いだ。聞いてくれないわけがない。ふたりとも頬に優しいキスをもらって、ほくほく、ほくほく身体の芯まで暖まっていた。

▼B

▼タコと純愛

僕の亡くなった父も、まだ元気な僕の兄も、時に張り切って山ほど魚介類を買ってくることがある。オーブン焼きで美味しいスズキやタイ、いろんな種類の小魚ミックス、さまざまな形の貝類、スカンピ等々。

僕の兄弟はたった三人で、ナポリの僕のジェネレーションにしてはそんなに多いほうではないけど、日曜日の昼食には常時六人以上が集まる。結婚したり子供ができたりで、いちばん多かった時期は十人だ。このくらいの量の魚なんて、瞬く間にみんなの胃袋に収まってしまう。

我が家で、予算を無視したこんな魚料理コースがふるまわれるとき、魚の仕入れ先は、決まってポッツオリのメルカート・ディ・ペッシェ（魚市場）だ。魚料理の得意でない母は、自分で魚や貝は買わないし、姉や義理の姉は奥さん族の悲しい性（さが）で、予算と相談ばかり。

一方、父や兄は車で買い出しに行き、トランクいっぱい魚介を詰め込むまで、満足しない。ポッツオリの港はフオリグロッタから、渋滞のないときで車で三十分くらい。僕の家からいちばん近いメルカート・ディ・ペッシェが立つ。

僕も時々、ポッツオリに行く。まだナポリに住んでいた頃は、僕も朝早く魚介を買いに行って、海から離れた魚不足の田舎の友人宅に持っていき、皆で魚介パーティを楽しむこともあった。

でも普段の目的は、テンピオ・ディ・セラーピデ（セラーピデ神殿）を見に行くことだ。ポッオリ湾をぐるりと囲む一帯はカンピ・フレグレイ（フレグレイ平野）と呼ばれる一大火山地帯で、ローマ時代には温泉つき別荘地として人気が高かったらしい。現在でもその時代の遺跡が点在し、地元古代遺跡好きの僕をかりたてる。

夏に帰郷すると、まあ時間を持てあましているからといえばいえないこともないけれど、毎年飽きもせずあちこち訪ねてまわる。

皆さんも感じたことがあるだろうか。古代の遺跡に吹く古代の風を。遺跡そのものから古代の空気が染み出しているのを。そんな空気に触れていると、自分が遺跡を囲む万物の一部として温かく迎えられていることに気づく。僕に向かって何かを語りかけてくるのがわかるからなんだ。

僕の古代遺跡好きが地元の遺跡に限られてしまうのは、実は最近気づいたことではあるけど、自分でも自覚しているかなりおセンチな愛郷心のせいで、何も思い入れのない他の土地では、どうも同じ満足感が得られないかららしい。ローマにしても日本のどこかにしても、そこの空気が他所者(よそもの)である僕を受け入れてくれない気がすると同時に、僕のほうでもどこか無関心に陥っているらしい、ということだ。

ところが、テンピオ・ディ・セラーピデは遺跡といっても、港の真ん前の町なかにあって、かなり騒がしく、ロマンに浸りたい僕にはあまり適していない。このテンピオ（神殿）は商人の守り神だったセラーピデの像を中心に開かれていた巨大市場跡なのだ。このあたりは、きっとローマ時代にもにぎやかなところだったに違いない。数メートル掘り下げられた古代の地表には、どっしりとした礎（いしずえ）と、途中から崩れて先のない太い円柱数本が並び、崩れた上部の残骸がその辺に散らばっている。テンピオ・ディ・セラーピデが興味深いのは、実はこの柱にくっきりと残る水の跡で、僕らのような素人でもブラディシズモ（緩慢地動）と呼ばれる地表変動現象をはっきりと確認することができるからだ。

これは、かつてこのテンピオが、ある一時期、海に浸かっていて、再び陸に上がってきたことを示すよい証拠となっている。ポッツォリはギリシャ・ローマ時代から、長い歴史の間じゅう、ゆっくりゆっくりと動き続けている不思議な土地なのだ。

ブラディシズモはそんな大昔だけでなく、今でも続いている。地下で海とつながったテンピオには、潮の満ち干に関係のない海水浸水量の増減が見られ、ポッツォリ港の船着き場は海の高さの変動に合わせて、たびたび場所を移動しなければならず、さらには一九八一年のナポリ大地震でも、周囲に比べてポッツォリの被害がひどかったのはこの地動のせいだといわれているのだ。

僕らはポッツォリに行くたびに、テンピオ・ディ・セラーピデ内の海水の量を確認し、犬の小便臭い遺跡の縁のベンチに腰かけ、ローマ時代の話をひとしきりした後、僕につき合ってきてくれた家内へ感謝の意味を込めて、メルカート・ディ・ペッシェの脇の屋台に、フィーキ・ディ・インディア（サボテンの実）を食べに行く。フィーキ・ディ・インディアは彼女の大好物なのだ。

真っ黒く日焼けした顔に深い皺を刻み込んだ、いかにも海の男と思しき屋台の親父は、フォークの二刀流でそれは器用にフィーキ・ディ・インディアを剥いてくれる。フィーキ・ディ・インディアはさすがサボテンの実。表面が、細かくて鋭い刺（とげ）で覆われていて、素手で直接触るとひどい目に遭う。

僕の父方の祖母は晩年、老人性痴呆症で子供返りがひどかった。夜中に隠れてフィーキ・ディ・インディアを皮ごと食べて四苦八苦していたのを、可哀相だったけど、なんだか微笑ましく思い出す。

さて僕の住むパラッツォに、僕の他にもうひとり、魚を買う以外の目的でポッツオリに通っていた人がいる。パラッツォの六階に住んでいた、ドン・マウロ・ロペッツ（マウロ・ロペッツ氏）だ。ドン・ロペッツはもう十一年前に、心筋梗塞で突然この世を去った。そして彼はその寸前まで、ほとんど毎週、ポッツオリに通い続けていた。余談だけれど、残された奥さんは年をとっていたのと、病気がちなのとで、しばらくするとバニョーリに住む娘の家に引っ越していき、その後その家を僕ら兄弟が共同で買い取って、僕らが結婚する前まで僕の家内に一年半ほど貸していた。僕ら夫婦にとっても思い出のある家なのだ。

白髪でたっぷりとした口髭、たっぷりとしたお腹のドン・ロペッツは、無口だけど愛想はよく、見るからに穏やかな優しい人だ。彼の自慢は正面のバルコーネで飼っている四十羽を超す鳥たちと、台所横のバルコーネで作る「ポリポ・アッフォガート（ナポリ風タコの煮込み）」。鳥についてはセミプロで、カナリーノ（カナリア）の雛をかえしては、月一度、マスキオ・アンジョイーノ（ヌオーヴォ城）で開かれるメルカート・ディ・ウッチェ（小鳥市）に売りに行く。

実は、家内も小さな鳥が好きで、東京の僕の家でも二十羽近く飼っている。ドン・ロペッツのバルコーネを見たらきっと大喜びしただろう。黄色やオレンジのカナリア以外にも、ヒワの仲間や僕が知らないいろんな鳥が、ピルピル、ピュルピュル、一日じゅう鳴き続けている。狭い籠のなかじゃあ他にすることもないから、懸命に雌の気でも引いているんだろうか。

大きいほうのバルコーネでちいちゃな小鳥たちが、ピルピル、ピュルピュル。一方、パラッツォのそのちょうど裏側、台所の脇の小さなほうのバルコーネでは、小鳥よりはるかに大きいタコが、クックッと音を立てて煮えている。そのバルコーネには、タコ煮専用のガスコンロまで取りつけられているのだ。

よく、自慢料理のレシピを秘密にするケチンボな人がいるけれど、ドン・ロペッツはそんな人じゃあない。タコ捕り名人の夫をもつ僕の姉のシシーナに、ポリポ・アッフォガードの作り方を伝授したのも、何を隠そうこのドン・ロペッツなのだ。

ちなみに彼の作り方はこうだ。まず活きのいいタコを買ってくる。木槌で叩き殺し、塩でよく洗ったら、再び木槌で何度も叩き、とどめをさす。これでタコはくにゃくにゃの骨抜き。大きな土鍋に、タコとオリーブオイル、ニンニク、塩、トウガラシを入れて蓋をして、後はクツクツ、クツクツひたすら煮込む。

「オ　プルポ　セ　コーチェ　インタッラクア　スオィア！（タコは自分の水で煮える）」

ドン・ロペツが指を立て、自慢げに言う。ナポリでタコ料理を語るとき、かならず言われるひと言だ。タコを煮るのには、加熱されてタコの身体のなかから出てくる水分だけで十分だ。余計な水分は加えるな、という意味だ。だから、

「蓋は絶対開けちゃあいかん！」

なのである。このまま一、二時間も煮込む。蓋はあけちゃあいかんから、開けていないはずなのに、タコを煮る濃厚な香りは、土鍋の粗い粒子の隙間から抜け出して、四方八方にクネクネと触手を伸ばし、波打ちながらただよってくる。もうそろそろ煮あがる頃だ。

いくらドン・ロペツがタコ好きだといったって、毎週食べてるんだから変化がほしい。でも心配ご無用。ポリポ・アッフォガートには、スパゲッティ・アッレ・ヴォンゴレと同じで、ロッソ（赤）とビアンコ（白）がある。ロッソは最後にポモドリーニ（小さなトマト）とパセリを加える。ビアンコは、香りづけのオリーブオイルとパセリ、そしてレモン汁をかける。

こういう郷土料理は、人によっていろんな作り方がある。イタリア料理にだって、その家庭その家庭のお袋の味があるのだから、ひとつだけレシピを決めて、これが正しい、ということ

はできない。このポリポ・アッフォガートは〝ドン・ロペッツ流〟。これで決まりだ。

さて、このポリポ・アッフォガート用のタコを買うために、ドン・ロペッツはポッオリまで、毎週わざわざ出かけて行く。活きのいいタコなら、フオリグロッタの魚屋にだっていくらでも売っているのに。

実は彼には、ポッオリに行きたいもうひとつの理由があるのだ。〝女性〟である。でも、あんなに穏やかなドン・ロペッツが、妻子ある身で〝女性〟だなんて。

その女性、テレズィーナにも夫があった。彼女の家は、ポッオリのメルカート・ディ・ペッシェに向かう途中の、古いパラッツォの二階。いかにも海辺の女らしい褐色の肌、白いものが交じりはじめてはいるが、まだ艶やかな漆黒の髪。そしてとどめは、前に広がる海よりももっと深いブルーの瞳。彼女もまた、花や鳥を愛する静かな女性だ。テレズィーナの家の窓際には、真っ赤なゼラニウムの大きく広がった葉の作る日陰に、カナリーノの籠が下げられている。

ピルピルー、ピュルピュルー。

果たしてそのカナリーノがドン・ロペッツと知り合うきっかけになったのか、それともドン・ロペッツから贈られたものなのか、それは誰も知らない。

ドン・ロペッツはポッオリに着くとかならず、テレズィーナのパラッツォのすぐ向かいの通りに車を停める。見上げると、彼に会うのを心待ちにしているテレズィーナが、もう窓から顔を出して、朝の若い太陽をいっぱいに浴びて、きらきらと微笑んでいる。

「ブォンジョールノ」

「ブォンジョールノ……」

彼らがこれ以上の言葉を交わすのも、まして肩を並べて歩くところなんて、見た者は誰もいない。でもそこに、他の者が立ち入れない深い〝何か〟があることは、みんなが気づいていたことなのだ。

誰が聞いてきたのか、見てきたのか、そんな噂が僕のパラッツォにまで広まっても、ドン・ロペッツはいっこうに気にならない様子で、毎週一度は、ポッツオリに出かけて行った。タコだって生き物だ。捕れないときもあるだろう。時には手ぶらで帰ってくることもあった。

別々の籠で飼われているカナリーノ同士の恋のように、ドン・ロペッツとテレズィーナの純愛は、おたがい触れ合うことすらなくても、ゆっくりと動くポッツオリのうえで、おたがいさえが気づかないほどに、ゆっくりゆっくりと育まれていたのかもしれない。

▼港町ナポリの魚屋の二代目

やっぱり日本は魚食の国ですね。鮮度にしても、調理法にしてもさすがだ。くわえて、ごくごく一般の人でも、新鮮な魚の見分け方とか、扱い方とか、実によくご存じだ。だから魚屋さんには当然おかしな品物は置いてないだろうし、スーパーマーケットみたいなところでも比較的安心して買うことができる。

ところがイタリアじゃあこうはいかない。僕の街ナポリは港町だから、魚は豊富で新鮮にちがいない、と思うでしょう？

確かに豊富は豊富です。でも今日は新鮮だった魚でも、明日、明後日となれば新鮮とはいえない。結局その、数日前は新鮮だった魚の処分の仕方が問題になってくる。

「そりゃお得意さんじゃないお客さんの腹ン中だよ」

などとのたまう輩が多そうなので、魚の見分け方なんてまるでちんぷんかんぷんな我が家では、魚は〝ミケーレ〟と決めている。魚屋とは仲よくしておくに限る。

ところが残念ながら、〝ミケーレ〟の息子ゴフレードは、僕と同い年で同じ学校に通っていたにもかかわらず、とても仲よくできるような奴じゃあなかった。なにせお馬鹿の〝バッカラ〟

指すのだけれど、偶然とはいえ魚屋の息子の呼び名にはぴったりじゃあありませんか。なのである。ちなみに〝バッカラ〟とは〝干だら〟のこと。なぜかナポリではお馬鹿のことを

それはともかく、親というのは悲しいものです。ゴフレードが誰もが認めるお馬鹿だったにもかかわらず、息子がひとかどの魚屋になってくれることへの一縷（いちる）の希望を抱き、ある日大切なお客の特別注文のアンコウを、ポッオリ魚市場まで仕入れに行かせることにしたのでした。

さて、初めてのお使いを言いつかったゴッフレー（略称）、いざポッオリへ。っと、最初からやってくれました。フオリグロッタ駅から普通電車に乗るところを、ローマ行きの急行列車に乗ってしまったのだ。まあそれくらいなら、日本人観光客にもありがち、程度の間違いなのだけど、慌てたゴッフレーはよりによって非常停車ボタンを押したわけです。確かに彼にとっては非常事態だけど、傍（はた）から見たら非常識以外の何ものでもない。すぐに車掌が飛んできて、ぽかんと口を半開きにしているゴッフレーを見るなり、ポカリとやった。

「このお馬鹿め！　いいか、列車が遅れないよう今日一日、『コルリ、コルリ（走れ走れ）』と唱えていろ！」

すごい剣幕でゴッフレーを列車からたたき出した。

お馬鹿というのは悲しいものです。素直にも「コルリ、コルリ」と呟きながらゴッフレーは、いま一度振り出しのフオリグロッタ駅へ。

が、奇しくもこのときフオリグロッタ駅の構内では、世紀の大捕物帳が展開されていた。そ

こに励ますようなゴッフレーの「コルリ、コルリ（走れ走れ）」。軽快なリズムに乗った犯人めは、とっとと逃げおおせてしまった。

追跡中の警官が飛んできて、ゴッフレーの首根っこ掴んでポカリとやった。

「このお馬鹿め！　いいか、今度あいつを見たら、『ウチーデロ、ウチーデロ（そいつを殺せ、そいつを殺せ）』と言うんだぞ。忘れないようにずっと唱えていろ！」

やっとの思いでポツオリに到着したゴッフレーは、早速市場へ。と、目の前を歩いていたご老体、ヒョロッとよろめいて車に轢かれそうになった。なのにゴッフレーは、警官に言われたままに「ウチーデロ」を繰り返していたから間が悪い。ご老体はカンカン。杖を振り上げてポカリとやった。

「このお馬鹿め！　性根の腐った奴め。ああプッツァ、プッツァ（臭い臭い）」

この頃には、人に言われることを繰り返すのが癖になってしまったゴッフレー、今度は「プッツァ、プッツァ」と言いながら歩きだした。

こうしてついに魚市場に到着。言いつかったアンコウを求め、市場じゅうを「プッツァ、プッツァ（臭い臭い）」と言いながら歩き回った。

「なんだこのお馬鹿め！　うちの魚に文句つけようってのかい」

怒った漁師たちにポカリポカリとさんざん殴られて、当然魚も売ってもらえず、仕方なく手ぶらで家に帰ったのでした。

「このお馬鹿め！　大切なお客になんて謝ればいいんだ」

止めに、親父さんのミケーレにまでポカリとやられたゴッフレーは、ぼこぼこの瘤だらけ。仕入れてくるはずだったアンコウそっくりの顔になってしまいましたとさ。いくらお馬鹿でもこれじゃ可哀相ですよね。

僕の幼なじみだったら誰だって知ってる、ゴッフレーのお使いのエピソードでした。イタリアって、嘘のようなことが平気で起きる国だから、信じてもらえなくても、まあ仕方ないんですけど——。

E

▼夏のペッシェ・スパーダ漁

ラファエッレ・グラナータと知り合ったのは、僕がまだナポリ建築大学に通っていた頃のことだ。当時ナポリの大学生のあいだではオリエンターレ（東洋大）のメンサ（学食）が一番人気で、僕も昼メシをとりにたびたび通っていた。ラファエッレとはある日そこで出会い、どこが気に入られたのか、帰りに家に寄ってカッフェ（コーヒー）でもどうだい、と誘われるままにお邪魔してしまった。

彼の家は、僕がチェントロ（中心街）に来るのにいつも使っているクマーナ鉄道のモンサント駅を出てすぐ向かいの教会の裏、ヴィーコ・ヴェンタリエリ（ヴェンタリエリ小路）にある薄暗いパラッツォ（建物）の一室で、なんだかじめじめ寂しくて、こんなんでよく勉強できるなあ、と感心してしまうような部屋だった。扉を開けてすぐのところから両サイドに、本のぎっしり詰まった腰丈の本棚。上や周りの床にまで、入りきらない本が山積みになっていた。ここには僕に縁遠い、いかにも〝勉強してる風〟の空気が満ちている。こいつ、ガリ勉の僕の兄貴といい勝負なのかもしれない。

ラファエッレの話は彼自身の身の上話に始まり、身の上話に盛り上がり、身の上話に終わった。要するに彼は、誰でもいいから身の上話を聞いてほしかったのだ。そしてお人好しにもこの僕が、そのお相手に選ばれちゃったわけです。我が人生を振り返ると、どうも僕って身の上相談しやすい人間らしい。まあいいじゃあないですか、どんな形ででも人の役に立てればそれはそれで結構なことだ、とまでは思わなかったけど、何となく腰かけてラファエッレの話を聞くことにした。そして次第に、この部屋に入ったとき感じた〝勉強してる風〟空気は、とんだ紛（まが）いものだったことがわかってきた。

彼は哲学科の学生で、もう二十七歳。大学に入ってそろそろ八年目になる。だけど試験を受けたのは最初の一回だけ。要するに残りの七年間は、故郷で仕送りを続けている親には内緒で、何もせずにだらだらと都会の暮らしに浸っていたのだ。でも、パッと明るく楽しめるタイプじゃあない。大学には一応通い、勉学用に本を買い集め――でもなんにもする気がしない。こんな生活を七年間も続けたら、誰だって自分が嫌になってくる。日に日に落ち込むばかり。それでも〝彼女〟がいた頃はまだよかったらしい。でも「去年別れた……」。最悪ですな。

ラファエッレの両親は、カラブリア州シィッラの漁師だ。息子にそんな優雅な生活をさせられるほど金持ちじゃあない。というより、生活は苦しいほうに限りなく近い。親父さんは、稼いだ金の大半を息子への仕送りに充てているのだ。だからなおさら彼としては正直に言えずに、ずるずるこんなしょうもない生活をしてきてしまった……。

僕はこういうの、すごく気の毒になっちゃう。だって人間って弱いものです。駄目だなあ、と分かっていても、自分ではどうにも仕方ないときってあるもんだ。

それ以来僕は、べつに彼が心配だからというわけではないけれど、たびたびラファエッレの家を訪れるようになった。僕が毎日使う駅のすぐ脇だし、それこそしょっちゅう顔を出してみた。ラファエッレは、ほとんど必ず家にいた。

そんなある日のことだった。僕がまたラファエッレの家でカッフェをご馳走になっていると、ドンドンドン、とノックの音がする。呼び鈴も鳴らさないなんて、いったいどこのどいつだろう。玄関の近くにいた僕が扉を開けると、小柄で引き締まった体格の初老の男が立っていた。短く刈り上げた白髪、赤銅色(しゃくどういろ)の肌、額や頬には海の男独特の深い皺が刻まれている。着古して目の伸びた黒いハイネックセーターに、身体の形に立体型押ししたようなグレーの上着。身につけている何もかもが、彼と同じくらい日に焼けて、色褪せている。一目で漁師だとわかる。

男は無言のまま僕の前を通過すると、ラファエッレに向かって言った。

「ラファエッレ、さあ荷物をまとめるんだ。船がお前を待っているぞ」

彼は、ラファエッレの親父さんだったのだ。

つい昨日の晩、親父さんの夢枕に天使に付き添われた爺さまが立ったのだ、という。

「お前の息子が困っている、助けてやれ」

そこで親父さんは、お袋さんにも告げないまま朝一の列車に乗って、生まれて初めてナポリへやって来た。たとえ息子が住んでいようと、今の今までこんな都会には何の用もなかったし、来たいと思ったことさえなかった。〃ヴィーコ・ヴェンタリエリ13、モンテサント〃と差出人の住所の書かれた封筒を握りしめ、ナポリの駅からタクシーをとばした。

ラファエッレは親父さんの顔を見たとたん、今まで自分が隠していた全部をぶちまけたい欲求にかられたようだった。でも、そんな必要があるだろうか。天の神様や天使や、おまけに天国の爺さままでもが一部始終お見通しで、親父さんにはもういっさい報告済みなのだ。彼は黙って、荷造りをしに寝室に入っていった。

よりにもよってこんな状況で、初対面の親父さんと二人っきりになってしまった僕は、カッフェでも淹れましょうか、と切り出してみた。

「グラツィエ」

青銅のようにじっと無表情の親父さんを目の前にすると、いつもは心地好い、ぽこりぽこりと沸き上がるカッフェのリズムが、やけにゆっくりと感じられる。

湯気の立ったカッフェを差し出しながら、今度は、どんな魚を獲るんですか、と尋ねてみた。

「ペッシェ・スパーダ（カジキマグロ）や」

鼻先に長い鋸のついたでっかい魚だ。食べ物としては僕の好物でもある。

「一日にどれくらい獲るんですか」

「たくさんは獲れん」

親父さんはカッフェを一口すすると、僕をじっと見つめ、ゆっくりと話し始めた。

「ペッシェ・スパーダはな、賢い魚だ。次に起きることがわかる力がありよる。色も見分ける。おまけに勇敢な魚だ。雌のためには自分を犠牲にしよる」

雄のペッシェ・スパーダは雌が捕まりかけているのを察すると、自分を身代わりにしても雌を救おうとするのだそうだ。

僕も以前、ペッシェ・スパーダ漁の風景をテレビで観たことがある。ペッシェ・スパーダ漁の船は実に変わった形をしている。船のど真ん中から、船自体よりはるかに長い物見やぐらが、天に向かって突き出している。そして船の舳先にも、ちょうどやぐらを横にしたようなものが長く伸びていて、その先端にも人が乗れるようになっている。ここが、ペッシェ・スパーダに止めを差すもり打ちのための特等席だ。親父さんも言うようにペッシェ・スパーダは敏感な魚で、ほんの少しの音や振動にも驚いてすぐに海の底に潜っていってしまう。だから漁師たちは船底を黒く塗り、水面の影を装って、じっと動かずペッシェ・スパーダを待ちぶせる。が、その間ずっと、やぐらの上では見張り役が目を凝らして、近づいてくるペッシェ・スパーダを捜しているのだ。

イタリアで最も有名なペッシェ・スパーダの漁場は、イタリア半島とシチリア島に挟まれたメッシーナ海峡。対岸がすぐそこに見えるほど迫った海峡だ。したがって船のやぐらともう一本、浜に設えたやぐらの二本立てで、ほぼ海峡全体を見通すことができるようになる。そして両やぐらの上の見張り番がペッシェ・スパーダを認めると、次は舳先のまた先端に陣取ったもり打ちの出番となる。二本のやぐら、船、もり打ち、の四カ所の連係プレーで、やっと一匹のペッシェ・スパーダを捕えることができるわけだ。

ラファエッレの故郷シィッラと、その向かいシチリア島のカリッビは、メッシーナ海峡が最も接近する地点だ。海流が速く、その昔事故が絶えなかったことから、シィッラとカリッビにはそれぞれ一頭ずつ怪物がいて、どっちが多く船を沈めるかを競(きそ)い合っている、という言い伝えがあったという。

毎年四月、そんなメッシーナ海峡でペッシェ・スパーダは恋のシーズンを迎える。雌は雄に誘われるままにティレニア海を渡りサルデーニャへと移動。そこで産卵を済ませ、夏の終わり、今度は孵化(ふか)した子供たちも一緒に家族そろってメッシーナ海峡にご帰還となる。普段は海中深く行動するペッシェ・スパーダが、子連れのせいだろうか、このときに限り海面すれすれを泳ぐ。待ちに待ったペッシェ・スパーダ漁シーズンの到来である。

「ペッシェ・スパーダは実に気高い魚だ」

親父さんからは、ペッシェ・スパーダに対する敬意すら感じられた。今ほど技術が発達していなかった頃は、魚が一匹揚がるたび、魚の死を悼(いた)み、自然の恵みに感謝して、祈りを唱える者もあったという。

「漁は、秋になってペッシェ・スパーダが海の底へと帰っていくまで続く。実際、ほんの少しの間のことさな」

そう言うと親父さんは、ナツィオナーリ（国産）煙草センツァ・フィルトロ（フィルター無し）に、シュポッと火をつけた。

そうこうするうち、荷造りの終わったラファエッレが大きな鞄をずるずる引きずりながら出てきた。家賃、電気代、ガス代を僕にあずけると、「本はみんな君にやるよ」と言った。ありがたくもないけど、一応ありがとうと返事をしておいた。

二人が出ていくと僕はたった一人、ラファエッレの借りていた部屋に残されてしまったのだった。

結局僕は、ラファエッレの実家の住所も電話番号も知らないままになっていた。彼がどうしているかもわからず五、六カ月が過ぎた頃だったろうか、彼から手紙が届いた。なかには、ペッシェ・スパーダ漁の船のやぐらに立つ、一人の男が写ったフォト（写真）一葉。よく見るとそれは、真っ黒に日に焼けて、僕が見たこともないようなカッコイイ笑顔を浮かべたラファエッレではないか。

〈僕はご覧のとおり元気でやっている。ジロ、いろいろありがとう。ラファエッレ〉

以来ラファエッレからは、何の音沙汰もない。でも僕は今も、少々センチメンタルに聞こえてしまうかもしれないけど、ペッシェ・スパーダを食べるたび、これはもしやラファエッレが獲った魚かもしれない、などと想像してみるのだ。

▼C

▼「笑顔は人生のパスポート」の教え

僕が日本に住み始めてから、じき十年の大台に突入しようとしている。長いようで短い、短いようで長い年月でした。しかし、日本みたいな文化や習慣のまったく違う国で、いちおう毎日楽しくやってきているなんて、我ながら感心してしまいますなあ。とはいっても、もちろん僕ひとりの力ですべて成し遂げてきた（？）わけじゃあない。周囲の皆々様には心から感謝しておりますです、ハイ。

そこで、この場を借りて感謝したい人が、はるか故郷イタリアにもうひとり。高校時代の恩師、パルンボ先生であります。彼こそは、遅ればせながら今になって、ああ我が人生の師、と崇めている人物。いろいろなことの有難味って、若い頃は気がつかないけれど、年を重ねるとだんだんわかってくるものではないですか。

ところで、イタリアも日本と同様、義務教育は中学まで。高校、大学は行きたい人が将来の目的に合わせて選ぶようにできている。したがって専門高校は種類も豊富だ。例えば僕の奥さんが一時通っていた陶磁器専門高校（陶磁器職人をめざす人向け）、僕自身もつい先日存在を知ったばかりのワイン技術専門高校（ワイナリー経営をめざす人向け）、世界的にもよく知ら

れたホテル業専門高校（ホテル経営、フロント、給仕、料理人、バールマンをめざす人向け）等々。もちろんもっと日本でもお馴染みの簿記、商業、工業、歯科技工士といった一般的なものもあります。

僕の場合、当時もうこの世を去っていた父も、当時もう一人前の建築家として活動していた兄のジーノも揃って建築業界。誰から言われたわけでもなくごく当然の成り行きとして建築家をめざし、高校も測量士のための専門高校に進学した（ご承知とは思いますが、測量は建築には欠かせない作業だ）。我が懐かしの母校は〝ジョヴァンニ・ポルツィオ測量技術専門高校〟、ナポリはヴォメロ地区、ピエトロ・カテリーニ通りに今も立派に存在しています。

さて問題のパルンボ先生はジョヴァンニ・ポルツィオ高校の数学教師。しかし皆さん、数学といえば得意な生徒は大得意、得意じゃあない生徒は鳥肌が立つ、という中途半端を許さない学問。正直言って僕は後者、大の苦手でありました。ところが先生の数学の授業は、そんな僕にもなぜか楽しい時間だったのだ。普段は授業をサボっているような連中まで熱心で、クラスはいつも無遅刻無欠席だった。

なにしろ先生は、まずその出で立ちからして実に魅力的だった。白髪交じりのくるくるくしゃくしゃカーリーヘアに縁取られた、えら張り渋面。服装は一見なかなかの洒落者風だ。お気に入りの白と茶のコンビシューズに、毎日違うジャケットに揃いのベスト着用か、と思うのは学校に入学したての初めの週だけ。というのも、毎週同じローテーションで、要するに月曜日には月曜日用の、火曜日には火曜日用の、水曜には水曜の木曜には木曜の金曜には金曜のジャケットがあって、一年の半分を（夏バージョンと冬バージョンがあるわけです）、まるで同じ服装で貫くからだ（僕が在学中の五年間ずっとそうでした）。

したがって先生の服をよ〜く見ると（というより、ちょこっと注意して見ればわかるんですけれど）、大層な年代物だ。あっちこっち継ぎはぎ修理の跡あり、色も褪せ生地も萎え、体型どおりに丸く変形して実に着やすそう。そして胸元にちょこんと、派手派手カラフルなパピヨン（蝶ネクタイ）。さらに胸ポケットに毎日フレッシュな花一輪。毎朝登校途中に市場の花売りにて調達するらしい。なんとも〝粋〟ではないですか。

でも先生がイカしてるのは格好ばかりじゃあない。声だって凄い。地獄の鬼もひれ伏すか、と思うようなスーパー・ダミ声でガラガラと喋りまくる。長年にわたるヘビースモーキングの賜物に違いない。お好みのナツィオナーリ・スーパー・センツァ・フィルトロ（国産スーパー・フィルター無し）を授業中もスパスパ喫い続け、一時間の授業が終わるころには教壇およびその周囲にはふわりふわりと霞のごとき煙幕が漂っている始末なのだ。

「では諸君、わしに続いて繰り返してみたまえ」

2×2が4、2×3が6、2×4が8（これじゃあ小学生だなあ。パルンボ先生ごめんなさい。僕は先生から習ったこと何もかも忘れてしまいました。実際はもっと高等な数学を唱えたわけです）――。

こんなふうに先生のダミ声について大声で唱えると、こりゃまたびっくり、今まではちんぷんかんぷんだった数学の謎がすべて解明、するすると頭に入っていく。

「おや、そこに誰かわかっていない者がいるようだな。ではもう一度説明しよう」

オーケストラの指揮者が、どの楽器の音がくるっているかすぐにわかってしまうと同様に、パルンボ先生はみんなとコーラスすることによって、誰がどの辺がわからないのかすぐに聞き分けることができるらしいのだ。そして丁寧に教え直してくれる。

ときとしてそんな数学の授業は、先生の人生哲学講座となり、授業後は数学についての質問代わりに悩みを相談に行く者も少なくなかった。先生の数学がするすると頭に入ったのと同じように、思春期の悩みはするすると消えてなくなり、いつもよりずっと幸せな気分にさえなってしまうのだ。

でもパルンボ先生の一体どこにそんな凄い力があったのだろうか。これはやっぱり、ニカリと耳まで裂ける笑顔の効果以外には考えられないでしょう。先生自らいわく、

「人生、笑顔が一番。笑顔があれば万事解決。笑顔は人生のパスポートなり」

正直なところ、僕にはパスポートと万事解決のどのあたりにつながりがあるのかよくわからないけど（パスポートを出せば解決することなんて、世の中にたいしてあるとも思えないし）、たしかに良い笑顔は良い内面の証（あかし）。いろんなことをスムーズに運ぶ助けになってくれるに違いない。

パルンボ先生は毎回の授業をかならず同じ台詞で終えることに決めていた。

「諸君は確かにわかっておるだろうな。わしは諸君にできるだけのこと、教えられるだけのことと、全部をしている。人間は一方が長く、一方が短い腕を持ってはいかんのだ。人様からもらうほうの腕ばかりぐねぐね長く伸ばすのはいかん。人からもらったら、その分きちんと返す。お返しするほうの腕ももらうほうの腕も同じ長さでなくてはいかん。しっかり学んで立派になって、それが諸君がわしのためにできる、たった一つのことなのだ。それでは今日の授業はお終(しま)い」

このやや変ちょこりんな発言は、その変ちょこりんさゆえに忘れ難く、僕の頭に染み込んで、今までの僕の人生のなりふり決定に大きな影響を及ぼしてきたのだ。

ところがある日の授業中、パルンボ先生が突然倒れ、救急車で運ばれるという事態が発生した。噂では、煙草の喫いすぎによる体内酸欠（本当にそんなのあるんだろうか）、もしくは煙草の喫いすぎによる肝臓障害（これは説得力あります）で、なんと二週間の入院だという。これはけっこう長い期間だ。先生がバタンキューと倒れるところを目の当たりにした僕らは、気が気でない。みんなでお見舞いに行くことになった。

さてお見舞いの当日、僕らが先生の病室に到着すると……、先生の寝ているはずのベッドは空っぽ。先生と同室の患者さんたちのベッドも空っぽ。病室全部が空っぽ、ではないですか。これは一体どうしたことか。

そこで僕らは隣の病室を覗いてみる。そこも空っぽ。その隣もそのまた隣も空っぽ。そこで僕らは上の階に行ってみる。と、どうだろう。パジャマ姿の患者さんたちが大集合して、何やらもじょもじょ唱えているではないですか。これは神父さんの出張ミサの最中か何かかと思いきや、先唱する聞き慣れた声に、聞き慣れた内容。地獄から響いてくるようなあのダミ声は、我らがパルンボ先生ではないか。そして患者さんが唱えているのは僕らが学校で習っているのと同じ数学。

「今日もわしは、病院で退屈しておられる皆さんにできるだけのこと、教えられるだけのことをしました。人間は一方が長く、一方が短い腕を持ってはいかんでしょう。人様からもらうほうの腕ばかりぐねぐね長く伸ばすのはいかんでしょう。人から何かもらったら、その分きちんと返す。お返しするほうの腕ももらうほうの腕も同じ長さでなくてはなりません。しかるにわしが皆さんにしているこの授業の分、しっかり学んで数学を見直してください。それが皆さんがわしのためにできる、たった一つのことです。それでは今日の授業はお終い。それではまた明日のこの時間にここに集合してください」

先生のにわか生徒たちが後ろを振り返ると、なかにはちらほらお医者さんや事務員、掃除係の顔も交じっていた。みんながみんな暇だったわけじゃあないだろうに。

僕らはご満悦のパルンボ先生に駆け寄り、一体ここで何が起こってるのか口々に質問。先生が答えて言うことには、

「諸君いつも言っているではないか。笑顔は人生のパスポートだ。いい笑顔は何ごとも可能にするのだよ。よく覚えておくように」

そんなこんなで、今日も僕は努めて笑顔で毎日を送っている次第なのです。

▼D

▼故郷の記憶、故郷の香り【あとがきにかえて】

今度の週末ナポリに里帰りしようと思っている。昨日になってやっと都合がつくことになり、先ほど飛行機のチケットを取った。いつもぎりぎりでいろいろ決めるので、奥さんを始め周囲の皆さんには大変ご迷惑おかけしております。実は今日も、南米への出張から帰ったばかりなのだ。

ここ数年仕事で世界中あっちこっちに行く機会に恵まれた。もちろんイタリアにも何度となく帰った。我が故郷ナポリに立ち寄ったこともある。それでひとまず結論としては、いろいろな国を見るのはとても興味深いけどやっぱり故郷は別ものだ。まあ、今さら気づくほどのことではないかもしれないけど、生まれ育った町には僕の五感すべてに働きかけ、優しく包んで元気づけてくれる力があるからだ。

その匂い、音、色、光、温度、湿度、人びとの表情、声、気質、言葉のすべてで、僕を迎えてくれる。海から生まれた川に戻ったサケのように、僕は再び僕の記憶の流れを上り始め、植物が地面から養分を吸収するように、毛穴全部を駆使して空気から精気を取り込む。これで日本に帰ってまたひとかどのイタリア人として頑張ろうじゃあないか。

週末の里帰りの大方の目的は、役所関係の野暮用とマンマとゆっくり過ごす団欒だ。ナポリの家でほんの一日でもゆっくりできるなんて何年ぶりだろうか。楽しみだなあ。

しかしその反面、久しぶり故郷に帰るのにはちょっと覚悟が必要だ。人や町や景色の変化に凄く敏感になってしまうからだ。ほんの一年、いや数ヵ月ぶりのことなのにびっくりするほど違ってしまう場合もある。普段日本で一緒に過ごしている家族や友人や、そして自分自身にも同じ歳月が通過したはずなのに、そしてそれは確実に刻まれているはずなのに、毎日見ているから気がつかなかったり、まあそれと目に見えても経過を共に過ごしていると当たり前に受け止められるものだ。

例えば一つの建物が建つところを、トラックが入り土が平らにされるところから見ていれば、出来上がったとき、「おおやった、とうとう出来上がったな」とすべてを快く受け止めることができる。壊すにしても同様で、一部始終を見ていれば、特別思い入れでもない限り、「ああやっと終わりましたな。で、次は何になるのかな」と前向きな気分になれる。けど、それまで空き地だったところに唐突にでっかいビルができていたり、当然あると思っていたものがとうになくなってしまっていたことを後で知ると、なんだか凄くショックだったりする。

ひさびさの帰郷とは、そんなショックの連続だ。見慣れていたはずの顔に皺が刻まれ、髪に白いものが混ざったりどんどん抜けてうすくなったりするさまに驚く。僕よりずっと年上だった人たちは、別人のように老け込んだり、もう帰らぬ人となっていることもある。また会えると思って別れたのに、取り返しのつかない気持ちになってしまう。顔なじみの店と思って入ると、全然知らないオーナーが「いらっしゃいませ」なんて登場する。それどころか、毎日通っていたすぐそこの角を曲がればあるはずだった新聞売りが忽然(こつぜん)となくなっていたりまでする。

僕が育ったパラッツォですらどんどん住人が変わって、古株は半分もいなくなり、まるで僕が部外者みたいな目でじろりと見られる。以前と変わらず外で遊んでいる子供たちも、よく見ると知っている顔など一人もいない。

でも実際には、この町にとって異質になってしまったのは僕のほうなのだろう。別の場所で別の生活を始めたとき、僕はこの町の流れとは別の流れに組み込まれたのだ。一方、僕のいなくなった町はそのまま何の変わりもなく、さまざまな始まりと終わりを繰り返してきたにすぎない。

この本には、ちょうど僕が日本に来て、やっと日本での自分の流れをつかみ始めたころの、僕の故郷ナポリに対する思いが詰まっている。そのころにつづった三冊の本のなかからいくつか選んで載せてあるからだ。こうして読み直して手を入れていると、あの当時やさらにもっと遡ったずっと昔の僕が幼かったころの思い出に浸るのは、ショックだらけの現実の帰郷とは正反対で、なんと安心で心地好いのだろう。

それにしても僕の話のなかに登場してくれた人びとは、今どうしているのか。知りたいような知りたくないような。会いたいような、会うのが怖いような——。

それでは、僕はそろそろ帰郷の荷造りでもすることにしよう。

二〇〇四年六月　愛犬ナーパの出産の日に

パンツェッタ・ジローラモ

◉著者について

パンツェッタ・ジローラモ

1962年9月6日、南イタリアはナポリの建築一家の3人兄弟の末っ子として生まれる。建築家を志望して進学したナポリ建築大学在学中に中部イタリア・アッペンニーノ地方の歴史的建造物の修復に携わる。1988年、結婚を機に来日。1990年よりＮＨＫテレビ「イタリア語会話」のゲスト講師を務め、明るく個性的な教えぶりで人気を集める。趣味のサッカーはフジテレビ系「セリエＡダイジェスト」の解説役を務めるほどの通。また、祖国イタリアの文化、食、風物の紹介にも精力的で、多数の著書や雑誌連載がある。主な著書に『極楽イタリア人になる方法』『パスタとワインと豚のシッポ』『ジローラモ印のイタリア料理　全7巻』（以上、KKベストセラーズ刊）『食べちゃおイタリア！』（光文社刊）『ＢＡＲジローラモ』（角川書店刊）がある。

◉訳者について

パンツェッタ貴久子

東京都世田谷区生まれ。多摩美術大学日本画科卒業後、フィレンツェでの語学留学を経て、ナポリ国立カポディモンテ磁器学校で学ぶ。ジローラモ氏との結婚を機に帰国。夫君の全著作の邦訳のかたわら、自身でも料理教室「La Tavola di Tata」を主宰、著書に『おいしいドルチェ教室』「おいしいイタリア野菜料理教室』（以上、柴田書店刊）『クォチェンノ・マニャンノ～パンツェッタさんちのナポリ定食』（ＮＨＫ出版刊）、訳書に『ナポリの台所』（広葉書林）等がある。

イタリア的○○生活
ジローさんのエッセイ傑作集

◉著者
パンツェッタ・ジローラモ

◉訳者
パンツェッタ貴久子

◉発行日
初版第1刷　2004年7月20日

◉発行者
田中亮介

◉発行所
株式会社 成甲書房

郵便番号101-0051
東京都千代田区神田神保町1-42
振替00160-9-85784
電話03(3295)1687
E-MAIL mail@seikoshobo.co.jp
URL http://www.seikoshobo.co.jp

◉印刷・製本
株式会社シナノ

ISBN4-88086-167-7

本体価はカバーに、
税込価は定価カードに表示してあります。
乱丁・落丁がございましたら、
お手数ですが小社までお送りください。
送料小社負担にてお取り替えいたします。